천치도 되지 말고
원숭이도 되지 말라

고승열전 25 석우 대종사

천치도 되지 말고
원숭이도 되지 말라

윤청광 지음

석우 대종사 眞影

인생은 무상하다. 잠시 머물렀다가 가는 것이 인생이다. 그 어떠한 것에도 집착할 것이 없다. 그러니 어떻게 하면 여생을 값지게 살아갈 수 있는지를 생각해야 한다. 부처님 법을 좇아 살아온 중생들이 인과因果와 윤회輪廻의 법칙을 믿는다면 비록 금생에 이 몸이 사람의 몸을 받기는 했으나 과연 무엇을 하였으며, 내생에 또 다시 사람의 몸을 받을 수 있겠는가를 생각해 보았는가? 아무리 바쁘다 바쁘다 해도 진정 이 일보다 더 바쁜 일이 있을까?

| 차 례 |

초대 종정初代 宗正 설석우 대선사 ································ 11

제갈공명을 꿈꾸었던 소년 ································ 15

망국의 한을 안고 방황한 세월 ································ 31

어머니를 찾아나선 사찰 순례길 ································ 43

속진을 털고 금강산으로 ································ 55

이 좋은 불법, 이제야 만나다니… ································ 66

평생의 보물 《초발심자경문》 ································ 81

과연 그대는 어디서 온 물건이던고 ································ 93

평생의 횃불로 삼은 《육조단경》 ································ 106

비구니가 되신 어머니 ································ 123

장안사 연담 스님의 제자 삼형제 ································ 138

폭설에 묻힌 금강산 마하연 ································ 154

세속의 인연은 끊어야지요 ······································ 171

영원암에서 정진 또 정진 ······································ 184

부모미생전 본래면목父母未生前 本來面目 ······················ 192

무슨 일에든 지극 정성으로 ···································· 199

선학원으로 찾아온 딸 ··· 213

한용운, 백성욱과 함께 여름 한 철 ···························· 225

금강산을 떠나 남쪽으로 ······································· 237

남해로 건너가 해관암 창건 ···································· 248

만장일치로 추대된 초대 종정 ································· 265

천치도 되지 말고 원숭이도 되지 말라 ························ 276

한 종소리에 뜬구름 흩어지네 ································· 291

석우대종사비石友大宗師碑 ······································ 300

초대 종정初代宗正 설석우 대선사

이 땅에 요원의 불길처럼 번졌던 불교정화운동(佛敎淨化運動)이 마지막 정점을 향해 치열하게 벌어지고 있던 1955년 8월 13일, 〈동아일보(東亞日報)〉는 다음과 같이 대서특필(大書特筆) 했다.

"불교계 분쟁 종막. 전국승려대회를 합법으로 인정"

분규를 거듭해오던 불교계의 분쟁은 작(昨) 12일, 정식으로 소집된 〈불교정화수습대책위원회〉에서 지난 1일부터 5일까지 개최된 〈전국승려대회〉에서의 결의사항을 합법적인 것으로 재확인함으로써 드디어 종지부를 찍게 되었다.

난항을 거듭해오던 불교계의 정화운동이 이처럼 급속한 진전을 보게 된 이면에는, 지난 4일 이(李) 대통령의 불교 문제에 관한 언급이 있은 다음, 그 익일 이(李) 대통령이 이(李) 문교부장관과 김(金) 내무장관을 경무대에 소집하고 '조속히 해결 못 지을 바에는 물러가도록 하라'는 강경한 의사를 표시하였던 사실에 기인한다고 하는데, 그 후 문교 내무 양 당국에서는 종전의 태도를 180도 전환하여 지난달 15일 〈불교정화수습대책위원회〉에서 5대 3이라는 투표결과를 합법적으로 시인하는 공작을 추진, 재작 11일 〈중앙교육연구회〉 회의실에서 문교장관이 주관하는 〈불교정화대책위원회〉를 소집하고, 동 회의석상(8명 회합)에서 대회소집에 대한 표결을 재실시한 바 7대 1이라는 결과를 얻게 된 것이다. 결국 이 결과는 앞서 개최된 〈승려대회〉에서의 결의사항을 12일 회의에서 재확인하도록 하는 것인데 앞서 소집된 〈승려대회〉에서는 58명의 중앙종회의원과 불교총무원 간부, 전국 사찰 주지를 선출하고 종전의 종헌을 비구승 중심으로 개정하였던 것이다.

그리고 뒤이어 8월 14일 〈서울신문〉은 다음과 같이 보도했다.

"분쟁에 종지부. 결실을 본 승니대회 남은 건 대처승측의 사무인계"

12일 저녁 늦게까지 계속된 전국 비구승 대회에서는 관계 당국자의 임석하에 종래의 총무원 산하 각 기관의 인사해임과 새로운 중앙간부선거, 중앙종회의원선거, 종헌개정선포, 종정추대, 각 도 종무원 간부 및 각 사찰 주지선거 등 제반문제를 지난번 대회에서 결의된 안건에 약간의 수정과 첨가를 가한 후 일사천리식으로 통과시키고 수일내로 문교당국에 승인을 요청하게 될 것이다.

또한 동 대회에서는 지금까지 불교정화운동에 많은 협력을 아끼지 않은 국민 전체에 대한 감사식을 시공관에서 거행하고 지난번 조계사에서 무력행사를 감행한 대처승들 몇 명이 현재 사직 당국에 유치되어 있는 데 대하여 석방토록 하는 진정서를 당국에 보낼 것도 결의되었다.

이날 회의에서 선출된 중앙간부의 명단은 다음과 같다.

- 종정(宗正)　설석우(薛石友)
- 총무원장　이청담(李靑潭)
- 총무부장　김서운(金瑞雲)
- 교무부장　신소천(申韶天)
- 재무부장　박기종(朴琪琮)
- 감찰부장　정금오(鄭金烏)

앞에 인용한 보도 내용에서도 확인할 수 있듯이, 합법적인 절차에 의해, 정부 관계 당국자의 입회 아래, 명실공히 합법적으로 소집되고, 합법적으로 진행되고, 합법적으로 인정받은 〈전국승려대회〉가 마침내 15개월에 걸친 처절한 불교정화운동의 마침표를 찍었다.

이날이 바로 1955년 8월 12일. 〈전국승려대회〉가 열린 곳은 지금의 조계사였다. 이날의 승려대회는 새로운 종헌(宗憲)을 채택 선포하고 새로운 총무원 간부를 선출하고, 새로운 종정(宗正)에 설석우 선사를 만장일치로 추대하고, 56명의 새로운 종회의원(宗會議員) 선출에 이어 종회의장에 이효봉(李曉峰) 스님을 선출하였다. 이로써 드디어 이 땅에 명실상부한 청정 비구(니)승단으로 이루어진 대한불교조계종이 탄생하였다.

　이날 이후, 대한불교조계종 설석우(薛石友) 종정 명의(名義)로 발부된 주지 임명장을 소지한 비구와 비구니들이 전국의 주요 사찰을 속속 접수하게 되었고, 한국불교는 바야흐로 청정 비구와 비구니의 새로운 시대를 열게 되었으며 조계종이 한국불교의 대표종단(代表宗團)으로 자리잡는 새로운 역사가 시작되었다.

　이 역사적 시점에 만장일치로 초대 종정에 추대된 설석우 대선사. 그분은 과연 어떤 분이었기에 그 치열했던 정화운동 와중에도 그 어느 쪽도 이의(異議) 없이 만장일치로 그분을 초대 종정에 추대했던 것일까? 그러나 불행하게도 설석우 대선사에 관한 상세한 기록은 알려진 것이 거의 없다.

　40세 전후의 나이에 불문(佛門)에 귀의한 뒤 평생토록 오매일여(寤寐一如) 참선 수행에만 진력했을 뿐, 부귀영화를 꿈꾼 적도 없었고, 유명한 스님이 되는 것을 원하지도 않았으며, 감투를 쓰려고 나선 적도 없었다. 아니다. 그분은 감투를 쓰려고 나서기는 커녕, 종정이라는 '한국불교 최고 어른의 자리'에 오른 뒤에도 '내가 종정입네' 하고 행세 한 번 한 적이 없는, 오직 선승(禪僧)일 뿐이었다.

　설석우 대선사.

　그분이 세상 인연을 마치고 열반에 드신 지도 어언 49년. 잊혀져 가는 기억의 편린을 더듬어 모든 문도(門徒)들이 그분의 발자취를 엮는 것은 그분을 '수행자의 영원한 사표(師表)'로 모시고자 함에서이다.

제갈공명을 꿈꾸었던 소년

　설석우 대선사는 1875년 5월 11일, 경상남도 의령(宜寧)에서 아버지 설상필(薛庠必)과 어머니 정경씨(鄭景氏)의 장남으로 태어났다.
　본관은 순창(淳昌)이며 신라시대 대표적인 선비로 홍유후(弘儒候)를 지낸 설총(薛聰)의 45세손(世孫)이니, 원효 대사(元曉大師)의 46세손이 되는 셈이다. 호적에 올라 있는 속명(俗名)은 태영(泰榮)이었다.
　스님은 다섯 살 때부터 《천자문(千字文)》을 배우기 시작하여 《명심보감(明心寶鑑)》을 배워 읽고 쓰고 뜻풀이까지 막힘이 없었으니, 이때부터 동네 인근에서 신동(神童)이 태어났다는 소리를 들었다.
　어려서부터 선비의 성품과 기질을 보였던 스님은, 자라면서도 동네 친구들과 어울려 놀기보다는 방 안에 조용히 홀로 앉아 글읽기를 즐겼다. 《논어(論語)》, 《맹자(孟子)》를 거쳐 《중용(中庸)》, 《대학(大學)》은 물론 《시경(詩經)》, 《서경(書經)》 등을 열한 살에 배워 마쳤으니, 인근의 선비들이 소문을 듣고 찾아와 시험해 보고는 그의 뛰어난 글 실력에 놀라 두 눈을 휘둥그렇게 뜨고 혀를 내둘렀다.

스님의 나이 열한 살이었던 1885년 음력 8월 14일, 남동생 태현(泰玹)이 태어났다.

농촌에서 나이 열한 살이면 꼴을 베어다가 소를 먹이기도 하고 망태를 걸머지고 산에 올라가 땔나무도 해올 나이였지만 스님은 여전히 글 공부에만 몰두했다. 이 아이는 범상한 아이가 아니니 이대로 글 공부를 잘 시켜서 나이 들어 과거를 보게 하면 장원급제는 따놓은 당상이라는 서당 훈장의 말씀에 아버지는 아들의 글 공부를 막을 수 없었다.

스님은 나이가 들면서 글 공부의 범위를 차츰 넓혀 나갔다. 손에 잡히는 대로 시서(詩書)들을 섭렵하는가 하면 제자백가(諸子百家)에 이어 천문(天文), 지리(地理)까지 본 뒤에 나중에는 의서(醫書)를 보기 시작하더니 어찌 된 일인지 계속해서 온갖 의서들을 백방으로 구해다 탐독하는 것이었다.

예나 지금이나 세상에는 병고(病苦)에 시달리는 사람들이 많은 법, 더구나 의학이 제대로 발달하지 않았던 시절이었으니 어지간한 병에만 걸려도 사람들은 꼼짝없이 죽는 수밖에 없었다. 그런데 의서들을 보니, 병고에 시달리는 사람들을 살려낼 수 있는 방도가 있는 것이 아닌가.

사서삼경(四書三經)도 노자, 장자나 제자백가도 당장 병들어 죽어가는 사람을 살려내지는 못한다. 그런데 의서는 지금 당장 고통에 신음하며 죽어가는 불쌍한 사람들을 살려내는 묘방(妙方)을 낱낱이 밝혀주고 있지 않은가. 더구나 병들어 죽어가는 사람을 살려낼 수 있는 묘약(妙藥)이 골목길에, 논두렁 밭두렁에, 그리고 들판에, 산에 지천으로 깔려 있는 풀이라니, 스님은 참으로 놀라지 않을 수 없었다. 저 흔한 들풀들을 제대로만 쓰면 죽어가는 사람을 살려내는 묘약이 된다니, 그것은 참으로 신기한 일이 아닐 수 없었다.

스님은 백방으로 돌아다니며 구해온 의서 가운데서도 《의방유취(醫方類聚)》와 《향약집성방(鄕藥集成方)》, 그리고 《동의보감(東醫寶鑑)》을 읽고 또 읽었다. 《의방유취》라는 의학서는 중국의 앞선 의학 서적들을 조선조 세종(世宗) 때 수집하여 그 안에 수록된 처방을 분류 정리해 놓은 의서요, 《향약집성방》은 우리나라에 분포되어 있는 온갖 종류의 동물, 식물, 광물 가운데 약용으로 쓸 수 있는 것을 수집 정리하여 처방해 놓은 귀중한 의서였다. 그리고 《동의보감》은 세상에 널리 알려진 바와 같이 조선조 광해군(光海君) 때 허준(許浚)이 집대성한 종합 의서로, 내경(內景)·외형(外形)·잡병(雜病)·탕액(湯液)·침구(針灸) 등 다섯 편으로 엮어진 우리나라 최초의 실용 의서였다.

스님은 이러한 의서들을 꼼꼼히 읽고 분석하고 필사(筆寫)까지 해 가면서 깊이 연구하는 한편, 중국 명(明)나라의 이시진(李時珍)이 지었다는 《본초강목(本草綱目)》에 수록되어 있는 1,800여 종의 약초 모양과 처방을 한 가지 한 가지 익혀 나갔다.

스님의 나이 열여덟 살이 되던 1892년 음력 2월 초순, 스님의 어머니는 세 번째 아이를 임신하고 있었는데 산일(産日)이 얼마 남지 않았다.

뱃속에 든 아이가 아들일까 딸일까 궁금해하던 어머니가 의학을 공부한다는 아들에게 장난삼아 물어 보았다. 이때 스님은 분명히 딸을 낳을 것이라고 대답했다. 무엇을 보고 딸이라 하느냐고 어머니가 따지듯이 물었다.

"어머니께서는 배를 만져 보니 울퉁불퉁하다고 그러셨지요?"
"그래 맞다. 배가 이래 울퉁불퉁하다."
"그리고 어머니께서는 오른쪽 젖몸에 멍울이 섰다고 그러셨지요?"
"그래, 그것도 맞다."
"그리고 어머니께서는 소자가 뒤에서 어머니를 부르면 오른쪽으로 고개를 돌리십니다."
"그건 또 무신 소리고?"
"뒤에서 누가 어머니를 부를 때, 오른쪽으로 고개를 돌려 돌아보면 딸이라고 했습니다."
"아이고 참 별 희한한 소리 다 듣겠네. 아니 왼쪽으로 돌아보건, 오른쪽으로 돌아보건 그게 무신 상관이란 말이고?"
"의서에 그렇게 쓰여 있습니다. 남자 아기는 대체로 왼쪽으로 치우쳐 있고, 여자 아기는 대체로 오른쪽에 치우쳐 있는데, 아기가 오른쪽에 치우쳐 있으면 오른쪽이 무거우니 고개를 오른쪽으로 돌린다는 것이지요."
"내사 마 못 믿겠구만."
"그럼, 어디 어머니 손목 좀 내밀어 보십시오. 소자가 맥을 한 번 짚어 보겠습니다."
"맥을 짚어가지고 아들인지 딸인지 안단 말이가?"
"아는 수가 있지요."
아들은 어머니의 손목을 쥐고 왼쪽, 오른쪽 맥을 짚었다.
"소자에게 여동생이 생기겠습니다."
"맥이 그렇게 나온다 이 말이가?"

"예, 어머니. 오른쪽 맥이 더 빠른 걸 보니 여동생이 태어날 것 같습니다."

그리고 나서 며칠이 지난 2월 초열흘, 어머니는 어김없이 딸을 낳았다. 스님은 열 살 터울로 남동생 태현을 두었고, 이번에는 무려 열일곱 살 터울을 두고 여동생 성초(誠初)를 보게 된 것이었다.

어렸을 적부터 글공부가 뛰어나 신동소리를 들었던 스님은, 그동안 의학 공부에 몰두하여 처음에는 가족들이 아프면 약초를 뜯어다 직접 약을 만들어주었는데, 스님이 처방한 약을 먹거나 바르면 참으로 신통하게도 아픈 데가 없어지고 상처도 깨끗이 아무는 것이었다.

그 후 이웃집 사람이 갑자기 토사곽란(吐瀉藿亂)을 일으켜 목숨이 경각에 달렸을 때, 스님은 소금을 물에 녹여 짭짤하게 만든 다음, 그 소금물을 뜨겁게 데워 두 사발을 먹여 뱃속에 있는 것을 모두 토하게 하고, 인삼과 흰삽주, 마른 생강과 감초 볶은 것을 섞어 이중탕(理中湯)을 만들어 먹이니 그 사람이 거짓말처럼 살아나는 것이었다.

이 일이 있은 뒤부터 마을에서는 스님을 가리켜 '어려서는 신동이더니 나이들어 명의(名醫)가 되었다'고 칭송이 자자하였다. 이렇게 되고 보니 마을 사람들은 머리만 아파도 설씨집으로 달려오고 배만 아파도 태영을 부르며 달려왔다. 그런데 신통한 것은 스님이 처방을 내려 약을 만들어 먹이기만 하면 웬만한 병은 씻은 듯이 낫는 것이었다.

그러니 입소문이 퍼져서 나중에는 인근 마을에서까지 병자만 생기면 무조건 설씨집으로 찾아오게 되었다. 또 그 집에만 가면 없는 약이 없고, 못 고치는 병이 없다고 소문이 부풀려져서 결국에는 설씨집은 '설약국'으로 불리우게 되었고, 스님은 자연 '설의원'으로 불려지게 되었다.

그런데 스님의 나이 열아홉 살이 되던 1894년 1월 초순, 전라도 고부(古阜)에서 농민들이 봉기하여 난(亂)을 일으켰으니 이것이 바로 전봉준이 이끈 동학란(東學亂)이었다.

1894년 1월 10일 전봉준의 영도 하에 고부 관아를 농민들이 점령함으로써 시작된 동학란은 그 후 걷잡을 수 없는 기세로 번져 농민군이 금구(金溝), 부안(扶安)을 점령한 데 이어 관군을 대파하고 흥덕(興德), 고창(高敞), 무장(茂長)을 손에 넣고, 뒤이어 영광(靈光), 함평(咸平), 장성(長城), 전주(全州)까지 점령하게 되었다. 이에 놀란 조정에서는 청나라에 원군을 요청하니 그 해 5월 5일부터 7일 사이에 청나라 군대 2,100 명이 충청도 아산만에 상륙하게 되었다.

그러자 조선반도에 눈독을 들이고 있던 일본은 청나라 세력을 견제하고자 5월 9일 일본군을 인천에 상륙시키고 경복궁을 침입하여 반일정권(反日政權)이었던 민씨정권을 타도하고 대원군(大院君)정권을 세우니, 이 땅은 아연 청나라와 일본의 전쟁터로 돌변하고 말았다.

동학농민군은 점점 그 세력을 넓혀 전라 · 충청 · 경상 · 황해 · 강원도에까지 농민들이 봉기하기에 이르렀으나, 청나라 군대를 대파한 일본 군대와 관군에 의해 전봉준은 체포되어 서울로 압송되고 대부분의 농민군은 죽거나 잡히는 신세가 되었다.

이때 경상도 김해(金海), 영지(寧池), 안동(安東), 지금의 영천(永川)인 신령(新寧), 지금의 군위군인 의흥(義興)에서도 농민군에 동조하는 민란이 일어났다.

바로 이 동학란의 농민군에 연루되어 관군에 붙잡혀간 경상도 농민의 수도 부지기수였다. 그런데 스님의 아버지 설상필도 끼어 있었다.

스님의 아버지 설상필은 농민군과 내통했다는 죄목으로 끌려가 모진 매를 맞고 구사일생으로 목숨만은 건졌으나 몸을 제대로 가누지 못할 지경이었다. 더구나 반란을 일으킨 농민군과 내통한 자라는 이유로 관아의 눈초리가 사나웠으므로 도저히 더 이상 고향에서 살 수 없었다.

스님은 하는 수 없이 병든 아버지를 등에 업고 고향을 떠났다. 이때 아버지 설상필의 나이는 마흔한 살, 어머니 정경씨는 서른아홉 살, 동생 태현은 아홉 살, 여동생 성초는 겨우 두 살이었다.

스님이 일가를 이끌고 이사를 간 곳은 당시의 행정구역으로는 경상도 영산군(靈山郡) 도천면(都泉面) 효우리(孝友理) 5번지의 3호였다. 이 당시의 영산군은 지금의 창녕군(昌寧郡)이다.

스무 살의 나이에 아버지 어머니와 두 동생을 이끌고 낯선 땅 영산으로 옮긴 스님은 이때부터 가정 살림을 책임지지 않으면 안 되는 처지였다. 가진 재산이 있는 것도 아니요, 농토를 장만해서 농사를 지을 형편도 아니었으므로 스님은 영산에서 그동안 공부한 의학 지식을 십분 활용하였다. 약초를 캐다가 약국에 팔아 가족들을 봉양하면서 손수 탕약을 지어 아버지의 병환을 보살펴 드리고 있었다. 아버지의 병세는 차츰 차도를 보이기 시작했고, 특출한 처방과 지극 정성으로 달여 올리는 탕약 덕분에 몇 달 후에는 기력을 회복하여 웬만한 농사일도 할 수 있게 되었다.

스님이 약초를 채취해 갖다주는 영산읍의 약국 주인은 칠십 가까운 노인이었다. 한 번 두 번 약초를 사면서 보니, 설씨 성을 가진 이 젊은이는 다른 무식한 약초꾼들과는 다르다는 것을 알아차렸다.

　우선 예의범절을 깍듯이 지킬 줄 알았고 말씨가 공손한 데다가 언행(言行)에 품위가 있었고 채취해 오는 약초도 질적으로 다른 데가 있었다. 그리고 비록 행색은 초라한 시골 청년이었지만 수려한 이목구비에, 훤칠한 키에, 선한 눈빛에, 예사 젊은이가 아님이 분명했다. 그리고 특히 약초를 가져오면 값을 쳐주는데 단 한 번도 약초값을 더 쳐달라고 토를 다는 일이 없었다. 또 한 가지, 약국 주인이 놀란 것은 약국 주인도 모르는 약초를 캐온 것이었다.

　"아니 이건 내가 못 보던 긴데, 이기 무신 약초란 말이가?"

　"예, 이건 목통덩굴입니다."

　"목통덩굴이라니?"

　"한문으로는 목통(木通)이라 부르고 우리말로는 으름덩굴이라 부르지요."

　"으름 말이가?"

　"예, 어르신. 그렇습니다."

　"아니, 이 으름덩굴도 약으로 쓴단 말이가?"

　"예, 어르신. 상백피산을 만들 때 반드시 이 으름덩굴이 들어가야 합지요."

　"뭐라? 상백피산이라?"

　"어르신께서도 잘 아시겠습니다만, 각기병에 걸려서 다리가 붓고 소변이 잘 나오지 않아 배가 붓고 아프면, 적복령과 목향과 방기, 그리고 대복자와 뽕나무뿌리 껍질, 거기에 차조기 잎과 으름덩굴 등을 넣어 생강과 함께 달여 마시면 낫는다고 하였습니다."

"뭐라? 허허 이 사람 이거, 선무당이 사람 잡는다고 하더니, 약초 몇 번 뜯어 오더니만 의원 행세를 다 하는구만 그래."

"아, 아니옵니다 어르신."

"아니긴 이 사람, 도대체 그런 소리 어디서 얻어들었노?"

"아 예, 그저 들은 풍월이라 그리 말씀드렸으니 용서하십시오."

"들은 풍월이라고?"

"예, 어르신."

"자네 성씨가 설씨라고 했제?"

"예, 어르신."

"본관은 어디던고?"

"예, 어르신. 순창 설가이옵니다."

"이름은 뭐라고 했더노?"

"예, 어르신. 태영이라고 하옵니다."

"태영이?"

"예, 어르신."

"내 그 동안 태영이 자네가 뜯어온 약초를 눈여겨보아 온기라."

"예, 어르신."

"자네 솔직하게 말해 보거라."

"예? 무엇을 솔직하게 말하라는 말씀이시온지요?"

"의령에서 이사 왔다고 그랬제?"

"예, 그렇습니다. 어르신."

"하면 자네, 의령에서 약국에 있었드나?"

"아, 아니옵니다. 약국에서 일한 적 없사옵니다."

"그러면 약초는 어디서 배왔노?"

"예, 그건 저… 어깨너머로 조금 배웠습니다, 어르신."

"거짓뿌렁 그만하거라."

"예? 거짓뿌렁이라니요, 어르신."

"어깨너머로 배운 솜씨가 아닌 거 내 다 안다. 솔직히 말해 보거라."

"예, 저 사실은 의서를 좀 보았습니다."

"뭐라? 의서를 봤다고?"

"예, 어르신."

"아니 그 어려운 한문으로 된 의서를 봤다고?"

"예, 어르신."

"그러면 그렇지! 내 보통 약초꾼이 아니다 했다. 그래 의서를 볼 줄 알면 글 공부도 많이 했겠네?"

"아 아니옵니다, 어르신. 조금 했습니다."

"그럼 의서는 몇 년이나 봤노?"

"예, 한 7, 8년 본 것 같습니다."

"뭐라? 7, 8년씩이나?"

약국 노인은 두 눈을 크게 뜨고 설태영을 쳐다보았다.

"자네, 이리 좀 앉거라."

"예에?"

"내 자네한테 부탁이 한 가지 있다."

"부탁이라니요, 어르신?"

"이건 내하고 자네하고 둘이만 알고 있어야 하는 긴데…."

"예, 어르신. 말씀하시지요."

"군수 영감 마나님이 말이다. 힘줄이 땡기고 뼈가 아프고 한 쪽 다리하고 무릎을 쓰지 못하고, 다리가 쑤시고 저린다는 긴데, 이 약 저 약 다 써봐도 효험이 없는기라."

"아 예, 그러니까 힘줄이 땡기고 뼈가 아프고 다리와 무릎을 못 쓰고 쑤시고 저린다면 그럼 어르신께서 독활기생탕(獨活寄生湯)을 한 번 써보시지요."

"뭐라? 독활기생탕?"

"예, 어르신."

"그걸 우째 만드는 기고?"

"예, 그건 독활에다…."

"독활이 뭐꼬?"

"우리말로는 따두릅이라고 그러지요."

"어, 그래. 따두릅…."

"거기에 당귀, 백작약, 뽕나무겨우살이, 숙지황, 천궁, 인삼에…"

"가 가만, 그래 말로 하면 내가 어찌 다 외우겠노. 여, 여기 종이에다 붓으로 좀 써보거래이."

태영은 약국 노인이 내민 하얀 백지에 하나 하나 처방을 써내려 갔다.

―독활(獨活), 당귀(當歸), 백작약(白芍藥), 상기생(桑寄生), 숙지황(熟地黃), 천궁(川芎), 인삼(人蔘), 백복령(白茯笭), 우슬(牛膝), 두충(杜沖), 진교, 족두리풀, 방풍, 육계, 감초―.

약국 노인은 태영이 내린 처방에 놀란 것이 아니라 막힘없이 써내려 가는 태영의 붓글씨에 놀라 벌어진 입을 다물지 못했다.

"허허, 이거 보통 글 솜씨가 아니구만."

"아 아닙니다. 제가 여기 써 드린 이 약재들을 상기생까지는 두 푼씩, 숙지황부터는 한 푼씩, 잘게 썰어서 여기에 생강 세 쪽을 넣어 달여 마시게 하면 아마도 효험이 있을 것입니다."

"아이구 알았네. 효험만 있으면 내 크게 후사할끼라."

"아 참 그런데, 이 약은 빈 속에 드시도록 하셔야 합니다."

"알았네. 내 자네 시킨 대로 할끼라."

그날 약국 노인은 태영에게 약초 값을 아주 넉넉하게 쳐주었다.

태영이 처방을 내려주고 나서 다음날부터 관룡사(觀龍寺)를 거쳐 화왕산(火王山) 일대를 돌아다니며 약초를 채취하고 나흘 뒤에 약국으로 찾아가니, 약국 노인이 버선발로 쫓아나와 태영을 반겼다.

"됐네, 됐어! 됐단 말이라!"

"무슨 말씀이신지요. 어르신?"

"군수 영감 마나님이 효험을 봤단 말이라!"

"아, 예. 차도가 좀 있으신가요?"

"자네가 시킨 대로 약을 지어 올렸는기라. 그랬더니 그 약 이틀 묵고 나서 쑤시고 저린 기가 싹 없어졌다는기고, 오늘 아침부터는 혼자 걷게 되었다는기라!"

"그것 참 다행입니다. 어르신."

"그 약 이름이 뭐라고 했드노?"

"예, 독활기생탕이라고 합지요."

"그래 그래, 독활기생탕, 그 약 덕분에 내사 마 체면 살렸다 아이가! 어서 안으로 들어오거라. 오늘은 내가 자네하고 긴히 의논할 일이 있다."

"예, 어르신."

이날 설태영은 약국 노인의 융숭한 대접을 받았다. 그리고 참으로 뜻밖의 제의도 받았다.

"봐라, 이 사람아. 이렇게 약초나 뜯어다 팔아가지고는 입에 풀칠하기 바쁠기다. 안 그렇나?"

"…. 예, 어르신."

"그러니 자네 내 시키는 대로 우리 약국에 들어와서 내 밑에 있으면 어떻겠노?"

"예에? 아니 그러시면 소생더러 어르신네의 이 약국에…?"

"그래 그래. 보아하니 자네 처방 솜씨가 제법이던데, 우리 약국에만 있어준다면 내 섭섭치 않게 해줄기라."

설태영은 약국 노인의 이 제의를 받고 잠시 생각에 잠겼다. 어렸을 때부터 《천자문》을 배우기 시작해서 《명심보감》, 《논어》, 《공자》, 《맹자》, 《시경》, 《서경》, 《노자》, 《장자》를 공부할 적에는 벼슬길에 나아가 곤궁한 백성들을 위해 한평생 바치고 싶은 깊은 뜻이 있었다. 그러나 그 후 의서들을 배우면서는 당장 갖가지 병고에 시달리는 가난한 이웃의 고통을 덜어주는 것이 더 보람 있는 일이라는 생각이 들었다. 그리고 지금은 다시 공부를 해서 벼슬길로 나아가고자 한들, 반란을 일으킨 농민군에 연루된 자의 자식이니 글 재주가 아무리 뛰어난들 뽑아줄 리 없었다.

"이봐라. 자네가 내 밑에서 몇 년만 고생하면 그 다음에는 자네가 의원도 될 수 있는기라. 어떻노, 당장 오늘부터라도 우리 약국에 있는기…."

"어르신께서 그리 말씀하시니 감사하긴 하옵니다만, 사실 소생은 별로 아는 게 없습니다."

"아는 게 없기는, 좌우지간 우리 약국에 있어주는 기제?"

"어르신의 말씀대로 따르도록 하겠습니다. 다만…."

"와, 무신 조건이라도 있단 말이가?"

"어르신 밑에서 착실히 배우고자 하오니, 어르신께서는 자식처럼 여기시와 자상한 가르침을 내려주셨으면 합니다."

"하이구 야, 아 그걸 말이라고 하나? 한 솥에 밥을 묵으면 한 집안 한 식군 기라. 잘 생각했다. 잘 생각한 기라."

그날 약국 노인은 설태영에게 선수금조로 돈을 듬뿍 주었다. 집안 식구들을 위해 양식이라도 넉넉히 사다 놓고 오라는 것이었다.

이렇게 해서 설태영은 영산 읍내의 약국에서 먹고 자며 일을 하게 되었다.

그동안 여러 가지 의약에 관계된 귀중한 책들을 많이 보고 배우기는 했지만, 그것은 어디까지나 책을 통해 배운 이론 공부였지 실제로 환자를 보고 만지고 처방하여 병을 고쳐준 경험은 많지 않았으므로, 약국에서 직접 일하면서 환자를 대할 수 있게 된 것은 어쩌면 이론과 실제를 겸해서 익힐 수 있는 좋은 기회이기도 했다.

영산 읍내의 약국 노인은 비록 학문적으로는 지식이 높지 않았으나 오랜 세월 환자를 다루어 온 경험에 의해서 병자들을 능숙하게 대하고 있었고, 단방약도 많이 알고 있었으며 침술 또한 뛰어났다.

설태영은 약국에서 일하면서부터 그야말로 물고기가 물을 만난 듯 그동안 갈고 닦아온 의학 지식을 십분 활용하여 찾아오는 병자들을 정성껏 진맥하였다. 우선 환자의 체질부터 파악한 뒤, 그 체질에 합당한 처방을 내렸다. 뿐만 아니라 설태영은 같은 약초, 같은 약재라도 산에서 뜯어온 것과 들판에서 뜯어온 것, 그늘에서 자연스럽게 말린 것과 뜨뜻한 방바닥에서 말린 것에 따라 약효에 차이가 있음을 알아차리고 철저히 분별해서 처방했다.

이리저리 진맥을 하고도 무슨 병인지 확신이 서지 않을 때는 이 책 저 책 의학서들을 모조리 뒤져가며 기어이 병통을 알아낸 뒤, 그 다음에야 약을 쓰는 것을 원칙으로 삼았다. 짐작만으로 병을 진단하고 약을 쓰면 자칫 귀한 생명을 잃게 할 수 있기 때문이었다. 이렇듯 지극 정성으로 병자들을 대하고 철두철미하게 병세를 파악하고 세세하게 주의를 기울여 처방을 내려주니, 자연 '영산 읍내에 용한 의원이 나타났는데, 그 의원은 귀신이 못 고치는 병도 감쪽같이 고친다더라' 하는 소문이 널리 퍼지게 되었다.

1년, 3년, 5년, 7년, 설태영은 영산 읍내 약국에서 일하며 책에서만 보았던 수천 가지의 약초와 약재를 직접 보고 만지고 다루면서 건재(乾材)를 비롯한 탕약, 환약은 물론 고약을 만들고 침을 놓는 의술을 두루 통달하였으니 나중에는 약국에 찾아온 병자들은 으레 '설의원'을 먼저 찾을 만큼 명성이 자자했다.

이제 설태영은 '명의'라는 평판도 얻었고 그에 따라 가족들을 부양하는 데도 어려움이 없었다. 그러나 어쩐 일인지 설태영은 나이가 들도록 장가갈 생각을 아니했고, 명성에도 재물에도 재미를 붙이지 못했다.

어려서 글공부에 푹 빠져 있던 시절, 설태영은 제갈공명(諸葛孔明)이 되고자 꿈꾸었다. 그 후 더욱 학문이 깊어지면서는 노자가 되고 싶었고, 장자가 되고 싶었고, 신선(神仙)이 되고 싶었다.

그러다가 천문, 지리를 거쳐 의학에 이르렀고, 가난한 이웃들의 병고를 덜어주는 일에 심취했다. 그러나 어인 일인지 날이 갈수록 마음 한 구석이 허전하기 그지 없었다. 명의라는 명성과 평판도 그의 인생을 사로잡지 못했고 재물 또한 그의 인생을 사로잡지 못했다.

망국의 한을 안고 방황한 세월

　1905년 가을, 설태영은 부모의 간청에 못 이겨 하는 수 없이 결혼을 하게 되었다. 아내의 이름은 정보애(鄭甫愛), 하동정씨(河東鄭氏) 정직수(鄭直守)의 둘째 딸이었다. 서른한 살의 나이로 뒤늦게 결혼을 한 셈인데, 설태영은 혼례를 올리자마자 바로 청천벽력과도 같은 망국(亡國)의 소식을 접하게 되었다.

　왜놈들이 강제로 을사보호조약을 체결하여 나라가 망했다는 것이었다. 그렇지 않아도 왜놈들의 군대에 의해 수많은 우리의 농민군들이 처참하게 살육되었던 동학란의 참상을 목격했던 설태영의 가슴속에는 왜놈들에 대한 적개심이 아직도 한(恨)으로 남아 있었는데, 그 왜놈들이 총칼로 위협하여 나라까지 망했다니 혈기 왕성한 조선의 뜻있는 젊은이로서 분기탱천하지 않을 수 없었다.

　그러나 시골 선비 설태영이 아무리 통곡을 하고 땅을 친들 이미 기울어진 국운(國運)을 바로 세울 수는 없는 일이었다. 나라가 통째로 망한 마당에 약국 일이 손에 잡힐 리 없었고, 가족이 눈에 들어올 리 없었다.

설태영은 영산 읍내의 몇몇 젊은 선비들과 망국의 한을 술로 달래고 있었다. 그러다가 망국의 한을 견디지 못해 시종무관장(侍從武官長) 민영환(閔泳煥)이 할복 자결했다는 비보(悲報)를 들었다.

그것은 설태영에게 크나큰 충격을 주었다. 나라가 망하고 충신들이 붙잡혀 가고, 총칼에 쓰러지고 할복 자결까지 하는 지경인데 자신은 겨우 망국의 한을 술로 달래고 있었단 말인가! 그는 스스로 부끄러워 가슴을 쳤다.

사나이 대장부로 태어나서 사서삼경, 제자백가, 천문지리, 의학까지 통달한 자가 천하를 걱정하고 만백성을 두루 보살피지는 못한다 하더라도 이렇게 초야에 묻혀 작두로 약초나 썰고 탕약이나 달이면서 겨우 호구지책에 매달려 있다니, 이것이 얼마나 부질없는 짓이란 말인가!

설태영은 더 이상 견딜 수 없을 만큼 가슴이 답답했다. 천하가 비좁다고 울부짖으며 돌아다녀도 시원치 않을 호랑이가 비좁은 울 안에 갇혀 있는 것만 같았고, 구만리 장천(長天)을 훨훨 날아다녀도 시원치 않을 대붕(大鵬)이 숨막히는 새장 안에 갇혀 있는 것만 같았다.

설태영은 비좁은 울 안에서 이제 더 이상은 견딜 수 없었다. 설태영은 무작정 영산읍을 벗어났다. 꼭 가야 할 곳이 정해진 것도 아니었고, 오라는 곳도 따로 없었다. 그는 그냥 무심코 발걸음을 옮겼다. 서쪽으로 서쪽으로 발길을 옮기다 보니, 이틀만에 당도한 곳은 옛 고향 의령이었다. 그는 다시 발걸음을 옮겨 진주를 지나고 하동에 이르렀다. 그는 쌍계사에 들러 며칠을 묵은 뒤, 강나루를 건너 전라도 땅으로 들어섰다.

이렇게 천촌만락(千村萬落)을 정처 없이 떠돌던 설태영에게 세월은 별로 의미가 없었다. 때로는 머슴방에서 하룻밤을 지내고, 때로는 한 마을에 주저앉아 《천자문》을 한 철 가르치기도 하고, 또 때로는 약국에 들어가 처방을 해주기도 하고, 어떤 때는 풍찬노숙(風餐露宿)을 하며 떠돌아 다녔다.

먼 훗날, 칠십 노년에 이르렀을 때, 제자들에게 "나도 젊었을 적에는 한 7, 8년 정처 없이 방황을 했었다"고 술회한 점으로 보아, 이 당시 젊은 설태영의 방황과 방랑은 상당히 오랜 기간 지속되었음을 짐작할 수 있다.

망국의 한으로 입은 정신적 허탈감이 젊은 선비 설태영으로 하여금 오랜 세월의 방황과 방랑을 요구했던 셈이었다.

동서남북 뚜렷이 정해 놓은 목적지도 없이 계속되던 방황의 발길은 어느덧 이 나라의 남쪽 끝 전라도 해남(海南)의 두륜산(頭輪山) 대흥사(大興寺)에 이르게 되었다.

촌로(村老)에게 물어 대흥사가 있다는 두륜산 계곡으로 들어서자 천수만수(千樹萬樹)의 제왕(帝王)이라 할 수 있는 적송(赤松)이 하늘을 찌를 듯 쭉쭉 뻗어 솟아 있고, 참나무 굴참나무 느티나무 고목들이 천년 세월을 말해주듯 하늘을 가리고, 굴거리나무 조록나무 가시나무 동백나무가 저마다 자태를 자랑하고 있었다.

왜놈들이 우리 땅을 침범해 들어와 짓밟은 임진왜란 때, 분연히 일어나 승병을 일으켜 왜놈들의 간담을 서늘케 했던 서산 대사, 그분의 제자 사명 대사와 처영 대사. 바로 그 서산 대사의 사당 표충사(表忠祠)가 모셔져 있는 대흥사는 꼭 한 번 와보고 싶었던 사찰이었다. 옛날 임진왜란 때는 산속에서 불도(佛道)를 닦던 스님들까지 분기탱천, 승병을 일으켜 왜놈들과 맞서 싸워 기어이 나라를 지켜냈었거늘 어찌하여 오늘에는 서산 대사, 사명 대사 같은 분이 아니 계신단 말인가!

설태영은 또 다시 끓어오르는 울분을 삭이며 울울창창한 숲길을 더듬어 올라갔다. 우루루콸콸 쏟아져 내리는 물 위에 돌다리가 놓여 있었다. 이름하여 피안교(彼岸橋). '이 세상에서 저 세상으로 건너가는 다리'라는 뜻이니, '이 풍진 세속에서 부처님의 세계로 건너가는 다리'라는 뜻이리라.

조금 더 올라가니 '두륜산 대흥사(頭輪山 大興寺)'라는 현판이 걸려 있는 일주문이 서 있고, 거기서 조금 더 올라가니 오른쪽에 오래된 묘탑과 비석들이 수없이 많이 늘어서 있었다.

설태영은 바로 이곳에서 불교를 만나게 되었고, 불교를 알게 되었고, 불교에 눈뜨게 되었다. 물론 그 전에도 설태영은 어머니를 따라 절에도 갔었고, 근래에는 영산 화왕산에 있는 관룡사에도 여러 번 들른 일이 있었다. 그러나 그동안에는 그저 산에 절이 있어서 갔고, 절은 불교를 신봉하는 스님들이 살면서 불도를 닦는 곳으로만 막연하게 알았을 뿐, 불교가 어떤 교(教)인지, 불교에도 경(經)이 있는지, 그리고 스님들이 외우는 염불이 무슨 뜻을 담고 있는지 전혀 아는 바가 없었고 관심조차 가져본 일이 없었다.

그랬던 설태영이 정처 없이 방황하다가 서산 대사의 사당이 모셔져 있다는 대흥사 이야기를 듣고, 임진왜란 때 승병장이 되어 왜놈들을 물리쳤다는 그 서산 대사를 흠모하는 마음에서 대흥사를 찾았던 것인데, 바로 이 대흥사에 머물면서 뜻하지 않게 불교에 눈을 떴으니, 참으로 기묘한 인연이었다.

　수인사가 끝난 후 대흥사의 주지 스님은 이 낯선 젊은이가 예사로운 사람이 아님을 단박에 알아차리고 극진히 대접했다.

　설태영은 인사가 끝나자마자 서산 대사의 사당이 어찌하여 대흥사에 모셔져 있는지 그 연유부터 물었다.

　"소생 불도에 대해서는 천학 무지하옵니다만, 서산 대사께서는 묘향산에 계셨던 스님이신데 그분의 사당인 표충사가 어찌하여 이곳에 모셔지게 되었는지요?"

　"아 예, 거기에는 그럴 만한 사연이 있습지요."

　"어떤 사연인지 들려주실 수 있겠습니까?"

　"말씀드리지요."

　대흥사 주지 스님은 이 젊은이가 비록 행색은 초라하나 보통 젊은이가 아님을 그 언행을 보아 알아차렸다. 그리고 차(茶)까지 대접해주며 서산 대사와 대흥사의 이야기를 들려주기 시작했다.

　"서산 대사께서는 본래 평안도 안주가 고향이셨습니다. 헌데 아홉 살에 어머님을 잃고, 열 살에 아버님을 잃었는데, 안주목사가 기특히 그의 명석함을 여겨 양자로 삼아 서울로 데려다가 공부를 시켰습니다."

　"아. 예. 그러셨군요."

　"성균관에서 공부를 하시던 대사님께서는 몇몇 친구들과 함께 지리산에 들어가 공부를 하시다가 그곳에서 불교경전을 접하게 되셨죠. 특히 불교경전 가운데 선가(禪家)의 돈오법(頓悟法)을 알고 나서는 크게 생각하신 바 있어 그동안 해오던 공부를 버리시고 숭인(崇仁) 선사의 제자가 되어 삭발 출가하셨습니다."

"하오시면 유학을 공부하시다가 유학을 버리시고 불도에 들어오셨다는 말씀이시옵니까?"

"그러신 셈이지요."

설태영은 이 이야기에 적잖은 충격을 받았다. 불도에 대체 어떤 심오한 진리가 있기에 유학을 공부하던 유생이, 더구나 벼슬길이 활짝 열려 있는 성균관 유생이 유학을 버리고 불도로 들어왔단 말인가?

주지 스님은 차를 한 모금 마시고 나서 다시 서산 대사 이야기를 계속 들려주었다.

"그 후 스님께서는 스물한 살에 영관(靈觀) 선사로부터 깨달음을 얻었다는 인가를 받고 서른 살에 선과(禪科)에 급제하여 양종판사(兩宗判事)가 되셨고, 그 후 임진왜란 때는 선조께서 의주로 피난을 가시자 찾아가 뵙고, 늙고 병든 승려는 절에서 불공을 올려 왜적을 물리치도록 부처님께 기원하게 하고, 젊은 승려들은 승병을 일으켜 나라를 지키겠다고 다짐하셨지요."

"아 예, 그렇게 해서 승병을 일으키게 되셨군요?"

"그렇습니다. 그 후 스님께서는 팔도십육종도총섭이 되어 의승병 5천 명을 모아 왜적을 물리치고 나중에는 늙음을 핑계삼아 사명과 처영 두 제자에게 군무를 맡기고 당신은 산속으로 다시 돌아가 수행하시다가 여든다섯에 묘향산 원적암에서 열반에 드셨습니다."

"열반이라고 하시면?"

"세상을 뜨셨다는 말씀이지요."

"아 예, 소생이 워낙 불도에 천학 무지한지라 송구하옵니다."

"그런데 대사님의 사당이 어찌해서 이곳 대흥사에 모셔지게 되었느

냐고 물으셨지요?'

"아, 예. 평안도 분이시고, 묘향산에 계시던 스님이신데…."

"예, 거기에는 여기, 서산 대사의 제자 되시는 사명 대사가 지은 서산 대사 행장기에 자세히 기록되어 있습니다. 직접 한번 읽어 보시지요."

주지 스님은 사명 대사가 지었다는 서산 대사 행장을 설태영에게 내밀었다. 설태영은 무심코 한문으로 되어 있는 서산 대사 행장을 읽어 나가기 시작했다.

선사께서 입적하시던 날 제자들에게 부탁하셨다.

"이제 내가 시적(示寂)한 후에 의발(衣鉢)을 호남도(湖南道) 해남현(海南縣) 두륜산 대둔사(大屯寺, 지금의 대흥사)에 전하여 제삿날에 재를 받게 하라. 두륜산은 변방에 치우쳐 있고 비록 명산은 아니지만, 나는 세 가지 조건을 갖추고 있다고 생각하여 소중히 하는 것이다.

첫째는, 기화이초(奇花異草)가 언제나 아름답고 옷감과 곡식이 항상 풍부하니, 내가 보건대 두륜산은 길게 뻗어나갈 곳이다. 북쪽으로는 월출산이 있어 하늘을 받쳐주고 남쪽으로는 달마산이 있어 지축을 서리서리 맺어주니 산과 바다가 둘러싸 보호하는데 골짜기는 깊고 그윽하므로 만세에 허물어지지 않을 땅이다.

둘째는, 왕의 덕화가 천리나 되면 제대로 미치지 못하여 모든 하늘 아래 땅이 왕토 아닌 곳이 없으나 나라를 향한 충성이 일어나기 어렵다. 나의 공적이 비록 가히 일컬을 만한 것이 못 되나 주상께서 깊이 은혜를 베푸셨으니 이를 기대어 보고 느끼면 후세에 어찌 공적을 기린 소문으로 어리석고 아둔한 풍속을 깨우침이 없겠는가.

　셋째로, 처영(處英) 및 여러 제자들이 모두 남방(南方)에 있으니 곧 나의 출가 초기의 두류산(頭流山, 지금의 지리산)에서 서로 법을 들은 사람들이다. 이것이 바로 종통(宗統)이 돌아가야 할 바이니라.

　돌이켜보면 소중하지 아니한가. 너희들은 내 유촉을 좇아서 의발 및 주상께서 하사하신 대선사(大禪師) 교지를 두륜산중으로 옮겨 보관하고 입적한 날에 받들어 재를 올리도록 하는데 제자로 하여금 이 일을 주관케 하라."

　설태영은 서산 대사 행장을 다 읽고 나서 주지 스님께 공손하게 돌려드렸다.

　"이제 여기 대흥사에 서산 대사의 사당을 모시게 된 내력을 소상히 아시겠지요?"

　"예, 그러면 곧바로 이 절로 모셔왔는지요?"

　"아, 아니지요. 서산 대사께서 열반에 드신 후, 묘향산에서 삼년상을 지낸 다음, 스승으로부터 물려받은 유물을 다 챙겨가지고 여기까지 내려와서 모시게 되었습니다."

　"아니 그럼, 이 대흥사에 서산 대사님의 유물도 모셨단 말씀이시옵니까?"

　"그렇습니다. 서산 대사께서 입으시던 벽옥발, 신발, 친필, 염주, 연적 등 모든 유물이 다 이 대흥사에 잘 모셔져 있지요."

"그래요?"

"헌데 선비께서는 어쩐 연유로 서산 대사에 그리 관심이 깊으신지요?"

"아 예, 소생 글은 몇 줄 보옵니다만 선비랄 것까지는 없구요. 저 옛날 서산 대사께서는 불도를 닦으시다가도 분연히 일어나 승병을 이끌고 왜군들을 물리치셨는데, 오늘날 이 못난 후손들은 맥없이 왜놈들에게 나라를 빼앗겼으니 분하고 부끄럽고… 그래서 서산 대사 생각이 더욱 간절한 것이지요."

"아 예. 듣고 보니 소승도 참으로 부끄럽기 그지 없습니다."

"저, 대사님."

"왜 그러시는지요?"

"소생 이 대흥사에서 며칠 쉬었다 가도 괜찮을는지요?"

"그야 좋을 대로 하시지요. 선비께서 계시겠다고 하시면 며칠 아니라 몇 달을 계신다 한들 감히 소승이 내쫓기야 하겠습니까?"

"감사합니다. 대사님, 정말 감사합니다."

이렇게 해서, 젊은 선비 설태영은 망국의 한을 달래며 한동안 대흥사에 머물면서 서산 대사의 문집을 처음 보게 되었고 나중에는 자연 불교경전까지 보게 되는 지중한 인연을 맺게 되었다.

대흥사 주지 스님이 설태영에게 보여준 것은 서산 대사의 문집(文集)인《청허당집(淸虛堂集)》과《선가귀감(禪家龜鑑)》, 그리고《유가귀감(儒家龜鑑)》과《도가귀감(道家龜鑑)》이었다.

설태영은 먼저《청허당집》을 보게 되었는데 서산 대사가 약관 스물한 살 때, 어느 마을을 지나가다 닭 우는 소리를 듣고 지었다는 시문(詩文)을 보고는 감탄하지 않을 수 없었다.

머리는 희어도 마음은 늙지 않음을　　髮白非心白
　　옛사람이 이미 말하지 않았던가　　　古人曾漏洩
　　이제 저 닭 우는 소리 들으니　　　　今聞一聲鷄
　　대장부 할 일이 끝나는가 싶네　　　丈夫能事畢

　서산 대사가 서른 살에 선과(禪科)에 급제한 후 금강산에 들어가서 지었다는 〈삼몽사(三夢詞)〉는 더더욱 놀라운 경지를 보여주고 있었다.

　　주인의 꿈 이야기 객에게 말하고　　主人夢說客
　　객의 꿈 이야기 주인에게 말하네　　客夢說主人
　　지금 꿈 이야기 하는 그 두 사람도　今說二夢客
　　역시 꿈속 사람인 줄 뉘 알리요　　　亦是夢中人

　설태영은 서산 대사의 시 몇 편을 읽고 그 뛰어난 문재(文才)에 놀라지 않을 수 없었다. 더구나 서산 대사가 박상사(朴上舍) 초당(草堂)에서 읊은 시는 신선(神仙)의 경지를 보여주고 있었다.

　　뜬구름 같은 부귀를 뜻에 두지 않는데
　　달팽이 뿔 같은 공명(功名)에 내 마음 더럽히랴
　　활짝 개인 봄날에 낮잠을 실컷 자고
　　누워서 뒹굴며 새소리나 즐기리

서산 대사는 단순한 승병장이 아니었고, 불도(佛道)만 아는 보통 스님이 아니었다. 서산 대사는 이미 유(儒)·불(佛)·선(仙)을 달통하고 선인(仙人)의 경지에 올라 《유가귀감》,《도가귀감》,《선가귀감》까지 찬술하지 않으셨는가. 모름지기 선비라고 자처하려면 서산 대사처럼 이 경지에는 이르러야 할 일이 아니던가.

설태영은 대흥사에서 서산 대사의 문집을 보고 나서 스스로를 몹시 부끄러워하였다. 그리고 그토록 학문의 경지가 깊고 넓으셨던 서산 대사가 공자, 맹자, 노자, 장자를 두루 섭렵하고 나서 결국은 불도에 귀의했다면, 거기에는 반드시 그럴 만한 까닭이 있었을 것이 아닌가. 불도란 대체 무엇일까? 불도에는 과연 어떤 진리, 어떤 지혜, 어떤 오묘한 철리(哲理)가 있기에 저토록 특출했던 유가(儒家)의 선비가 하루 아침에 마음을 바꿔 삭발하고 출가했던 것일까?

설태영은 그날부터 대흥사에 소장되어 있는 불교경전을 하나하나 읽어나가기 시작했다. 석가모니 부처님의 일생을 기록해 놓은 불전(佛傳)을 보면서 설태영은 참으로 놀라움을 금할 수 없었다. 비록 작은 나라였지만 가비라국의 태자로 태어나서, 어느 것 한 가지 부족함이 없는 유복한 생활을 누리던 싯달타가 생로병사(生老病死)의 괴로움과 무상(無常)을 절감하고 담을 넘어 출가하여 고행하는 모습을 접했을 때, 설태영은 많은 생각을 하게 되었다.

세상에 살고 있는 우리 범부 중생들은 모두가 호의호식(好依好食)을 하려고 발버둥치고 있고, 부귀영화(富貴榮華)를 누리려고 수단 방법을 가리지 않는데, 싯달타 태자는 어찌하여 그 좋은 임금의 자리를 스스로 내던져 버리고, 사랑하는 아내와 아들도 버리고, 홀로 고행의 길을 걸을 수 있었단 말인가!

　설태영은 불전을 통해 불교의 교조(敎祖)이신 석가모니 부처님이 어떤 분이었는지 처음으로 알게 되었고, 불교의 가르침이 어떤 것인지 어렴풋이나마 짐작할 수 있게 되었다.

　훗날 '설석우 대선사'가 되어 수많은 제자를 문하(門下)에 두게 되었을 때, 젊은 시절을 회고하며 "나는 그때 해남 대흥사에서 웬만한 불전(佛典)을 다 보았었다"고 술회한 점으로 보아, 이때의 젊은 선비 설태영은 스님도 아니고 속인도 아닌 비승비속(非僧非俗)의 차림으로 상당히 오랜 기간, 해남 대흥사에 머물렀던 것으로 보인다. 웬만한 불전을 대흥사에서 다 보았다면, 그 많은 불교경전을 단시일 내에 다 볼 수 없었을 것이기 때문이다.

어머니를 찾아나선 사찰 순례길

　전라도 해남의 대흥사에 머물고 있던 설태영은 생각지도 않았던 인연으로 불교경전을 보게 되었고, 하나하나 불경을 읽으면서 세상만사 덧없음을 절감하게 되었다. 이 세상 부귀영화가 풀잎 위의 이슬이요, 물 위의 거품이라는 것도 새삼 알게 되었다. 그리고 구구절절 가슴을 치는 부처님의 설법에 마음의 평정을 되찾은 설태영은 실로 오랜만에 집으로 돌아왔다.
　그런데 설태영이 집을 비운 채 방황하고 다니는 동안 그의 집안은 그야말로 쑥대밭이 되어 있었다. 집을 나간 큰아들 태영이 틀림없이 중이 되었으리라 믿고, 기어이 아들을 찾아오겠다고 나선 어머니는 이미 5년째 소식이 없다는 것이었다. 여동생 성초(誠初)는 영산군 부곡면 청암리 배보영(裵輔榮)과 결혼하여 부곡에서 살고 있었다. 그리고 남동생 태현(泰鉉)은 나이 스물여덟 살이 되도록 아직 장가도 못 든 채 남의 농사일을 거들어주고 있었고, 설태영의 아내는 틈틈이 삯일을 해가면서 병석에 누워 있는 시아버지를 보살피고 있었다.

자신이 집을 떠나 있는 동안 참혹하게 몰락해버린 집안 형편을 확인한 순간, 설태영은 참담한 심경을 금할 길이 없었다.

5년째 소식이 끊겼다는 어머니를 찾는 것도 급한 일이었지만 당장 가족들의 호구지책을 마련하는 것이 더 급선무였다. 설태영이 집을 떠나기 전까지 일했던 영산 읍내의 약국 노인도 이미 3년 전에 세상을 떠나 지금은 그 노인의 아들이 대를 이어 약국을 운영하고는 있었으나 약발이 그 전만 못하다는 평판이 돌아 그 집도 가세가 기울기는 마찬가지였다.

설태영은 우선 기울 대로 기운 가세를 다시 일으켜 세우기 위해서는 싫든 좋든, 약국을 여는 수밖에 달리 방도가 없었다. 그리고 기왕에 다시 약국을 열 바에는 영산읍보다도 사람이 훨씬 많이 모여사는 큰 고을에서 약국을 열기로 했다. 그래서 설태영은 병든 아버지와 아내와 동생을 이끌고 김해군(金海郡) 좌부면(左部面) 북내리(北內里) 56번지로 이사를 가게 되었다. 이때가 1913년 11월 5일이었던 것으로 설태영의 호적등본에 기록되어 있다.

한 가지 특이한 사실은 이 당시의 호적등본에는 직업이 '의업(醫業)'이라고 분명히 기록되어 있어, 설태영이 김해에서 '설약국'을 경영했다는 것이 사실이었음이 입증하고 있다는 점이다.

새로 이사온 김해는 그 전에 살던 영산보다는 큰 고을인 데다 설태영의 해박한 의학 지식과 탁월한 처방으로 '설약국'은 금방 유명한 약국이 되었다.

설태영의 호적등본 기록에 의하면, 설태영 일가족이 영산에서 김해로 이사온 그 다음해인 1914년 9월 27일, 설태영의 유일한 혈육인 딸이 태어났다. 이름은 갑순(甲順)이라고 지었다.

그리고 설태영의 호적등본을 더욱 자세히 살펴보면 남동생 태현을 결혼시켜 분가시킨 기록도 보이는데, 계수(季嫂)는 동생 태현보다도 무려 열한 살이나 어린 지기옥(池其玉)이었다고 밝혀져 있다.

김해로 이사 와서 '설약국'을 개설한 후, 명의로 소문난 설태영이 빠른 시일 안에 기울었던 가세를 일으켜 세우고, 논마지기라도 마련해서 동생을 분가시켰으리라는 것을 어렵지 않게 짐작할 수 있다.

그런데 설태영이 김해에서 명의(名醫)로 명성을 한창 드날리고 있던 1916년 8월 18일, 그동안 병석에 누워 계시던 아버지가 예순 살의 나이로 세상을 뜨셨다. 아버님의 장례를 치르고 나자 이제 집안일이 어느 정도 정리된 셈이었다.

여동생 성초는 부곡으로 시집가서 살고 있었고, 남동생 태현도 김해읍 서상동에 따로 집을 마련해서 분가시켰으니, 이제 남은 일은 어머니를 찾는 일이었다.

큰아들 태영이 온다 간다 말 한마디 없이 집을 떠난 뒤, 이제나 올까 저제나 올까 기다리다 지친 어머니는, 아들이 틀림없이 절에 들어가 중이 되었을 것이라고 믿고 아들을 찾아오겠다고 집을 나섰다는 것이었다. 그리고 그 후 간간이 인편에라도 소식을 전해오던 어머니는 벌써 8년째 생사조차 알 길이 없었으니, 더 이상 무작정 기다리고만 있다는 것은 자식된 도리가 아니었다.

어머니는 아직 살아 계시는 것일까, 살아 계신다면 대체 어디에 계신단 말인가? 아들 찾아 이 산 저 산 헤매고 이 절 저 절 돌아다니시다 지금쯤 병들어 누워 계실지도 모른다는 생각이 들자 설태영은 더 이상 머뭇거릴 수 없었다.

그동안 '설약국'이 병을 잘 고친다는 명성을 얻은 덕분에 이제는 생활에 여유가 어느 정도 있었으므로 한동안 약국을 비워도 식구들 걱정은 안 해도 될 형편이라 설태영은 간단한 행장을 꾸려 어머니를 찾아 나서기로 했다.

"내 기어이 어머님을 찾아 모시고 오리다."

"아이고 여보, 팔 년째 소식도 없는 어무이를 대체 어디 가서 어떻게 찾는다고 이러십니꺼?"

"어머님 연세가 올해 쉰여덟이시니 아직 살아 계실 것이오."

"살아 계신다면 팔 년씩이나 기별 한 번 없었겠십니꺼?"

"돌아가셨다면, 언제 어디서 돌아가셨는지 제삿날이라도 알아야 하고, 시신이라도 모셔와야 자식된 도리가 아니겠소?"

"아이고 내사 모르겠심더. 팔도강산 동서남북 어디로 가셨는지 어디 가서 찾으실랍니꺼?"

"절간이라는 절간은 다 가볼 작정이오."

"예에? 아이구 그 많은 절간을 어느 세월에 다 가보신다는 말씀입니꺼?"

"절간이 아무리 많은 들 천 개야 넘지 않을 것이오."

"아니 그러면 그 많은 절간을 참말로 다 가보실 작정이십니꺼?"

"너무 걱정 마시오. 내 바삐 한 바퀴 돌고 오리다. 그리고 행여라도 집안에 무슨 일 있거든 서상동 아우와 상의토록 하시오."

"지난번처럼 또 칠, 팔 년 걸릴 깁니꺼?"

"걱정 마시오. 내 퍼뜩 다녀오리다."

설태영은 이제 아장아장 걸어다니기 시작한 세 살짜리 딸 갑순이를 한 번 안았다가 내려놓은 다음 눈물로 배웅하는 아내를 뒤로 한 채 어머니의 행적을 찾기 위해 김해를 떠났다.

그런데 막상 집을 떠나 절을 찾아가자니, 어디에 있는 어느 절부터 가야 할지 쉬운 일이 아니었다.

설태영은 우선 경상도 일대에서 가장 큰 절로 알려진 양산(梁山) 통도사(通度寺)로 찾아가 스님의 자문부터 받기로 했다.

통도사는 참으로 큰 절이었다. 한 스님을 만나 뵙고 그동안의 사정을 자세히 말씀드리니 그 스님은 고개를 좌우로 흔들었다.

"듣고 보니 사정은 딱하오만은 그래가지고는 자당님을 찾기가 힘들 것입니다."

"아무리 힘들어도 팔도강산에 있는 사찰을 다 찾아가면 될 일이 아니겠습니까? 부디 좀 도와주십시오 스님."

"허허, 그 효심은 갸륵하기 그지없소이다마는, 조선 팔도에는 지금 조선사찰령에 따라 30본산(三十本山)이라는 게 있어요. 다시 말하자면 큰절이 삼십 개가 있다는 말인데, 이를테면 이 통도사도 그 30개 본산 중 하나지요."

"아 예, 그러니까 이 통도사 같은 큰절이 팔도에 서른 곳이나 있다, 그런 말씀이신가요?"

"그렇소이다. 그런데 각 본산에는 또 크고 작은 암자를 거느리고 있는데, 적은 곳은 십여 개소의 암자가 있고 많은 곳에는 삼십여 개소의 암자가 있어요."

"큰절 밑에 또 작은 암자가 그렇게 많다는 말씀이신가요?"

"그렇습지요. 아 우리 통도사만 해도 여기 있는 이 절이 큰절인 셈이고, 저 산속에 열세 개의 암자가 골골마다 들어앉아 있습니다. 그리고 큰절만 찾아간다고 해서 사람을 찾을 수 없지요."

"그렇다면 암자까지 다 가보아야 한다 그런 말씀이시옵니까?"

"사람을 찾으려면, 어느 산골 어느 암자에 있는지 모르니 암자마다 가봐야 할 일이 아니겠습니까."

"스님의 말씀을 듣고 보니 그래야 할 것 같습니다."

"헌데, 저기 저 산속을 보십시오. 저기 저 영축산 큰 바위가 보이시지요?"

"예, 보입니다."

"저 바위 밑에도 암자가 하나 있는데, 여기서 이십 리 산길입니다. 그리고 저쪽 저 반대편 산속에도 또 암자가 있는데, 거기는 시오릿길. 이런 식으로 이 산에 하나, 저 산에 하나, 저 큰 산 곳곳에 암자가 하나씩 들어앉아 있으니, 우리 통도사에 있는 암자 열세 곳을 한 번씩 다녀오려면 하루 이틀 가지고는 어림도 없는 일이지요."

"하오시면 다른 큰절에도 암자가 그렇게 많은가요. 스님?"

"글쎄올시다. 소승이 알기로 합천 해인사에만 해도 딸린 암자가 열두어 개 될 것이고, 큰절에 소속되지 아니한 독립 암자도 많을 것이니 팔도강산 암자를 다 합치면 천여 개는 족히 넘을 것입니다."

설태영은 조선 팔도에 흩어져 있는 암자가 천여 개소를 넘을 것이라는 스님의 말씀을 듣고 아득한 생각이 들었다. 그러나 기왕지사 어머니의 생사라도 확인하기 위해 나선 길이니 여기서 포기하고 돌아설 수는 없는 노릇이 아닌가.

설태영은 우선 통도사 산내 암자부터 알아보기로 했다. 스님이 말씀해준 그대로 암자 한 곳 한 곳을 찾아가는 일이 여간 힘든 게 아니었다. 이 골짜기 깊숙한 산속에 암자가 있으면 건너편 골짜기에 또 다른 암자가 자리잡고 있었고 같은 통도사 산내 암자라고는 하지만 산 넘어 다른 산에 들어앉은 암자도 있었다. 닷새에 걸친 암자 순례로 통도사 산내 암자는 다 찾아가 보았지만, 어머니의 행적은 어느 암자에서도 찾을 길이 없었다.

설태영은 지친 몸을 이끌고 경상도 일대의 사찰과 암자를 빼놓지 않고 거의 다 찾아가 보았다.

어느 절에 가면 "참선하는 보살이 서너 명 있다더라" 하는 말을 듣고 행여나 하는 생각에 산길을 더듬어 올라가 보았지만 그 절에는 머리를 기른 채 승복을 입고 수행하고 있는 오, 육십대 보살들이 있을 뿐, 어머니는 아니었다.

집을 떠난 지 어느새 석 달째로 접어들고 있었다. 설태영은 이 산 저 산, 이 암자에서 저 암자로 발길을 옮기고 있었다. 그의 발길이 닿은 곳은 부산이었다. 금정산(金井山)을 올라가면 큰절 범어사(梵漁寺)가 있다고 했다.

설태영은 발길을 재촉하여 범어사로 향했다. 범어사는 신라 문무왕 18년 의상 대사가 창건했다는 천년 고찰인데 산내 암자가 아홉이나 된다고 했다. 스님을 만나 뵙고 자초지종을 말씀드리니 스님이 선선히 객실 하나를 비워주었다. 그런데 공교롭게도 그날 밤부터 주룩주룩 가을을 재촉하는 비가 내리기 시작했다. 다음날에는 더욱 세차게 비가 쏟아졌다.

산내 암자를 찾아갈 작정이었는데 이렇듯 늦장마비가 억수로 쏟아지는 통에 설태영은 별 수 없이 범어사 객실에 갇혀 지내는 신세가 되었다.

　하릴없이 객실에 갇혀 있던 설태영은 스님께 말씀드려 불교경전을 빌려다 보기 시작했다. 웬만한 경전은 이미 대흥사에서 한 번 본 일이 있었으므로 처음 접하는 경을 찾아 읽기로 하였다.

　《보조어록(普照語錄)》이라는 책이 손에 잡혔다. 고려시대 지눌(知訥) 스님의 말씀을 기록해 놓은 책이려니 하고, 설태영은 무심코 책장을 넘겼다.

　'수심결(修心訣)' 이라는 제목이 눈에 들어왔다. 수심결이라면 '마음을 닦는 법' 이라는 말이 아닌가. 그렇지 않아도 설태영은 그것이 궁금하던 차였다. '마음을 닦는다' 거나 '도(道)를 닦는다' 는 말을 자주 들었으나 과연 마음을 어떻게 닦으며, 도를 어떻게 닦는다는 것인지 도무지 짐작조차 할 수 없었는데 '마음 닦는 법' 이라는 글이 실려 있으니 우선 반갑지 않을 수 없었다.

　설태영은 호기심에 가득 차서 글을 읽어 나가기 시작했다.

　　　三界熱惱 猶如火宅　　　豈忽淹留 甘受長苦
　　　欲免輪廻 莫若求佛　　　佛卽是心

　글을 읽어 나가던 설태영은 이 구절을 읽는 순간 정신이 번쩍 들었다. 그는 다시 한 번 그 구절을 읽었다. 이게 도대체 무슨 말인가?

　　삼계(三界)의 뜨거운 번뇌가 마치 불타는 집과 같은데, 어찌
　　하여 그대로 머물러 긴 고통을 달게 받을 것인가! 윤회를 벗어

나려면 부처를 찾는 것보다 더한 것이 없다. 부처란 곧 이 마음이거니 마음을 어찌 먼 데서 찾으려 하는가. 마음은 이 몸을 떠나 따로 있는 것이 아니다.

설태영은 이 구절을 읽고 또 읽었다.
"삼계의 뜨거운 번뇌가 마치 불타는 집과 같은데 어찌하여 그대로 머물러 긴 고통을 달게 받을 것인가! 윤회를 벗어나려면 부처를 찾는 것보다 더한 것이 없다!"
이 말씀은 바로 설태영 자신에게 하는 말씀으로 들려왔다.
'그렇다. 내가 살고 있는 속진의 사바세계는 온갖 근심 걱정 괴로움으로 가득 차 있다. 그리고 그동안 내가 살고 있던 세상은 불타는 집과 다를 것이 없다. 욕심의 불, 미움의 불, 원망의 불, 저주의 불, 애욕의 불, 그 끝없는 불길 속에서 사람들은 저마다 아우성을 치고 있다. 그러나 불타는 집에서 제 아무리 아우성을 치고 발광을 한들 대체 무슨 소용이 있단 말인가.'
설태영은 다시 정신을 가다듬고 보조국사가 써놓은 《수심결》을 계속 읽어 나갔다.

육신은 헛것이어서 생(生)이 있고 멸(滅)이 있지만 참마음은 허공과 같아서 끊어지지도 않고 변하지도 않는다. 그러므로 이 몸 뼈와 살은 무너지고 흩어져서 불로 돌아가고 바람으로 돌아가지만, 마음은 항상 신령스러워 하늘을 덮고 땅을 덮는다고 하였다. 애닯다! 요즘 사람들은 어리석어서 자기 마음이 참부처인 줄 알지 못하고 자기 성품이 참법인 줄을 모르고 있구나.

　설태영은 더 이상《수심결》을 읽어 나가지 못하고 눈을 감았다. 갑자기 자기 자신이 그렇게 초라하고 불쌍하다는 생각이 들었다. 그는 자리에서 일어나 조심스럽게 방문을 열었다. 어느새 비는 그치고 온 산이 안개 속에 잠겨 있었다.
　그는 한참이나 자욱한 안개 속에 잠긴 산을 바라보고 있었다. 천 가지 만 가지 감회가 마음속에 일어나고 있었다. 그는 다시 책상 앞으로 가서 앉았다. 그리고 그는 붓끝에 먹물을 묻혀 시 한 수를 읊었다.

　　　심전(心田)에 티끌 지고 성천(性天)에 구름 여니
　　　청산(靑山)에 화소조가(花笑鳥歌)하고
　　　추야(秋夜)에 월백청풍(月白靑風)이로다
　　　아마도 무위진락(無爲眞樂)은 이밖에 다시 없어라

　일찍이 서산 대사가 어느 마을을 지나다가 닭 우는 소리를 듣고, "머리는 희어도 마음은 늙지 않음을 옛사람이 이미 말하지 않았던가. 이제 저 닭 우는 소리 들으니 대장부 할 일이 끝났는가 싶네" 하고 읊었듯이, 설태영은 보조국사의《수심결》을 읽고 "아마도 무위진락은 이밖에 다시 없어라" 하고 생각을 끝낸 셈이었다.
　그렇다. 한 토막 꿈과 같고, 풀잎 위의 이슬과 같고, 물 위의 거품이요, 번갯불이요, 그림자같은 인생살이, 더 이상 무엇을 좇을 것이며, 더 이상 무엇을 꿈꿀 것인가.

설태영은 문득, 대흥사에서 읽었던 부처님의 게송을 떠올렸다. 그저 평범한 시구(詩句)로만 여기고 있던 게송이었다.

소 치는 사람이 채찍으로써
소를 몰아 목장으로 돌아가듯
늙음과 죽음도 또한 그러해
사람의 목숨을 쉼 없이 몰고 가네

무엇을 웃고 무엇을 기뻐하랴
세상은 쉼 없이 타고 있는데
그대 어둠 속에 덮여 있구나
어찌하여 그대는 등불을 찾지 않는가
보라, 이 부서지기 쉬운 병투성이
이 몸을 의지해 편타 하는가
욕망도 많고 병들기 쉬워
거기엔 변치 않는 실체가 없네

목숨이 다해 정신이 떠나면
가을철에 버려진 표주박처럼
살은 썩고 앙상한 백골만 뒹굴 것을
무엇을 사랑하고 즐길 것인가

설태영은 이제 더 이상 머뭇거릴 이유가 없었다. 그는 다음날 새벽 행장을 꾸려 범어사를 떠났다. 어머니도, 아내도, 딸도 이미 그의 안중에 없었다. 대장부가 가야 할 큰 길이 눈앞에 보였으니 어찌 잠시인들 지체할 수 있을 것인가. 그는 미련 없이 속진(俗塵)을 털어버리고 금강산으로 향했다.

속진을 털고 금강산으로

　설태영은 서울을 거쳐 철원(鐵原)을 지나 창도(昌道)에 당도했다. 창도에서 금강산 장안사(長安寺) 가는 길을 물으니 두 갈래 길이 있다고 했다. 하나는 흑파령(黑坡嶺)을 넘어 내금강으로 들어가는 것이요, 또 다른 한 길은 창도에서 통구(通口)를 거쳐 단발령(斷髮嶺)을 넘어가는 것이라고 했다.
　이 당시 우리나라에 기차가 막 다니기 시작한 덕분에 그래도 부산에서 서울을 거쳐 철원, 창도까지는 빠른 시일 안에 다다를 수 있었다.
　우리나라 철도는 1905년 5월 28일에 경부선이 개통되었고, 9년 후인 1914년 3월 22일에는 호남선이 개통된 데 이어 그 해 9월 16일에는 경원선도 개통되어 그만큼 금강산 가는 길이 수월해졌던 것이었다. 그러나 창도에서 통구를 거쳐 단발령을 넘어 내금강으로 들어가는 길은 조랑말을 빌려 타고 가거나 걸어가야 했다.
　설태영은 때마침 창도에서 장안사까지 간다는 짐꾼을 만나 동행하기로 하였다.

"이 길로 가면 단발령 고개를 넘게 된다고 하셨지요?"
"예, 길은 높고 험해도 흑파령을 넘는 것보다는 단발령을 넘는 게 더 가깝습지요. 흑파령으로 가면 길은 덜 가파르지만 백여 리는 더 돌아가는 셈이니까요."
"아, 그렇습니까. 헌데, 단발령이라고 하면 머리를 자른다는 단발령 같은데…."
"그렇습지요. 머리카락을 자른다는 단발령 고갭지요."
"고개 이름이 어찌해서 하필이면 단발령이 되었는지요?"
"손님께서도 나중에 단발령 고개 위에 올라가 보시면 아시게 되실 것입니다마는, 누구든 단발령 고개 위에 올라서서 내금강의 경치를 내려다보면 그만 머리 깎고 출가하여 중이 되고 싶은 마음이 저절로 생긴다고 합지요. 그래서 고개 이름이 단발령이 되었다고들 그럽니다."
"아 예, 그랬었군요."
금강산 일만이천 봉.
살아생전에 금강산을 구경하지 못하면 죽어서도 후회한다는 바로 그 유명한 금강산을 향해 걸음을 옮기고 있자니 설태영은 자신도 모르게 가슴이 설레기 시작했다.
젊은 시절, 미친 듯 책을 열심히 읽으면서 그는 '김삿갓'으로 알려진 젊은 선비 김병연(金炳淵)이 평생 방랑하다가 금강산을 구경하며 읊었다는 시 몇 편을 본 적이 있는데 하도 절묘한 시구라 아직도 기억이 생생했다.
김삿갓은 금강산으로 들어가면서 끝없이 흘러내리는 금강산의 맑은 냇물을 보고 이렇게 읊었다.

나는 청산이 좋아 들어가는데 　　我向靑山去
녹수야 너는 어이하여 나오느냐 　　綠水爾何來

그리고 또 김삿갓은 금강산 안으로 더 들어가서는 기기묘묘(奇奇妙妙)한 금강산의 경치에 할 말을 잃고 다음과 같이 읊었다.

솔솔 잣잣 바위바위 돌아서니 　　松松栢栢岩岩廻
산산 나무나무 곳곳마다 기이하다 　　山山木木處處奇

금강산 절경 안으로 점점 들어서면서 설태영도 참으로 할 말을 잊었다. 누구나 이 고개에 올라서기만 하면 저절로 머리 깎고 출가하고 싶어진다는 단발령에 올라서고 보니, 과연 금강산은 천하의 절경이라는 소리가 저절로 나왔다.

짐꾼이 잠시 짐을 내려놓고 숨을 들이키더니 한마디 농을 던졌다.

"손님, 손님도 이 단발령에서 천하절경을 바라보시니 단박에 머리 깎고 출가하고 싶어지십니까?"

"그렇소이다. 참으로 천하제일의 절경이요."

"저쪽을 보십시오. 이 단발령 고개를 넘어가면 저기 저 아래쪽이 말휘리(末輝里)라는 마을인데요. 흑파령을 넘어도 말휘리에 이르고, 이 단발령을 넘어도 말휘리에서 만나게 되어 있지요."

설태영은 다시 길을 재촉하여 내금강이 본격적으로 펼쳐지기 시작한다는 말휘리에서 하룻밤을 묵고 다음날 아침 일찍 다시 길을 나섰다. 말휘리 고갯길 옆으로 맑은 냇물이 쉼 없이 흘렀다.

"손님, 이 냇물이 바로 동금강천(東金剛川)입니다. 금강산 북쪽 여러 골짜기에서 흘러내린 물이 만폭동 물줄기를 합쳐 명연천·송평천·신연천이 되고, 이 물들이 흘러흘러 춘천을 거쳐 서울 한강까지 흘러간다고 합지요."

"예에? 아니 그러면 서울의 한강물이 바로 이 금강산에서 흐르기 시작한다는 말이시오?"

"소인이 뭘 알겠습니까요. 다들 그렇게 말씀들 하시니 그런가 보다 그렇습지요."

옛 시인 묵객들이 흔히 일러 '산고수장(山高水長)'이라더니 과연 산은 높고 물은 멀리도 흐르는구나 절감하면서 설태영은 좌우로 펼쳐지는 내금강의 아름다운 자태에 빠져들고 있었다.

속칭 천리재라고 부른다는 철이현(鐵伊峴)을 넘어서니 고개 아래 고색창연한 작은 정자 하나가 보였다.

"저 정자가 바로 이태조(李太祖)가 왜구들을 물리치고 돌아가는 길에 활과 화살을 소나무에 걸어놓고 잠시 쉬었다 갔다는 곳입지요. 그래서 정자 이름을 괘궁정(掛弓亭)이라고 합니다."

두 사람은 여기서 잠시 숨을 돌린 뒤 다시 장안사를 향해 발걸음을 재촉했다. 괘궁정에서 한참 동안 앞으로 나아가니 오른쪽 언덕 뒤에 고색창연한 석탑 하나가 서 있는 게 보였다.

"아니 이 깊은 산속에 웬 석탑만 서 있습니까?"

"옛날 여기에 장연사(長淵寺)라는 큰 절이 있었다고 합니다. 요즘은 탑이 서 있으니 그냥 탑거리라고 부릅지요."

짐꾼의 말에 의하면 바로 이곳에 서 있던 장연사는 큰 절이었다고 했다. 그런데 임진왜란 때 불에 타 없어지고 지금은 저 석탑만 덩그러니 남아 있다는 것이었다. 그리고 바로 이 자리에 신라~고려시대에는 도산사(都山寺)라는 큰 절이 있었고, 그 도산사가 금강산 안에 있던 모든 사찰과 암자를 통괄했다고 하는데, 지금은 주춧돌과 기와조각이 이끼에 덮여 있을 뿐이었다.

"이 금강산에는 지금도 그렇게 사찰이 많이 남아 있는지요?"

"암요, 많고 많지요. 손님께서 지금 찾아가시는 장안사 말고도 표훈사, 유점사, 정양사, 보덕암, 마하연사, 길상사, 탁연사, 신계사, 건봉사, 일일이 다 입으로 셀 수가 없습지요. 아, 이 금강산에 오죽 절이 많았으면 팔만구암자(八萬九庵子)라는 말이 생겼겠습니까요."

듣고 보니 정말 그랬었다. 금강산 안에는 팔만구 암자가 있다고 여러 시인 묵객들이 한결같이 읊고 있었던 것을 설태영도 여러 문집에서 보았던 것이다.

탑거리를 지나자 제법 큰 내〔川〕가 나왔는데 그 냇물 위에 다리가 하나 놓여 있었다. 짐꾼이 웬일인지 다리 앞에서 걸음을 멈추더니 잠시 여기 서 있으라는 게 아닌가. 설태영은 무슨 일인지 영문도 모른 채 다리 앞에서 걸음을 멈추어 섰다. 짐꾼이 잽싸게 먼저 다리를 건너더니 돌아서서 말했다.

"손님, 이 다리가 바로 향선교(向仙橋)라는 다립니다요. 더럽고 추악한 인간 세상에서 신선들이 사시는 신선의 세상으로 건너가는 다리라는 말씀입죠. 그러니 이 다리를 건너기 전에 세상 근심 걱정 다 버리고 건너오셔야 합니다요. 그래야 손님도 신선이 됩지요. 에헤헤."

설태영은 짐꾼의 그 말을 듣고 다시 한 번 향선교라는 다리를 바라보았다. 다리 아래로는 천만년 맑은 물이 철철 흘러가고 다리 건너 좌우 산에는 천년 노송(老松)들이 하늘을 찌를 듯 솟아올라 마치 '여기서부터는 신선의 세계이니라' 하고 서 있는 듯하였다.

설태영은 잠시 다리 앞에 선 채 지그시 눈을 감았다. 세상의 근심 걱정 다 버리고 이 다리를 건너라고 하였다. 문득 김해의 집이 떠올랐다. 아내의 얼굴이 떠오르고, 세 살 먹은 딸의 모습도 눈에 선하게 떠올랐다. 그리고 설약국을 드나들던 수많은 사람들의 모습이 어른거렸다. 또 그리고 생사를 알 수 없는 어머니의 얼굴이 또렷하게 떠올랐다.

"아 손님, 뭘하고 계십니까요. 어서 그만 다리를 건너오셔얍죠."

"아 예, 알겠습니다."

설태영은 한 걸음 또 한 걸음, 신선의 세상으로 들어간다는 향선교를 건넜다. 다리를 건너 좌우로 늘어선 울창한 소나무 숲으로 들어갔다. 순간, 서늘한 기운이 뒷골을 타고 온몸으로 내려왔다. 설태영은 고개를 들어 하늘을 올려다 보았다. 빽빽이 뻗은 천년 노송의 가지들이 온통 하늘을 가리우고 있었다. 일부러 소나무를 좌우에 심어 소나무 가지로 뒤덮은 신선 세계의 문을 만들어 놓은 것만 같았다.

얼마나 더 걸어갔을까. 울울창창한 소나무 숲을 지나 한참을 더 걸어가니 또 냇물이 나오고 다리가 놓여 있었다. 이름하여 남천교(南川橋)였다. 이 남천교를 건너 바라보니 멀리 커다란 바위산이 보이고, 그 바위산 아래 고풍스런 자태의 절 건물이 보였다.

"이제 다 오셨습니다. 손님, 바로 저기가 손님이 가신다는 장안삽니다."

"그럼 저 바위산 밑에 있는 저 절이 장안사란 말씀이오?"

"그렇습죠. 저 바위산이 바로 장경봉(長慶峯)이굽쇼. 그 밑에 있는 절이 그 유명한 장안삽니다."

 설태영은 그 자리에 선 채 한참 동안 바위산 아래 자리잡고 있는 장안사 전경(全景)을 바라보고 있었다. 산 아래 한가운데 이층으로 된 큰 법당이 우람하게 솟아 있고 좌우로 여러 채의 전각들이 반듯반듯 자리잡고 있었다. 짐꾼이 앞장서서 장안사를 향해 발걸음을 재촉했다.

 일주문을 지나니 또 하나의 문이 있는데 운성문(雲性門)이라고 쓰여 있고, 그 운성문을 지나니 경내에 개울이 흐르고 그 위에 만천교(萬川橋)라는 징검다리가 놓여 있었다. 만천교 징검다리 위에서 바라보니 숲속에 만수정(萬水亭)이 서 있고 그 앞에 '금강산 장안사(金剛山長安寺)' 라는 편액(扁額)이 걸려 있었다.

 짐꾼과 작별하며 인사를 나누고 절 안으로 들어서니 오른쪽으로는 대향각(大香閣)이 앉아 있고, 왼쪽에는 극락전(極樂殿)이 자리잡고 있었다. 그리고 정면에 이층으로 솟아오른 대웅전(大雄殿)이 우람한 위용을 자랑하고 있었다. 종무소에 들러 주지 스님 뵙기를 청하니, 나이 어린 사미승이 두 손을 공손히 모아 인사를 올리더니만 대향각이라는 현판이 걸려 있는 건물 뒤편 요사채로 안내했다.

 "주지 스님, 손님이 오셨사옵니다."

 사미승이 어느 방문 앞에 이르러 그렇게 고하자 방 안에서 인기척이 들리더니 이윽고 문이 열렸다.

 "손님이 오셨다구?"

 "예, 스님."

 "날 찾아오셨소이까?"

"예, 스님. 소생이 스님을 뵙고자 이렇게 찾아왔사옵니다."

단정하게 깎은 머리에 하얀 잔설이 내린 노스님은 하얀 눈썹을 치켜 뜨고 설태영을 그윽이 바라보았다.

"들어오시지요."

"예, 스님. 감사합니다."

설태영은 행장을 풀어 마루에 내려놓고 방 안으로 들어가 인사를 올렸다.

"소생 인사부터 올리겠사옵니다."

"아 예."

노스님도 가볍게 머리를 숙여 인사를 받았다.

"소생, 성씨는 설(薛)가이옵고 이름은 클 태(泰)자, 영화 영(榮)자, 태영이라고 하옵니다."

"아 예, 이 중은 연담(蓮潭)이라고 그럽니다."

"소생 본디 출생은 경상도 의령이오나 영산과 김해에서 살다 왔사옵니다."

"허허. 그러시면 참으로 천리도 넘는 먼 길을 오셨소이다, 그려."

"예, 그런 셈이지요."

"하면 단신으로 금강산 유람길에 오르셨습니까?"

"아 예, 단신으로 오긴 왔사옵니다만, 사실은 소생, 금강산 유람차 온 것이 아니옵고…."

"아니 유람차 오신 게 아니라 하시면…?"

"대사님, 소생도 삭발 출가하여 도를 닦을까 하고 찾아뵈었습니다."

"무엇이라, 도를 닦겠다?"

"예, 대사님."

"허허허허…. 보아 허니 연세가 지긋하신데, 그 연세에 삭발 출가하시겠다는 말씀이십니까?"

"예, 대사님. 부디 허락해주십시오."

"중은 아무나 되는 게 아니올습니다. 그리고 또 중은 아무 때나 될 수 있는 게 아니지요."

"하오시면 소생의 나이가 많아 안 되겠다는 말씀이시옵니까?"

"농사에도 철이 있으니 봄에 파종을 하고 오뉴월에 가꾸어야 가을에 수확을 하는 법, 중이 되는 데에도 적당한 때가 있는 법입니다."

"하오나 소생, 기필코 삭발 출가하고자 하오니 부디 허락해주십시오."

"무슨 일로 그 연세에 삭발 출가할 생각을 하셨는지는 모르겠소이다만, 벼슬을 하던 분이 벼슬길을 잃고 홧김에 출가하겠다고 찾아오는 분도 많고, 또 어떤 분은 모함을 받아 억울한 일을 당하고 그 울분을 참지 못하여 삭발하겠다는 일도 더러 있습지요마는, 중은 그렇게 홧김에, 속상해서 되는 것이 아닙니다."

"소생은 결코 홧김에, 속상해서, 삭발 출가하려는 것이 아니옵니다."

"물론 사정이야 있으시겠습니다마는, 아무나 찾아오는 대로 다 머리를 깎아줄 수는 없는 노릇이니, 기왕에 오셨으니 금강산 유람이나 한 바퀴 하고 돌아가도록 하십시오. 내 특별히 객실 한 칸은 비워 드리도록 하겠소이다."

"아 아니옵니다, 대사님. 소생은 결코 금강산 경치를 구경하려고 여기까지 온 것이 아니옵니다. 아무쪼록 이 어리석은 중생을 보살펴주십시오."

"가만, 방금 무어라고 그러셨소? 어리석은 중생이라?"

"그러하옵니다, 대사님. 그동안 소생 어리석기 그지없이 살고 있는 집에 불이 난 줄도 모르고 그 속에서 희희낙락하고 있었으니 어찌 어리석고 불쌍한 중생이 아니겠습니까?"

"집에 불이 난 줄도 모르고 있었다?"

"그러하옵니다, 대사님. 소생 비록 나이 들어서 집이 불타고 있음을 뒤늦게야 알게 되었나이다. 나이 들어 뒤늦게야 집이 불타고 있음을 알았다고 해서, 그냥 그 불길 속에 앉아 타죽을 수는 없는 노릇이 아니겠사옵니까?"

"어찌하여 그런 생각을 하시게 되었던가요?"

"예, 소생, 집을 나가신 어머님을 찾으러 이 절 저 절 순례를 하는 중에 우연히 보조국사의 《수심결》을 보게 되었습니다. 그 《수심결》에 이르기를 '삼계의 번뇌가 마치 불난 집과 같다. 어찌 거기 오래 머물러 이 고통을 달게 받겠는가' 하셨습니다. 그 구절을 접한 순간, 소생은 정신이 번쩍 들었사옵니다."

"허허허. 허면, 보조국사의 《수심결》을 보고 삭발 출가할 결심을 하게 되었더라, 그런 말씀이시오?"

"그렇사옵니다, 대사님. 소생 비록 천학비재하여 부끄럽사오나 이제부터라도 크게 발심하여 무위진락의 도를 찾고자 하오니 부디 문하에 거두어주십시오."

장안사의 연담 노스님은 하얀 눈썹을 치켜뜨고 그윽히 설태영의 얼굴을 들여다보았다. 방 안에는 숨막히는 고요가 한동안 흐르고 있었다.

"나이가 마흔을 넘었으렸다?"

"예, 그렇사옵니다. 스님."

"젊어서 출가한 사람들보다도 두 배, 세 배 힘들 것인데 그래도 견디겠소이까?"

"예, 스님. 어떠한 어려움도 견디겠사옵니다. 문하에만 거두어주십시오."

"정녕 결심이 그러하다면 어디 한 번 있어 보시게."

"감사하옵니다. 스님, 정말 감사합니다."

이렇게 해서 설태영은 세속 나이 마흔이 넘어서야 삭발 출가하게 되었다.

이때의 은사(恩師)는 물론 금강산 장안사의 연담 응신(蓮潭 凝信) 선사였고, 연담 선사께서 설태영에게 내려주신 법명은 보화(普化)였다.

이제, 경상도 의령에서 태어나 어려서부터 신동 소리를 들으며 글 읽기를 좋아했고 공자, 맹자, 노자, 장자를 거쳐 천문, 지리, 의학서까지 달통하여 영산, 김해 등 세속에서 명의(名醫)로 칭송받던 '순창 설씨 태영'은 금강산 장안사에서 '보화' 스님으로 다시 태어난 셈이었다.

이 좋은 불법, 이제야 만나다니…

보화(普化) 스님이 처음으로 승려 생활을 시작한 금강산 장안사는 원래 신라 법흥왕대(法興王代)에 창건된 천년 고찰이었다.

그러나 장안사가 가장 흥성한 것은 고려 충혜왕(忠惠王) 때의 일이었다. 당시 원나라 순제(順帝)의 황후는 기씨(奇氏) 성을 가진 고려 여인이었다. 기황후는 원나라가 고려를 침입했을 때 인질로 잡혀간 고려 여인들 한 사람이었는데 나중에는 기적적으로 원나라 황제의 눈에 뜨이게 되어 황후까지 된 전설 같은 여인이었다.

이 기황후는 황제와 태자를 위해 모국인 고려국의 금강산 장안사에 수년간에 걸쳐 수많은 공인(工人)들을 보내어 퇴락한 당우(堂宇)를 고쳐 짓게 하고 새로운 전각과 누각을 건립하게 하였다. 뿐만 아니라 이 장안사에 비로자나불을 위시하여 오십삼불, 만오천불을 조성하여 봉안케 하고 지극 정성으로 장안사를 보살펴주었다고 한다.

그러나 그 후 임진왜란 때 장안사도 전화를 면치 못해 거의 다 불타 버렸고 보화 스님이 승려 생활을 시작할 무렵에는 겨우 6전(六殿), 7각

(七閣), 그리고 일주문이 서 있었는데, 이 전각들도 모두 임진왜란 이후에 중건된 것이었다.

세속 나이 마흔이 넘어서 처음으로 승려 생활을 시작한 보화에게 연담 노스님은 《사미율의》와 《초발심자경문》을 내려주고 '늦깎이 사미승'이 행여라도 어긋남이 없도록 하라고 엄히 일렀다.

"이것 보시게, 보화."

"예, 스님. 분부 내리시지요."

"남들은 저기 저 비로봉을 올라가기 위해 이른 새벽에 길을 나섰으니 지금쯤 어디에 가 있겠는고?"

"예, 아마도 중간쯤에는 가 있을 것이옵니다. 스님."

"그래, 남들은 지금 중간쯤 가 있네. 헌데 보화 그대는 점심 때가 지나서야 출발을 하게 되었으니 해지기 전에 비로봉을 오르려면 어찌해야 되겠는고?"

"예, 스님. 촌음도 허비하지 아니하고 부지런히 가야 할 것이옵니다."

"그걸 알고 있으면 그대로 시행토록 하게."

"예, 스님. 명심토록 하겠습니다."

"《초발심자경문》은 처음 불문에 들어온 사람이 어떤 자세, 어떤 각오로 살아야 하는지를 이르신 말씀이요, 《사미율의》는 중노릇을 어떻게 해야 하는지를 세세히 일러 놓으신 것일세."

"예, 스님."

"일 자 일 구도 빠뜨리지 말고 마음에 깊이 새겨야 할 것이요, 한 치 한 푼도 여기서 어긋남이 없어야 할 것이야."

"예, 스님. 명심 또 명심하겠습니다."

"사나흘 뒤에 내 일일이 점검을 할 것이니 그 안에 반드시 외우도록 하시게. 내 말 알겠는가?"

"예, 스님. 잘 알았사옵니다."

처음 절집에 들어와 승려 생활을 시작하는 사람은 나이에 상관없이, 세속에서 하던 일과 관계없이 무조건 절집안의 허드렛일부터 하지 않으면 안 되었다. 법당 청소하기, 정랑 치우기, 채소 씻고 나물 무치기, 밥짓기, 빨래하기, 땔나무 해 오기 등이 신참들에게 어김없이 맡겨지는 일이었다.

보화 스님은 예닐곱 살짜리 동자승에서부터 열두어 살 먹은 사미들과 함께 궂은 일을 묵묵히 해나가는 한편, 법당에 들어가서 예불 올리는 법, 목탁 치는 법도 익혀야 했고 거기에 《초발심자경문》, 《사미율의》까지 배우지 않으면 안 되었다. 세속에 있었을 때 선비였다고 해서, 세속에 있었을 때 높은 벼슬을 했다고 해서, 우대하거나 특별히 모시는 일은 불가에서는 결코 용납되지 않았다.

더구나 보화 스님은 늦깎이 가운데서도 한참 늦은 늦깎이라, 다른 사미들보다도 두 배 세 배 부지런히 하지 않으면 해지기 전에 비로봉에 오를 수 없다고 연담 노스님께서 누누이 경책을 하셨으니 보화 스님은 그야말로 눈코 뜰 사이 없이 일하고 배우고 외워야 했다. 그러나 보화 스님은 일하고 배우고 외우는 일이 아무리 힘들고 고달파도 후회하지는 않았다. 다만 한 가지, 왜 진작 나이 젊어서 이 좋은 길을 모르고 있었단 말인가, 한탄스러울 뿐이었다.

연담 노스님은 며칠 후 저녁 무렵 보화 스님을 불러 앉혔다. 노스님의 방에는 등잔불도 켜 있지 않았다. 어두컴컴한 방 안에 인사를 올리고 마주 앉으니 노스님께서 말씀하신다.

"내가 일전에 준 경책은 제대로 다 보았는가?"

"예, 스님. 보았사옵니다."

"어느 것부터 보았는고?"

"예,《초발심자경문》가운데 〈계초심학인문〉부터 보았사옵니다."

"하면 〈계초심학인문〉부터 어디 한 번 내 앞에서 외워 보시게."

"예, 스님."

등잔불도 켜지 않은 컴컴한 방 안이라 책을 놓아두고 곁눈질할 수도 없는 지경인지라 보화 스님은 조용히 눈을 감고 천천히 외우기 시작했다.

"부초심지인(夫初心之人)은 수원리악우(須遠離惡友)하고, 친근현선(親近賢善)하여 수오계십계등(受五戒十戒等)하며 선지지범개차(善知持犯開遮)하리라."

"그만, 첫 대목은 제대로 외웠구먼 그래. 허면 지금 외운 그 대목이 무슨 말씀인지 그 뜻을 한 번 새겨 보시게."

"예, 스님. 무릇 처음 마음을 일으켜 불문에 들어온 사람은 마땅히 나쁜 사람은 멀리하고, 어질고 착한 사람을 가까이할 것이며, 오계와 십계 등을 받아서 지키고, 범하고, 열고, 닫을 줄을 알아야 하느니라."

"흐음. 그러면 그 다음 구절을 외워 보시게나."

"예, 스님. 단의금구성언(但依金口聖言)이언정 막순용류망설(莫順庸流妄說)이어다. 기이출가(旣已出家)하여 참배청중(參陪淸衆)일진대 상념유화선순(想念柔和善順)이언정 부득아만공고(不得我慢貢高)

어다."

"그 대목을 한번 새겨 보게나."

"예, 스님. 다만 거룩하고 성스러운 말씀만을 의지할 것이요, 어리석은 사람들의 허망한 말은 따르지 말 것이로다. 이미 출가하여 청정한 대중 속에 들어왔으니 항상 부드럽고 화목하여 온순하고 착한 것만을 생각할 것이며, 내가 제일 장하다는 오만한 마음으로 잘난 체하지 말지니라."

"흐음, 허면 내 한 가지 물을 것이야."

"예, 스님."

"단의금구성언이라 했거늘 금구성언은 과연 어느 분의 말씀을 이름이던가?"

"예, 소승의 소견으로는 부처님의 말씀을 금구성언이라 하신 듯 하옵니다."

"으음 그래? 그러면 〈계초심학인문〉은 끝까지 다 외워 마쳤는가?"

"예, 그리 하였사옵니다."

"하면 〈계초심학인문〉은 과연 어느 분이 지으셨던고?"

"예, 고려 때 스님 목우자께서 지으셨으니 그분이 바로 보조국사 지눌 스님이신가 하옵니다."

"그래, 바로 보화 그대가 《수심결》을 보고 정신이 번쩍 들었다고 했거늘, 그 《수심결》을 지으신 그 스님이실세."

"예, 스님. 잘 알겠사옵니다."

"허면 〈자경문〉도 다 보고 외워 마치셨는가?"

"예, 스님."

"어디 한번 외워 보시게."

"예, 스님. 주인공(主人公)아 청아언(聽我言)하라. 기인(幾人)이 득도공문리(得道空門裏)어늘 여하장륜고취중고(汝何長輪苦趣中) 여자무시이래(汝自無始已來)로 지우금생(至于今生)이 배각합진(背覺合塵)하고 타락우치(墮洛愚癡)하여 항조중악이입삼도지고륜(恒造衆惡而入三途之苦輪)하여 불수제선이침사생지업해(不修諸善而沈四生之業海)로다."

"거기까지 우선 어디 우리말로 새겨 보게나."

"예. 주인공아, 내 말을 들으라. 얼마나 많은 사람들이 부처님 법의 문에서 도를 성취하였거늘, 그대는 어찌하여 길고 긴 고통의 늪에 빠져 헤매고 있느뇨. 그대가 끝없는 옛적부터 금생에 이르기까지 깨달음을 등져서 번뇌에 몸을 맡기고 어리석음에 떨어져 늘 많은 악업을 지은 결과로 삼악도의 고통스러운 굴레에 빠지고도 여러 가지 착한 업을 닦지 않고 사생의 업바다에 빠져 있는가?"

"그래 그래, 잘 새겼네. 그런데 보화."

"예, 스님."

"그대는 캄캄한 밤이라고 내 눈을 속이지 말게."

"예? 무슨… 말씀이시온지요?"

"그대는 나에게 글은 겨우 읽는 정도라고 그랬으렷다?"

"예, 스님."

"나를 속이지 말고 바른 대로 말해 보게. 글공부는 대체 얼마나 했던고?"

"조금 했사옵니다… 스님."

"허허 그래도 이 늙은 중을 속이려 드는가? 십 년, 아니지, 족히 이십 년 넘게 글을 보았으렷다?"

"죄송하옵니다, 스님."

"유가에서 십 년 글을 보아가지고는 우리 불경을 그만큼 새길 수 없는 법, 내 이제야 마음이 놓이네."

"과찬의 말씀이시옵니다, 스님."

"아닐세. 보화 그대는 십 년 공부한 중보다 낫네."

"아 아니옵니다, 스님."

"허나, 글을 오래 보았다고 해서, 새김질을 잘한다고 해서 우쭐대지 말게. 글 공부 많이 하고 글 공부가 뛰어나도 중노릇 잘하는 것과는 길이 다르네."

"예, 스님. 명심하겠습니다."

"야운(野雲) 스님이 써놓으신 〈자경문(自警文)〉, 원효 대사가 써놓으신 〈발심수행장〉, 목우자 스님이 쓰신 〈계초심학인문〉, 이 세 가지 말씀은 두고두고 마음에 깊이깊이 새겨두도록 하게. 이 세 가지 말씀만 깊이 새겨두면 중노릇 제대로 하는데 등불이 되어줄 것이야."

"예, 스님. 명심하겠습니다."

"오늘은 그만 되었네. 그만 돌아가서 쉬도록 하게나."

"예, 스님. 편안히 주무십시오."

보화 스님은 밖으로 나왔다. 어느덧 가을이 깊어 찬바람이 옷 속으로 스며들고 있었다. 은사이신 연담 노스님의 말씀이 아니라도 〈계초심학인문〉, 〈발심수행장〉, 〈자경문〉은 여기 장안사에 와서 처음 보게 되었지만 참으로 마음에 와닿는 말씀들로 가득했다. 특히 야운 스님이 지으셨다는 〈자경문〉은 구구절절 초심자의 마음을 뒤흔들고 있었다.

보화 스님은 장안사 마당 안을 조용조용 걸으면서 입 속으로 〈자경문〉을 외우고 있었다.

몸뚱이가 여섯 가지 도둑을 따르는 까닭으로 나쁜 곳에 떨어지면 고통이 이루 말할 수 없이 극심하고, 마음이 일승을 등졌기 때문에 사람으로 태어나더라도 부처님 나시기 이전이나, 부처님 가신 뒤가 될 것이다. 이제 다행히 사람의 몸을 얻었지만 부처님 열반하신 뒤의 말법 세상이니 참으로 슬프고 애닯구나.

허나 이것이 누구의 허물이겠는가?

비록 그렇긴 하나 그대가 능히 반성하여 애욕을 끊고 출가하여 발우를 들고 큰 법의 옷을 입고, 티끌세상을 벗어나는 지름길을 밟으면서 번뇌 없는 묘법을 배운다면, 이는 용이 물을 얻은 것과 같고, 호랑이가 산에 있는 것과 같을 것이니, 그 뛰어나고 묘한 도리는 이루 다 말할 수 없다. 사람에게는 옛사람과 지금 사람이 있으나 법은 멀고 가까움이 없다. 사람에게는 어리석고 슬기로움이 있으나, 도에는 이루어지고 무너지는 것이 없다.

비록 부처님이 계신 때라 해도 부처님의 가르침을 따르지 아니하면 아무런 이익도 없을 것이며, 아무리 말법 세상을 만났다 하더라도 부처님의 가르침을 받들어 행한다면 무슨 해로움이 있을 것인가?

그러므로 부처님께서 말씀하시기를 "나는 의사와 같아서 병을 진단하여 거기에 맞게 약을 주나니, 먹고 아니 먹고는 의사의 허물이 아니며, 또 나는 길을 잘 아는 길잡이와 같아서 사람을 바르고 좋은 길로 인도하나니, 듣고도 아니 가는 것은 길잡이의 허물이 아니다. 자기도 이롭게 하고, 다른 이도 이롭게 하는 법이 원래 다 구족해 있으니 내가 오래 세상에 머물러 있다 하더라도 다시 더 이익될 것이 없다. 이제부터 나의 모든 제자들이 이 법을 계속 이어서 펴고 널리 행하면 부처님의 법신이 항상 있어서 없어지지 않는다" 하셨느니오.

만일 이러한 이치를 안다면, 스스로 도를 닦지 아니한 것을 한탄할지언정 어찌 말법 세상에 태어난 것을 한탄하리오.

간절히 바라노니, 그대는 모름지기 열렬한 뜻을 일으켜 활짝 문을 열고 시원한 마음으로 모든 속된 반연을 다 여의고, 뒤바뀐 잘못된 소견을 버리고, 진실로 나고 죽는 큰 일을 해결하기 위해 조사(祖師)의 화두를 마땅히 잘 참구해서 크게 깨치는 것으로 법칙을 삼고, 아무쪼록 자기를 가볍게 여겨 물러나지 말지어다.

오직 이 말법시대에 성인이 가신 지 오래되어 마(魔)는 강하고 법은 약해져서 수많은 사람들이 잘못되어 남을 바른 길로 인도하는 사람은 적고 다른 이를 그르치는 사람은 많으며, 지혜로운 이는 적고 어리석은 자만 많다. 자기 스스로 도를 닦지 않을 뿐만 아니라 또한 다른 사람까지 괴롭히니 헤아려 생각하건대 수행에 장애 되는 인연을 이루 말로 다할 수 없구나. 그대가 길을 잘못 들까 염려되어 내 좁은 소견으로 열 가지 문을 가려서 그대를 경책하노니 그대는 마땅히 이 말을 믿고 자구 한 가지도 어기지 말 것을 지극한 마음으로 간절히 바라노라. 시로써 읊노라.

모르면서 안 배우면 교만만 늘고
어리석어 닦지 않아 아상만 는다
든 것 없이 거만하면 굶주린 호랑이 같고
모르면서 놀기만 하면 넘어진 원숭이
삿된 말 꼬이는 소리 듣기 즐겨 하면서도
불보살 어진 가르침 귀담아 듣지 않네
착한 길에 인연 없어 누가 그대 건지랴
사생육도 돌고 돌아 괴로움 끝이 없다

보화 스님은 〈자경문〉을 거기까지 외우고 잠시 걸음을 멈추었다.
'이 〈자경문〉을 지으신 야운 스님은 과연 어떤 스님이셨기에 먼 훗날 이렇게 뒤늦게야 출가한 나를 위해 이토록 자상한 가르침을 남기셨단 말인가'
야운 스님의 그 명문은 보면 볼수록 늦깎이 보화 스님을 위해서 일부러 써놓으신 당부 말씀 같았다. 보화 스님은 야운 스님의 이 〈자경문〉한 편만 보아도 불도(佛道)가 얼마나 좋은 것인지 금방 알 수 있을 것만 같았고, 보고 또 보아도 이 〈자경문〉은 초심자의 발심을 더욱 굳건히 북돋아주는 힘을 지니고 있었다. 더구나 야운 스님이 이 〈자경문〉을 통해 낱낱이 밝혀 놓으신 열 가지 경책은 출가 수행자뿐만 아니라 이 세상 모든 사람들이 귀담아 듣고 실천해야 할 금과옥조였다.
 이토록 자상하고 이토록 보배롭고, 이토록 지혜롭고 자비로운 가르침은 일찍이 어떤 유가(儒家)의 책에서도 본 적이 없었다. 보화 스님은 야운 스님의 〈자경문〉을 통해 불교의 가르침에 흠뻑 빠져들었고, 저절로 흥이 나서 어깨춤이라도 덩실덩실 추고 싶은 심정이었다. 이토록 오묘한 불교의 가르침을 어쩌자고 여태까지 모르고 지냈던가. 생각할수록 한스러울 뿐이었다.
 보화 스님은 야운 스님이 쓰신 자경문에 심취한 나머지 야운 스님이 과연 어떤 분이셨는지 더 자세히 알아보려고 연담 노스님께 여쭈어 보았다.
 "야운 스님은 고려 말에서 조선조 초에 계셨던 스님이시지. 법명은 각우(覺牛), 깨달은 소라는 뜻이야. 야운(野雲)은 법호이신데 고려 말 나옹 선사의 제자로, 스승이 열반하시자 중국으로 들어가셨다는데 더 이상 자세한 행장은 기록이 남아 있지 않다네. 많은 저술을 남기셨을 터인데 오늘까지 전해진 것은 〈자경문〉 한 권 밖에 없어 안타까운 일일세."
 더 이상은 야운 스님에 대해 알 수 없다는 것이 참으로 아쉬웠고 야운 스님의 다른 저술이 남아 있지 않다는 점이 정말 안타까웠으나 보화 스님으로서는 어쩔 도리가 없었다.
 보화 스님은 초발심 시절 금강산 장안사에서 틈만 나면 야운 스님의 〈자경문〉을 외우고 또 외웠다.
 야운 스님은 첫 번째로 '좋은 옷과 맛있는 음식을 멀리하라'고 경책하셨다.

밭 갈고 씨 뿌리는 일로부터 먹고 입는 데 이르기까지 사람과 소의 공력이 많고 무거울 뿐만 아니라 또한 벌레들의 죽고 상한 것도 헤아릴 수 없이 많을 것이니라. 다른 이를 수고롭게 해서 내 몸을 이롭게 하는 것도 오히려 못 할 일인데 하물며 남의 생명을 죽여서 내 몸 살리는 일을 어찌 차마 할 수 있으리오. 농부도 항상 헐벗고 굶주린 고통이 따르고 옷감 짜는 여자도 헐벗음이 있거늘, 하물며 나는 오랫동안 손을 놀려 두었는데 어찌 춥고 배고픔을 싫어할 수 있겠는가? 부드러운 옷과 맛있는 음식은 은혜만 무거워서 도(道)에 손해가 되지만 떨어진 옷과 나물밥은 시주의 은혜가 가볍게 되어 반드시 음덕을 쌓게 될 것이니라.

이 생에 마음을 밝히지 못하면 한 방울 물도 능히 소화시키기 어려운 것이다. 시로 읊노라

나물 뿌리 나무 열매 주린 창자 위로하고
솔가지 풀옷으로 몸을 가리네
푸른 하늘 흰 구름 학과 함께 벗하여
높은 산 깊은 곳에 살아가리라

야운 스님은 두 번째로 '나의 재물 아끼지 말고 남의 물건 탐내지 말라' 고 경책하셨다.

삼도의 괴로움을 가져오는 데는 탐욕심이 첫째가 되고 육도

의 문 가운데는 보시가 첫째가 된다. 인색하고 탐욕하는 마음이 능히 착한 길을 막고 자비한 마음으로 보시하는 행동은 반드시 나쁜 길을 막느니라. 만약 가난한 사람이 찾아와서 구걸하거든 비록 넉넉하지는 못할지라도 인색해서는 안 된다. 세상에 태어날 때 한 물건도 가져오지 아니했고, 갈 때도 또한 빈손으로 가느니라. 자기의 재물에도 애착하는 생각이 없어야 하거든, 하물며 다른 이의 재물에 마음을 두겠는가? 이 몸 죽어 무엇을 가져가리오. 오직 지은 업만 나를 따를 뿐이네. 사흘 수도한 마음은 천 년의 보배 되고 백 년 탐내어 쌓은 재물은 하루 아침의 티끌이 되네. 시로 읊노라.

삼악도의 고통 원인 어디에서 왔던고
다겁다생 탐욕 애정 원인 되었네
부처님 법 가사 발우 이것이면 그만인데
어찌하여 쌓고 모아 어둠을 기르나

야운 스님의 〈자경문〉은 외우면 외울수록 보화 스님의 환희심을 불러 일으켰고, 거기 담긴 자상한 가르침은 보화 스님의 마음을 사로잡았다.
야운 스님은 세 번째로 '말을 삼가고 가볍게 행동하지 말라' 고 경책하셨다.

몸가짐을 정중히 하면 어지러움을 쉬 쉬어 선정(禪定)을 이루게 되고 입이 무거우면 어리석음을 돌려 지혜를 이룰 것이니

라. 참된 바탕은 말을 여의었고 참된 이치는 움직임이 없다. 입은 환란을 부르는 문이니 반드시 엄하게 지킬 것이며, 몸은 재앙의 근본이니 마땅히 가볍게 움직이지 말라. 자주 나는 새는 그물에 걸릴 위험이 따르고, 가볍게 날뛰는 짐승은 화살을 맞고 몸을 상하게 마련이니라. 그러므로 부처님께서는 설산에 계시면서 6년 동안 움직이지 아니하셨고, 달마 대사도 소림굴에서 9년 동안 말없이 지내셨으니, 훗날 참선 수행하는 이가 어찌 옛 자취를 거울 삼지 아니할 것인가. 시로 읊노라.

　　몸과 마음 정(定)에 들어 움직이지 말고
　　한적한 암자 토굴 묵묵히 앉아 오가는 소식 끊어
　　고요적적 한가해서 한 가지 일마저 없이
　　마음 부처 찾아내어 거기 기대리라

　초발심 시절 보화 스님이 은사이신 연담 노스님으로부터 〈계초심학인문〉과 〈발심수행장〉, 그리고 〈자경문〉을 받은 것은 참으로 행운이었다. 이때 만일 《사미율의》만을 내려 받았다면 아마도 보화 스님은 크게 실망하고 말았을지도 모를 일이었다.
　《사미율의》는 중노릇을 제대로 하기 위해서는 이렇게 하라 저렇게 하라, 이것은 하지 말라 저것도 하지 말라고 이른 규칙이 실로 수백 가지에 이르렀으므로 초발심 시절 그 수백 가지의 규칙만 외우라고 했다면 아마도 보화 스님은 숨이 콱콱 막혔을지도 모른다.
　그러나 〈계초심학인문〉과 〈발심수행장〉과 〈자경문〉을 보면서 《사미율의》도 보았기 때문에, 이 자상하고 오묘하고 자비로운 부처님의 도를 이루기 위해서는 《사미율의》에 당부한 규칙도 거부감 없이 받아들여질 수 있었던 것이었다.

평생의 보물 《초발심자경문》

　보화 스님은 장안사에서 몇 달 지나지 않아 곧바로 금강산의 겨울을 맞게 되었다. 온 산이 단풍으로 붉게 물드는가 싶더니만 하룻밤 자고 나니 한 길도 넘는 눈이 내려 있었다. '금강산의 겨울은 하룻밤 사이에 찾아온다'고 하더니만 정말 그 말이 맞았다. 온통 백설로 뒤덮인 산이며 바위며 나무며 조각들이 또 하나의 절경을 만들어내고 있었다.
　유람객의 발길이 끊긴 금강산은 말 그대로 적막강산이 되었고, 눈의 무게를 견디지 못해 가지가 찢어지는 설해목(雪害木) 소리가 이따금씩 금강산의 적막을 깨뜨릴 뿐이었다.
　늦깎이로 들어온 제자 보화가 사서삼경은 물론 제자백가, 천문지리, 의학에까지 달통한 뛰어난 문사(文士)라는 것을 알고 있던 연담 노스님은 행여라도 이 출중한 제자가 알음알이에 빠져들어 길을 잘못 갈까 걱정하여 엄히 경계했다.
　"이것 보게, 보화."
　"예, 스님."

"우리 선가(禪家)에는 '차문입래막존지해(此門入來莫存知解)'라는 말이 있네. 무슨 말인지 알겠는가?"

"차문입래막존지해라 하시면, '이 문에 들어오는 사람은 알음알이를 버려라' 그런 뜻이 아니시온지요?"

"바로 새겼네. 이것저것 잡다한 지식이 들어 있으면 불도를 이루는 데 오히려 방해가 되는 것이니 지식에 빠져드는 것을 경계하는 말씀이야."

"예, 스님."

"어떤 사람이 서책에서 보고 소금은 색깔이 하얗고 모서리가 있으며 입에 넣으면 짜다는 것을 알았으나 소금을 한 번도 만져 보고 먹어 본 일이 없으면 그런 지식은 아무 짝에도 쓸모가 없는 헛지식이라는 말씀이지. 그래서 옛 조사님들은 수행자가 경(經) 보는 것을 금기까지 하셨으니 이는 쓸데없는 알음알이에 빠질까 경계하는 뜻이었네. 모름지기 그릇은 비어 있어야 다른 새 것을 담을 수 있는 법, 그릇에 잡다한 것이 가득 들어 있으면 아무리 좋은 새 것이라도 그 그릇에는 들어갈 자리가 없으니, 마음을 늘 비워두라는 말씀일세."

"예, 스님. 명심하겠습니다."

"허나 나는 옛 조사님처럼 경책(經冊) 보는 것을 금하지는 않네. 경책을 보되 소용되는 것만 볼 것이지 쓸데없이 많은 경책을 보려고 하지 말라, 이런 말이지."

"하오시면 어떤 경책은 보아도 되는 것인지요, 스님?"

"불문에 들어온 사람은 반드시 《초발심자경문》은 보고 또 보아서 심중에 깊이깊이 간직해야 할 것이요, 마음 닦는 법을 이르신 《수심결》이나 《육조단경(六祖壇經)》은 보아야 할 것이며, 중이 되어 중노릇을 제대로 하려면 초심 때는 《사미율의》를 보아야 하고, 나중에는 《율장》은 봐두어야 할 것이야."
"예, 스님. 잘 알겠습니다."
"내 특히 일러둘 것은 《초발심자경문》에 엮어진 〈계초심학인문〉, 〈발심수행장〉, 그리고 〈자경문〉, 이것만 제대로 배우고 이것만 제대로 제 것을 만들어서 그대로 하면, 중다운 중노릇을 제대로 잘하게 될 것이야."
"예, 스님. 명심하겠습니다."

보화 스님은 이때 금강산 장안사에서 첫 겨울을 보내는 동안 은사이신 연담 노스님이 당부하신 대로 불가의 법도를 몸에 익히는 한편 틈만 나면 〈계초심학인문〉, 〈발심수행장〉, 그리고 〈자경문〉을 보고 또 보고, 쓰고 또 쓰면서 마음에 깊이깊이 새겼다.
특히 야운 스님이 이르신 〈자경문〉은 초심자가 가야 할 길을 세세히 일러주신 나침반이요, 금과옥조이며 좌우명이라고 해도 좋을 만큼 마음에 쏙쏙 들어오는 것이었다.

야운 스님은 〈자경문〉 네 번째로 '착한 벗을 사귀고, 악한 벗 삼지 말라' 고 경계하셨다.

새가 쉬려고 할 적에는 반드시 숲을 가리고, 사람이 진리를 배우려면 스승과 벗을 가려야 하느니라. 숲을 잘 고르면 휴식이 편안하며 훌륭한 스승과 좋은 벗을 만나면 배움이 높아진다. 그러므로 착한 벗 위하기를 부모처럼 소중히 하고, 악한 벗은 원수 보듯 멀리해야 한다. 학이 까마귀와 벗하여 놀 생각이 없는데 붕새가 어찌 뱁새와 짝할 마음이 있겠는가. 소나무 숲에서 자라는 칡은 천길을 곧게 따라 올라가나 잔디 속의 나무는 석자를 넘지 못한다. 어질지 못한 소인의 무리들은 마음을 빨리 정리하고 고상한 사람들과는 자주자주 가까이 친하라. 시로 읊노라.

행주좌와 어느 때나 착한 벗 사귀어
몸과 마음 가시덤불 쓸어내어서
깨끗하고 밝은 앞길 활짝 트이면
한 발짝 안 옮기고 도(道)를 통하리

보화 스님은 〈자경문〉을 외우면서 절묘한 비유에 감탄하지 않을 수 없었다. 야운 스님은 참으로 대단한 문장가요, 시인이었다.
야운 스님은 다섯 번째로 '삼경이 아니면 잠자지 말라'고 당부하고 있었다.

아득한 옛날부터 수행에 방해된 것은 졸음의 마장보다 큰 것이 없었느니라. 하루 열두 시각 가운데 어느 때든지 또렷이 맑은 정신으로 의심을 일으켜서 흐리멍텅하지 말 것이며, 앉고 서고 눕거나 다니면서도 끊임없이 항상 광명을 돌이켜 스스로 마음을 살펴보아야 한다. 한평생을 허송 세월 하고 말면 만 겁에 한을 남길 것이니 덧없는 세월은 찰나니 나날이 놀라고 두려워해야 하느니라. 사람의 목숨은 잠깐이라서 한때라도 그대로 보존할 수 없다. 만일 조사의 관문을 뚫어내지 못한다면 어찌 편안히 잠을 잘 수 있겠는가. 시로 읊노라.

졸리우는 뱀 구름이 마음 달을 가리니
도 닦는 이 여기 와서 길을 잃고 헤맨다
그 가운데 보배칼을 번쩍 쳐들 제
구름 자취 사라지고 달빛 더욱 밝으리

야운 스님은 여섯 번째로 '자기를 높이고 남을 업신여기지 말라'고 당부하셨다.

어진 덕을 닦는 데는 겸손하고 사양하는 것이 근본이 되고, 벗을 사귀고 화합하는 데는 공경과 믿음이 으뜸이 된다. 네 가지 상(相)이 높아지면 높아질수록 삼도의 고통바다가 더욱 깊어지는 법, 밖으로 드러난 위의는 존귀한 것 같으나 속은 텅 비어 아무것도 없어서 썩은 배와 같다. 벼슬이 높은 이는 마음을 더욱 낮게 하고, 도가 더욱 높아질수록 뜻을 더욱 낮춰야 하느니라. 너다 나다 하는 산이 없어진 곳에 함이 없는 도가 저절로 이루어지나니 생각하건대 마음을 낮춰 쓸 줄 아는 사람은 만 가지 복이 저절로 돌아와 의지하게 되는 것이니라. 시로 읊노라.

교만 속에 지혜광명 감춰져 있고
나다 너다 하는 산 위에 어둠만 커나간다
다른 이 가볍게 여겨 안 배우고 늙어진 뒤
병들어 신음 속에 한탄만 깊어가네

야운 스님의 〈자경문〉은 점점 더 구체적으로 수행자를 경계하고 있었다. 일곱 번째로 '재물과 색을 바른 생각으로 대하라'고 경고하셨다.

몸을 해롭게 하는 데는 여색보다 더한 것이 없고, 도를 상하게 하는 데는 재물 이상 가는 것이 없다. 그러므로 부처님께서 계율로 재물과 색을 금하셨으니 '여자를 보거든 호랑이나 독사를 본 것같이 여기고, 재물을 대하거든 나무나 돌같이 보라'고 하셨느니라. 비록 어두운 방에 혼자 있더라도 큰 손님을 맞이해 있는 것처럼 하고, 남이 보거나 안 볼 때라도 한결같이 하여 안과 밖을 다르게 하지 말 것이니라. 마음이 깨끗하면 선신이 옹호하고, 색을 그리워하면 모든 하늘이 용납치 않는다. 선신이 보호하면 비록 험난한 곳에 있어도 어렵지 않게 되고, 하늘이 용납치 않으면 편안한 곳에 있어도 편치 못하다. 시로 읊노라.

이로움 욕심 뒤끝 염라왕 지옥 문전
청정범행 아미타불 극락세계 거기니
지옥 가면 일천 가지 고통의 생활
반야선 연꽃 속의 극락 삶이네.

야운 스님의 〈자경문〉은 여덟 번째로 '세속 사람 사귀어 미움 받지 말라'고 경계하고 있었다.

마음속에 애정을 끊은 것을 사문이라 하고, 세속의 일을 그리워하지 않아야 출가라 하는 것이니라. 이미 사랑을 끊어버리고 세상과는 등져버렸는데 다시 어찌 세속 사람들과 무리지어 놀 것인가. 속세를 그리워하고 못 잊어 하는 것을 도철이라 한다. 도철은 처음부터 도심(道心)이 없었느니라. 인정을 두텁게 하여 짙어지면 도심은 성글어지나니 인정을 냉정하게 물리쳐 길이 돌아보지 말아야 한다. 출가한 마음을 저버리지 않으려면 마땅히 명산에 들어가서 묘한 이치를 찾아보지 않으면 안 될 것이니, 한 벌의 옷과 한 벌의 발우로 인정을 끊고, 주리고 배 부른 데 마음이 없으면 도는 저절로 높아질 것이다. 시로 읊노라.

나와 남 위하는 일 착한 일이나
나고 죽음 돌고 도는 원인이 된다
솔바람 칡덩굴 속 달빛 받으며
조사의 최상승 참선 오래 하리라

야운 스님의 이 말씀은 어쩌면 뒤늦게야 삭발 출가한 보화 스님을 위해 일부러 써놓은 것이 아닐까 싶을 만큼, 흔들리려는 마음에 쐐기를 박아주고 있었다.

보화 스님은 잠시 두 눈을 감고 마음을 가라앉혔다. 이 여덟 번째의 경계를 다시 외우는 순간, 어인 일인지 속가의 아내와 딸과 어머니의 얼굴이 떠올랐던 것이었다. 그리고 자신도 모르게 얼굴이 화끈거렸고 가슴이 쿵쿵 뛰는 것을 알았다. 남의 무밭에서 주인 몰래 무를 뽑다가 주인한테 들킨 것처럼 보화 스님은 무안해서 견딜 수 없었다. 마음속에 애정이 없어야 진정한 사문이요, 세속의 일을 그리워하지 않아야 진정한 출가라고 한 야운 스님의 말씀을, 보화 스님은 다시 한 번 마음에 새겼다. 그리고 아홉 번째의 경계를 외우기 시작했다.

야운 스님은 아홉 번째로 '남의 허물을 말하지 말라' 고 경계하셨다.

비록 좋고 나쁜 것을 듣더라도 마음에 한 생각도 움직이지 말 것이니라. 덕 없이 칭찬 소리를 듣는 것은 참으로 부끄러운 일이요, 허물이 있으면서 헐뜯는 소리를 듣는 것은 기뻐할 일이니, 기뻐하면 허물을 알아서 반드시 고칠 것이요, 부끄러워하면 수도하는 데 게으름이 없어질 것이다. 다른 사람의 허물을 말하지 말라. 마침내 허물이 내게 돌아와 나를 해롭게 할 것이다. 만일 다른 이를 해롭게 하는 말을 듣거든 부모를 비방하는 소리와 같다고 들어야 한다. 오늘 다른 이의 허물을 말한 것이, 다른 날 그것이 나의 허물을 말한 것이 되느니라. 이 세상모든 것은 다 허망한 것이니, 헐뜯고 칭찬하는 것에 근심하거나 기뻐할 것이 없다. 시로 읊노라.

하루 종일 남의 시비 떠들기만 하다가
긴긴 밤 혼미 속에 잠만 즐긴다

이 같은 출가라면 시주의 은혜 무거워
삼계를 벗어나기 어려움만 커지네

 야운 스님은 마지막 열 번째로 '대중 가운데서는 마음을 평등히 가져라' 하고 엄히 당부하였다.

 애정을 끊고 부모를 떠나면 법계가 평등한 것이 되는데, 만일 친하고 성기는 것이 있다면 마음이 평등하지 못한 것이다. 비록 다시 출가한다고 하여도 무슨 덕이 있을 것인가. 마음속에 미워하고 사랑하고 취하고 버리는 마음이 없으면, 몸에 어찌 괴롭고 즐거워하고 성하고 쇠하는 것이 있을 것인가. 평등한 성품에는 이것저것이 없고, 크고 둥근 거울에는 친하고 친하지 않고가 없는 법이다. 삼악도에 드나드는 것은 사랑하고 미워하는 데 얽혔기 때문이요, 육도에 오르내리는 것도 친하고 친하지 않은 업에 묶여서 그런 것. 마음이 평등하면 본래 취하고 버릴 것이 없어지나니, 본래 취하고 버릴 것이 없거니와, 나고 죽음이 어디에 있겠는가. 시로 읊노라.

위없는 보리도를 이룩하려면
언제나 평등한 마음을 지녀야 한다
사랑하고 미워하는 친소 있으면
도는 더 멀어지고 업의 골만 깊어지네

야운 스님의 열 가지 경계하는 말씀은 일단 여기서 끝났다. 그러나 야운 스님은 그래도 마음이 놓이시지 않으셨던지 곧바로 다시 한 번 목소리를 높여 크게 경책을 내리신다.

주인공아, 그대가 사람의 몸을 받은 것은 눈먼 거북이가 구멍 난 나무 판자를 만난 것처럼 어려운 일인데, 한평생을 수행하지 아니하고 게으름만 피우느냐? 사람으로 태어나기 어렵고, 부처님 법 만나기는 더욱 어려운 일이니, 이생에서 부처님 법과 사람 몸을 잃고 나면 만겁을 지나도 다시 만나기 어려울 것이니라. 마땅히 이 열 가지 계법을 날마다 부지런히 지켜 닦아서 물러나지 말고 속히 바른 깨침을 이루어 모든 중생을 제도하라. 내가 본래 원하는 것은 그대 혼자 생사의 바다를 벗어나는 것이 아니라 모든 중생을 널리 제도하라 함이다. 왜냐하면 그대는 끝없는 옛적부터 금생에 이르기까지 항상 네 가지로 생명을 받아 자주자주 오락가락 윤회하며 부모를 의지하여 생겨났기 때문이다. 아득히 오랜 세월에 그대의 부모 되었던 이가 한량없이 많을지니, 이렇게 보면 육도의 중생이 그대의 여러 생 동안의 부모 아닌 이가 없을 것이니라. 이런 중생들이 모두 악취에 떨어져 밤낮으로 큰 괴로움을 받고 있으니 만일 그대가 제도하지 않는다면, 어느 때에 벗어날 것인가? 슬프고 애달프니 그 아픔 심장을 할퀴고 폐부를 찌른다. 천번 만번 그대에게 바라노니, 그대는 어서 큰 지혜를 밝혀내어 신통변화하는 힘과 자유자재한 방편의 권도를 갖추고 거친 파도에 지혜 배의 돛대가 되어 탐욕의 언덕에서 미혹에 빠져 있는 중생들을 널리 제도하라. 그대는 보지 못했는가? 저 모든 부처님과 조사가 옛날에는 모두 우리같은 범부였었다. 그분들이 이미 장부라면 그대 또한 장부이니, 다만 하지 않아서 그런 것일 뿐 할 능력이 없어서가 아니니라. 옛사람의 말씀에 '도가 사람을 멀리하는 것이 아니라 사람이 스스로 도를 멀리한다'고 하였고, 또 이르기를 '내가 어질고자 하면 어진 것에 이른다'고 하셨으니 참으로 옳은 말이다. 만일 믿는 마음만 물러서지 않는다면 누가 자기 성품을 깨쳐 부처님이 되지 못할 것인가? 내 이제 삼보님을 증명으로 모시고 낱낱이 그대에게 경계하니 잘못된 줄 알고도 일부러 범한다면 살아서 지옥에 떨어질 것이다. 어찌 삼가지 않을 것인가? 시로 읊노라.

옥토끼 오르내려 늙음만을 재촉하고
금까마귀 들락날락 세월만 가게 한다
명리를 구하는 것 아침의 이슬이요
괴롭고 영화로운 것 저녁 연기라
그대에게 간절히 도 닦기를 권하노니
어서 속히 부처 되어 고해중생 건지라
이생에 이 말을 듣지 않으면
오는 세상 한탄하기 그지 없으리

보화 스님은 〈자경문〉을 여기까지 다 외워 마치고 자기도 모르게 합장하여 감사의 인사를 올렸다. 구구절절 당부하고 당부하고 또 당부하신 이 〈자경문〉이야말로 초심자 보화 스님의 가슴속에 깊이깊이 각인되었다.

그리하여 이때 금강산 장안사에서 외우고 외웠던 이 〈자경문〉은 먼 훗날 '석우 대선사'가 된 후에까지도 절체절명(絕體絕命)의 경책이 되었고, 한 치 한 푼도 어긋남이 없는 평생의 보도(寶刀)가 되었고, 보물이 되었다. 그래서 훗날 설석우 대선사는 종정이 되신 후에도 후학들에게 다른 책은 읽으라고 권한 일이 없었지만 《초발심자경문》만은 반드시 보아야 한다고 다그쳤다.

"중 노릇 제대로 하는 법이 그 안에 다 들어 있다. 《초발심자경문》만은 읽고 또 읽어라!"

과연 그대는 어디서 온 물건이던고

금강산의 봄은 이 골, 저 골에서 흘러내리는 물소리로 시작되었다. 길고 긴 겨울 동안 금강산은 눈에 덮여 잠을 자고 있었고, 기암 괴석 골짜기는 빙벽을 이룬 채 억만 년의 침묵 속에 잠겨 있었다.

그러다가 졸졸졸 물 흐르는 소리가 들리는 듯 싶더니 여기서 콸콸, 저기서도 콸콸, 냇물 흐르는 소리가 제법 커지기 시작했다. 그리고는 이내 만산에 가득 쌓였던 눈더미가 녹아내리고 계곡마다 얼어붙었던 빙벽이 미끄러지면서 이윽고는 이 골에서 우르르 쾅쾅, 저 골에서도 우르르 쾅쾅, 줄기찬 폭포수가 쏟아져 내리기 시작했다.

그리고 이 폭포수 소리에 놀라 잠을 깬 듯 파릇파릇 새싹이 돋아나기 시작하더니 온갖 기화요초가 저마다 금강산의 봄을 장식하기 시작했다.

그러던 어느 봄날이었다. 은사이신 연담 노선사가 제자 보화를 불렀다.

"부르셨사옵니까, 스님?"

"그래, 이제 눈도 녹고 했으니 그대 나를 따라 나서게."

"어디 출타하시게요?"

"아니 출타라고 할 것까지는 없고 행장을 간단히 꾸려 한바퀴 돌아오세나."

"아 예, 알겠습니다. 스님."

보화 스님은 은사 스님의 분부대로 간단히 행장을 꾸려 장안사를 나섰다.

연담 노선사가 주장자를 들어 지장봉 쪽을 가리켰다.

"저 지장봉을 끼고 오른쪽으로 굽어들면 영원동으로 가는 게야."

"아 예, 스님."

"금강산 구경을 아직 제대로 못했을 테니 내가 오늘은 금강산 구경을 시켜주려고 그러네."

"아이구 스님, 저야 금강산 구경은 천천히 해도 괜찮습니다만…."

"기왕에 금강산에 들어왔으면 업경대(業鏡臺)는 보아두어야지."

"업경대라니요? 스님."

"사람이 죽으면 염라대왕한테 불려간다는 소리 못 들어 보았는가?"

"그야 들었습지요. 스님."

"저기 끌려가면 평생토록 무슨 짓을 했는지 환히 비춰주는 업경대가 있다는 게야."

"아 예."

"죽은 사람을 그 업경대 앞에 세우면 그 사람이 생전에 무슨 좋은 일을 했는지, 나쁜 일을 했는지 훤히 다 나타나니, 죽은 사람이 제 아무리 살아생전에 좋은 일을 많이 했노라고 거짓말을 해도 아무 소용이 없다는 게지."

"아 예. 그런 말은 저도 많이 들어 보았습니다. 스님."

"바로 그 업경대가 저기 저 영원동에 있으니 금강산 명물 가운데서도 명물이라 할 것이야."

"아 예. 그러면 오늘 그 업경대에 가는 것이옵니까요. 스님?"

"살아 있는 사람이 저 업경대에 미리 와서 그 동안 살아온 일을 비추어 보고 참회를 해서 남은 생애라도 착한 일 좋은 일 많이 하면 지옥을 면할 수 있다고 해서 모두들 금강산에 오면 앞을 다투어 찾는다네."

"아 예."

지장봉을 끼고 오른쪽으로 돌아 굽이굽이 굽은 길을 한나절 걸어가니 냇물이 앞을 흐르고 있었다.

"이 냇물이 바로 황천강(黃泉江)일세. 사람이 죽으면 곧바로 염라대왕의 사자가 그 사람을 끌고 이 황천강을 건너 염라대왕한테 간다는 게야."

"아 예."

높이가 무려 삼백 척(尺), 넓이가 구십 척에 이르는 업경대(業鏡臺).

말로만 들어오던 업경대 밑으로 듣기만 해도 오싹한 황천강이 흐르고 그 위에 우뚝 솟아 있는 저 거대한 바위가 바로 업경대라는데, 저 업경대라는 바위 앞에 서면 그 사람이 그 동안 지어온 업(業)이 그대로 훤히 드러난다는 것이다. 업경대 앞에 서 있는 바위는 천진봉(天眞峯)인데, 바위가 갈라져 틈 사이가 벌어져 있어 사람들은 거기를 지옥문이라 부르고 있었다. 그리고 거기서부터 뻗어 올라간 계단처럼 쌓인 바위는 각각 염라대왕의 사자(使者)바위, 죄의 무겁고 가벼움을 판결

하는 판관(判官)바위, 그 위에는 시왕(十王)들의 이름이 붙여진 바위가 늘어서 있었다.

업경대의 중턱에는 사람 하나가 겨우 드나들 수 있는 구멍이 뚫려 있는데 큰 구멍은 황사굴(黃蛇窟)이요, 그 옆에 있는 작은 구멍은 흑사굴(黑蛇窟)이라 하였다. 바로 업경대에서 재판을 받고 죄가 없는 사람은 황사굴을 통해 극락으로 올라가고, 죄가 많은 사람은 흑사굴을 통해 지옥으로 떨어진다는 전설이 전해 내려오고 있어서 누구나 이 업경대 앞에 서면 지나온 날의 잘못을 자기도 모르게 뉘우치게 된다는 것이었다. 그래서 이날 업경대를 찾은 몇 명의 유람객들은 저마다 지난 날의 잘못이 두려워서 그런지 웃고 떠드는 사람이 아무도 없었다.

보화 스님은 연담 노선사를 모시고 업경대를 지나 바닥이 온통 바위로 뒤덮인 산길을 더 올라갔다. 지장봉 북쪽 산기슭에 자리잡고 있는 영원암(靈源庵)으로 가는 길이었다.

"여기서 잠시 쉬었다 가세."

"예, 스님. 그렇게 하시지요."

연담 노선사는 주장자를 짚은 채 바위에 걸터 앉아 먼 산을 바라보고 있었다.

"저기 오른쪽을 바라보시게."

"예, 스님."

"저 봉우리가 지장봉, 그 다음이 관음봉, 우두봉, 석가봉일세."

"아 예."

우뚝우뚝 솟은 네 개의 산봉우리가 연봉(連峯)을 이루어 하늘을 가리고 서 있었다.

"이 금강산 안에서 수행하기 가장 좋은 곳일세. 이 영원암이 말일세."

"그렇겠습니다. 산봉우리 뒤편이라 유람객도 없겠군요."

"저 옛날 신라 때 영원 조사(靈源 祖師)께서 홀로 일심으로 수도한 곳이야."

"그렇게 오래된 암자이군요."

"오늘 밤은 저 영원암에서 하룻밤 자고 가세나."

"예, 스님. 그렇게 하시지요."

영원암에는 암주 홀로 수행하고 있었다. 세상을 등지고 앉은 금강산, 그 금강산 가운데서도 또 깊숙이 숨어 있는 영원암. 암주는 대체 무슨 수행을 어떻게 하고 있다는 것인가.

그날 밤이었다. 불도 켜지 않은 캄캄한 방 안에 연담 노선사와 암주와 보화 스님 셋이 돌처럼 앉아 있었다. 멀고 험한 산길을 하루 종일 걸어온 터라 보화 스님은 제발 자리에 눕고 싶었다. 그러나 은사이신 연담 노선사가 돌처럼 꿈쩍 않고 앉아만 계시니 감히 두 다리를 뻗을 생각도 할 수 없었다.

방 안은 캄캄했고 방 안에는 무거운 적막만이 흐르고 있었다.

"이것 보게, 보화."

"예, 스님."

"방금 대답은 누가 했는고?"

"예, 소승 보화가 했사옵니다."

"대체 무엇이 보화이던가?"

"예에?"

"과연 무엇이 보화냐고 물었네."

"제가 보화이옵니다, 스님."

"그렇게 말한 입이 보화란 말이던가?"

"예에?"

보화 스님은 무슨 말씀인지 알 수 없었다. 연담 노선사가 다시 물었다.

"대체 무엇이 보화더란 말인고?"

"……."

"대답한 입이 보화이던가?"

"그 그건 아니옵니다, 스님."

"허면 혀가 보화란 말이던가?"

"아 아니옵니다, 스님."

"그러면 내 소리를 듣는 귀가 보화이던가?"

"그 그건 아니옵니다, 스님."

"하면, 그대 몸뚱이를 끌고 온 두 다리가 보화이던가?"

"……."

"입이 보화가 아니다. 귀도 보화가 아니다. 두 다리도 보화가 아니다. 그렇다면 과연 무엇이 보화란 말인가?"

"그건… 잘 모르겠습니다. 스님."

"방금, 잘 모르겠다고 대답했으렷다?"

"예, 스님."

"모르겠다고 말한 놈, '예, 스님' 하고 대답한 놈, 그놈이 대체 무엇이던고?"

"……."

"여보게 보화."

"예, 스님."

"바로 그놈! 방금 '예' 하고 대답한 바로 그놈이 무엇인고? 혀인가, 입인가, 입술인가?"

"죄송하옵니다. 스님."

"죄송하다는 바로 그놈, 그놈이 무엇인가?"

"이 몸뚱이의 주인인가 하옵니다."

"주인이라고 그랬는가?"

"…예, 스님."

"허허허허. 허면 그 주인은 지금 어디 계신가? 몸 속에 계신가, 혓속에 계신가, 뱃속에 계신가, 머릿속에 계신가?"

"……."

"꿈 속에서라도 잘 찾아보시게나. 출가 대장부가 자기 주인이 어디 계신지도 모른대서야 말이 되겠는가?"

"예, 스님. 잘 찾아보겠습니다."

"허허허허. 여보게 암주."

"예, 스님."

"그만 자야겠네."

"예, 스님. 편히 주무십시오."

암주의 대답이 끝나기도 전에 연담 노선사는 벌써 코를 골기 시작했다.

그러나 보화 스님은 자리에 누워서도 잠이 오지 않았다. 이미 불혹을 넘긴 나이에 천하의 학문은 모조리 달통했다고 자부했던 내가 아니었던가. 천문, 지리, 풍수, 주역, 의학까지도 눈감고 줄줄 꿸 수 있을 만큼 자신이 있었고 공자, 맹자, 노자, 장자도 벗할 수 있었는데 반평생 쌓아온 지식, 반평생 익혀온 학문이 정말 이리도 허망한 것이었던가. 그동안 나는 내가 누구이며, 내 주인이 과연 무엇인지도 모른 채 살아왔으니, 이 얼마나 부끄럽고 가소로운 일인가. 보조국사는 뭐라고 말씀하셨던가?

그대의 명(命)이 다할 때에는 불바람이 엄습하고 지(地)·수(水)·화풍(火)·(風) 사대(四大)가 흩어져 마음은 미친 듯 번열증을 일으키며 소견이 뒤바뀌고 어지러워 하늘에 오를 꾀도 없고, 땅속으로 들어갈 길도 없다. 당황하고 두려워서 의지할 곳이 없고, 몸이 쓸쓸하기는 매미가 허물을 벗어놓은 것 같아서 막막하고 아득한 길을 외로운 혼이 혼자서 간다. 아무리 보배와 재산이 많다 할지라도 단 하나도 가져가지 못하고, 아무리 귀한 권속들이 있다 할지라도 한 사람도 따라와 도울 수 없다. 이른바 내가 지어서 내가 받는 것이므로 대신할 사람은 아무도 없다. 그때 가서 어떤 안목이 있어 고해(苦海)의 다리가 되어줄 것인가. 조그마한 유위(有爲)의 공덕이 있다고 해서 이 환난을 면할 수 있겠는가?

보화 스님은 마음 닦는 일이 참으로 화급함을 절감하였다. 연담 노선사를 모시고 영원동 업경대를 거쳐 영원암에서 하룻밤을 지낸 뒤 다시 장안사로 돌아온 보화 스님은 비장한 각오로 연담 노선사를 찾아 뵙고 무릎을 꿇었다.

"스님, 그동안 허송 세월한 것이 부끄럽고 또 부끄럽사옵니다. 대장부 가야 할 길을 하교하여주십시오."

"그대는 어찌하여 소 등에 올라 앉아 소를 찾으며, 길 위에 서서 길을 묻는고?"

"예에?"

"오늘은 내가 노파심으로 몇 가지 물을 것이니 대답해 보게."

"예, 스님. 하문하시옵소서."

"그대는 어디서 왔다고 했던가?"

"예, 소승은 경상도 김해에서 왔사옵니다."

"하면 그 전에는 어디 있었던고?"

"예, 김해로 이사오기 전에는 영산에서 살았사옵니다."

"그러면 영산 이전에는?"

"의령에 있었사옵니다."

"의령 이전에는?"

"의령 이전이라뇨, 스님? 소승은 바로 그 의령에서 출생했사옵니다."

"허면 태어나기 전에는 어디에 있었던고?"

"예에?"

"어서 이르게! 태어나기 이전에 그대는 과연 어디에 있었던가?"

"그…그건… 아마도 부모님 몸 속에 있었을 것이옵니다. 스님."

"부모님 몸 속에 있었다?"

"… 예, 스님."

"허면, 그대의 부모님이 이 세상에 태어나기도 전에, 그대는 과연 어디에 있었던고?"

"예에? 부모님도 태어나시기 전이라고 하시오면…?"

"부모미생전(父母未生前) 그대의 본래면목(本來面目)은 과연 무엇이며 어디에 있었는고?"

"……."

보화 스님은 얼른 대답할 수 없었다. 아버지의 뼈를 빌고 어머님의 살을 빌어 부모로부터 내가 태어난 것은 짐작할 수 있었으나, 그 아버님 어머님이 이 세상에 태어나기도 전이라면, 내가 과연 어디에 무엇으로 있었는지 어떻게 상상이나 할 수 있단 말인가.

"부모미생전 그대의 본래면목을 모르겠는가?"

"…예, 스님. 모르겠사옵니다."

"에이끼 이런! 사나이 대장부가 자기가 온 곳도 제대로 모른대서야 말이 되겠는가!"

"죄송하옵니다. 스님."

"오늘부터 부모미생전 본래면목을 화두(話頭)로 삼고 그것부터 밝혀 내도록 하게!"

"…예, 스님. 분부대로 하겠습니다."

보화 스님은 연담 노선사께 인사를 올리고 그날부터 가부좌를 틀고 앉아 '부모미생전 본래면목(父母未生前 本來面目)'을 화두로 참선 수행에 몰입하기 시작했다.

초저녁이나 밤중이나 새벽에, 온갖 인연을 잊고 곰곰이 살피어 우뚝 단정하게 고요히 앉아 외부의 현상에 팔리지 말고 마음을 거두어 안으로 비추어 보라. 먼저 고요함으로써 얽힌 생각을 다스리고 다음으로 또렷또렷함으로써 흐리멍텅함을 다스려, 흐리고 어지러운 생각을 함께 조절하라. 이를 일러 적적성성(寂寂惺惺)이라 하느니라.

보조국사 지눌 선사가 이르신 대로 보화 스님은 고요히 홀로 앉아 마음을 안으로 거두어 비추어 보았다. 온갖 잡념과 번뇌 망상이 끊임없이 일어나서 도무지 화두가 잡히지 않았다.

하루, 이틀, 사흘 고요히 홀로 앉아 태산처럼 미동도 하지 않은 채 '부모미생전 본래면목' 화두를 챙겼으나 떠오르는 것은 아버님의 얼굴이요, 어머님의 얼굴이요, 두고 온 아내와 딸의 모습이었다. 보화 스님은 조바심이 나서 다시 연담 노선사를 찾아 뵈었다.

"스님, 부끄럽고 또 부끄럽사옵니다. 화두를 아무리 들려고 해도 백 가지 천 가지 잡 생각이 떠올라 제대로 화두를 들 수 없사옵니다."

"그럴 것이야. 놓아버리지 못해서 그렇네."

"놓아버리지 못해서요… 스님?"

"다 놓아버리게. 냇물 흐르는 소리가 시끄러우면 시끄러운 그대로 내버려 두게. 새 우는 소리가 시끄럽거든 시끄러운 새 소리도 그대로 내버려 두게. 잡생각이 일어나거든 그것도 내버려 두게. 냇물 소리가 시끄럽다, 새 소리가 시끄럽다, 거기에 집착하면 생땀만 바작바작 날 뿐, 냇물 소리, 새 소리는 사라지지 않는 법이야. 냇물 소리는 냇물 소리대로 놓아버리고, 새 소리는 새 소리대로 놓아버리고, 잡생각은 잡생각대로 놓아버리게."

"하오나 스님…."

"거기 빠져들지 말고 다 놓아버리게. 놔버리고 놔버리고 또 놔버리다 보면 저절로 냇물 소리도 들리지 않을 것이요, 새 소리도 저절로 사라질 것이요, 잡생각도 스스로 없어질 것이니, 냇물 소리가 있으되 들리지 아니하고 잡생각이 있으되 매이지 아니하면 그때 화두가 잡힐 것이야."

"예, 스님. 분부대로 하겠사옵니다."

"옛날 일숙각(一宿覺) 영가 스님께서는 이렇게 이르셨다네. 참선할 적에는 적적성성해야 하나니, 적적(寂寂)이란 외부의 좋고 나쁨을 생각하지 않음이요, 성성(惺惺)이란 흐리멍텅하거나 선도 아니고 악도 아닌 무기(無記)의 상(相)을 내지 않음이다.

만일 적적하기만 하고 성성하지 못하면 그것은 흐리멍텅한 상태이고, 성성하기만 하고 적적하지 아니하면 이는 무엇엔가 얽힌 생각이다. 적적하지도 아니하고 성성하지도 아니하면 그것은 얽힌 생각일 뿐만 아니라 또한 흐리멍텅함에 빠져 있는 것이니라. 모름지기 수행할 적에는 성성하고 적적함에 이르러야 함이니 성성하고 적적하면 이것이야말로 근원으로 돌아가는 오묘한 길이니라."

"예, 스님. 오늘 가르침 명심하겠습니다."

"그대는 한 가지 더 명심해야 할 것이야."

"예, 스님."

"저 산속 새집 둥우리에 올 봄에 새로 태어난 새끼 새들이 많을 것이야."

"예, 스님. 그러할 것이옵니다."

"그 새끼 새들이 솜털도 돋아나기 전에 저 드높은 창공을 날으려고 조바심을 친다면 어찌 되겠는고?"

"…예, 스님. 명심 또 명심하겠습니다."

이날 연담 노선사는 늦깎이 중에서도 아주 늦은 늦깎이로 출가한 제자 보화가 행여라도 조바심을 내어 수행을 그르칠까 적이 염려하여 이를 미리 경계하신 것이었다. 보화 스님은 스승의 말씀이 무엇을 뜻하는지 금방 알아들었다. 그리고 감사의 예를 올리고 밖으로 나왔다.

평생의 횃불로 삼은 《육조단경》

　보화 스님은 은사이신 연담 노선사의 분부대로 모든 것을 있는 그대로 놓아버리기 시작했다.

　그 전에는 뻐꾹 뻐꾹, 뻐꾸기가 울면 그 뻐꾸기 소리를 듣지 않으려고 발버둥쳤다. 그러면 그럴수록 뻐꾸기 소리는 더 시끄럽게 귓속을 파고들었다. 그런데 이제 은사 스님의 가르침을 듣고 나서, 뻐꾸기가 울면 우는 대로, 냇물이 흐르면 흐르는 대로, 바람이 불면 부는 대로, 풍경 소리가 울리면 울리는 대로 놓아버리니 마음이 한결 가볍고 편안해졌다. 그 소리들을 듣지 않으려고 안간힘을 쓰고 조바심을 칠수록 참으로 비지땀만 뻘뻘 흘리며 숨이 턱에 차올랐었는데 너는 너대로, 나는 나대로 놓아버리니, 뻐꾸기 소리는 뻐꾸기 소리대로, 냇물 흐르는 소리는 냇물 소리대로 그냥 흘러가고 지나갈 뿐이었다.

　보조국사 지눌 선사가 일찍이 이르시기를 "마음이 곧 부처인데 어찌 마음을 먼 데서 찾으려 하는가" 하셨으니, 이 마음만 제대로 알고 제대로 닦으면 대장부 일대사를 요달할 것이거늘 무엇이 그리 급하다고 조바심을 칠 것인가.

　은사 스님이 특별히 보라고 내려주신 《초발심자경문》,《육조단경》,《금강경》을 틈틈이 보며 이제 보화 스님은 느긋하고 여유롭게 그러나 쉼 없이 참선 수행을 이어가고 있었다.

　특히 보화 스님은 마음 찾는 공부가 참선이요, 참선이 곧 부처되는 길이라 하였으니, 참선 수행이 과연 무엇이며, 참선 수행은 어떻게 해왔으며, 참선 수행의 요체는 과연 무엇인지《육조단경》을 통해 배우고 있었다.

　은사 스님이 내려주신《육조단경(六祖壇經)》은 본래 이름이《육조법보단경(六祖法寶壇經)》인데, 줄여서《육조단경》혹은《법보단경》,《단경》이라 부르고 있었다. 그리고 이 경은 중국 선종(禪宗)의 제육조(第六祖)로 일컬어지는 혜능 선사(慧能禪師)께서 조계산에서 문인(門人)들에게 설법하신 것을 기록해 놓은 경전이었다. 육조혜능 스님은 좌선에 대하여 이렇게 설파하셨다.

　　선지식이여, 어떤 것을 좌선이라고 하는가? 이 법문 가운데 막힘이 없고 걸림이 없어서 밖으로 일체 선악의 경계에 생각이 일어나지 아니하는 것을 좌(坐)라 하며, 안으로 자성이 움직이지 않음을 보는 것을 선(禪)이라 하느니라. 선지식이여, 무엇을 선정(禪定)이라 하는가? 밖으로 모습을 떠나는 것이 선이요, 안으로 어지럽지 않음이 정이다. 만약 밖의 모습에 집착하면 그 마음이 어지럽고 밖으로 모습을 버리면 마음이 곧 어지럽지 않으리라. 본성품이 스스로 깨끗하고 스스로 고요한 것인데 다만 경계를 보고 생각하기 때문에 어지러워진 것이다. 만약 모든 경계를 보더라도 마음이 어지럽지 아니하다면 이것이 진정한 정(定)이니라. 선지식이여, 밖으로 모습을 떠난 것이 곧 선이요, 안으로 어지럽지 않음이 곧 정이니, 밖의 선과 안의 정이 바로 선정이 되느니라. 선지식이여, 또 움직이지 않음을 닦는다고 하더라도, 모든 사람을 볼 적에 사람의 시비·선악·허물·근심을 보지 않는 것이 곧 자성의 움직이지 않음이니라. 선지식이여, 어리석은 사람은 몸은 비록 움직이지 아니하지만 입으로는 다른 사람의 옳고 그름, 길고 짧음, 좋고 나쁨을 말하여 도를 어기고 등지나니, 만약 마음에 집착하고 깨끗한 것에 집착하면 오히려 도를 장애하리라.

무작정 가부좌를 틀고 앉아서 몸을 움직이지 않은 채 화두만 참구한다고 해서 선정에 이를 수 없음을 혜능 선사는 누누이 이르신다. 보화 스님은 《육조단경》을 보고 또 보았다. 마음이 곧 부처이니 마음을 닦아 부처를 이루려는 수행자는 누구나 반드시 이《육조단경》을 보지 않으면 안 되겠다는 생각이 들었다. 《육조단경》이야말로 부처 되는 길로 인도하는 문이요, 부처 되는 방법을 알려주는 나침반이요, 귀감이 아닐 수 없었다. 보화 스님은 은사 스님께서 이 책을 반드시 보라고 내려주신 뜻을 이제야 알게 되었다.

캄캄한 밤중, 험한 산길을 더듬거리며 헤매다가 환한 횃불을 손에 밝혀든 것처럼 보화 스님은 기쁘고 반갑기 그지없었다. 캄캄한 밤길에 횃불을 만났으니 이제는 두려울 게 없었다. 험한 가시밭길을 동서남북도 모른 채 헤매다가 길 밝은 길잡이를 만났으니 무서울 게 없었다.
　보화 스님은 《육조단경》을 횃불로 삼고 길잡이로 삼아 하루하루 정진을 거듭했다.
　은사이신 연담 노선사가 보화를 불러 앉혔다.
　"부지런히 닦고 있는가?"
　"예, 스님."
　"가부좌를 틀고 앉았으되 온갖 번뇌망상을 하고 있으면 십 년 아니라 한평생을 그러고 앉았어도 헛일인 게야."
　"예, 스님."
　"바다 건너 보배섬이 있다고 한들 동서남북 어느 방향에 보배섬이 있는 줄 모르면 헛일이지. 그리고 그 보배섬에 배를 타고 건너야 하거늘 노를 저을 줄 모르면 그것도 헛일이야. 우리는 매일 수행을 시작하기 전에 향을 사르고 예불을 올리고 있네만, 우리가 향을 사르는데 조석으로 오분향(五分香)을 올리는 뜻이 과연 어디에 있던고?"
　"예, 육조혜능 선사께서 이르시기를, 첫 번째는 계향(戒香)이니, 곧 자기 마음 가운데 잘못이 없고 악이 없으며 욕심과 성내는 마음이 없으며 말세의 재해가 없는 것을 계향이라 한다 하셨사옵니다."
　"흐음, 허면 두 번째는 무엇이던가?"
　"예, 두 번째는 정향(定香)이니, 곧 모든 선하고 악한 경계의 모습들을 보고도 자기의 마음이 어지럽지 않음을 정향이라 한다 이르셨사옵니다."
　"그 다음 세 번째 혜향(慧香)은 무엇이라 이르셨던가?"
　"예, 세 번째 혜향은 자기 마음에 걸림이 없어서 항상 지혜로써 성품을 비추어 보고 모든 악을 짓지 아니하고, 어른을 존경하고 아랫사람을 생각하여 외롭고 가난한 사람을 가엾이 여기는 것을 혜향이라 한다 이르셨사옵니다."

"그러면 네 번째 해탈향(解脫香)은 무어라 이르셨는고?"

"예, 네 번째 해탈향은 자기 마음에 반연함이 없어서 선도 생각하지 아니하고, 악도 생각하지 아니하며 자재하여 걸림이 없는 것을 해탈향이라 한다 이르신 걸로 아옵니다."

"그러면 마지막으로 다섯 번째는 무엇이라 하셨던가?"

"예, 다섯 번째는 해탈지견향(解脫知見香)이니, 자기 마음에 이미 선악의 반연은 없으나 공에 빠져서 고요함만 지키지 아니하고, 널리 배우고 많이 들어서 자기의 본마음을 알며 모든 부처의 진리를 통달해서 마음의 광명을 조화하고 객관을 대함에 있어 나도 없고 남도 없어서 바로 깨달음의 참성품이 바뀌지 않는 데 이르는 것을 해탈지견향이라 한다고 이르셨사옵니다."

"그래 바로 알았네. 우리 선가에서는 향 한 가지를 사르는 데도 이토록 깊은 뜻을 담고 있음을 명심하도록 하게."

"예, 스님. 명심 또 명심토록 하겠사옵니다."

보화 스님은 비록 늦깎이로 삭발 출가하였으나 젊었을 적에 워낙 많은 책을 통달한 덕분에 아무리 어려운 경전도 막힘 없이 보아 나갔고 그 뜻을 새김에 있어서도 유려하기 그지없었다. 그래서 은사 스님이신 연담 노선사는 보화를 가리켜 '십년 공부한 중보다 낫다' 고 극찬을 아끼지 않았다.

그해 여름 한 철을 내금강 장안사에서 수행한 보화 스님은 그해 가을 은사 스님이 써주신 서찰 한 통을 들고 금강산에 있는 사찰 가운데 가장 규모가 크다는 유점사(楡岾寺)를 찾아가게 되었다.

유점사는 금강산 동쪽, 지금의 강원도 고성군 서면 백천교리에 있는 천년 고찰이다. 동쪽 바닷가인 해금강(海金剛)에서 찾아가자면 온정리(溫井里), 보현동(普賢洞)을 거쳐 백천(百川)까지 가서, 거기서부터는 개잔령(開殘嶺)을 넘어가야 했다. 그리고 내금강에서 곧바로 유점사를 가려면 마하연(摩訶衍)을 지나 내무재령(內霧在嶺)을 넘어야 했다.

신라 남해왕(南解王) 원년(元年), 인도에서 조성한 53불(五十三佛)이 신룡(神龍)에 의해 월지국(月紙國)을 거쳐 지금의 강원도 고성인 안창현(安昌縣) 포구에 닿았다. 이 보고를 받은 현관(縣官) 노춘이 포구로 가 보니 53불은 간 곳이 없고 나뭇잎이 금강산을 향해 뻗어 있었다. 이에 이상히 여긴 노춘이 나뭇잎을 따라 금강산 쪽으로 발길을 옮기니 이때 하얀 개 한 마리가 앞장을 섰다. 이윽고 산 속의 큰 못가에 당도하니 큰 느릅나무가 한 그루 서 있고 53불이 모두 못가에 줄지어 앉아 있었다. 이에 노춘이 왕에게 고하니, 왕이 친히 와서 53불을 친견하고 그곳에 절을 지으니, 느릅나무가 있던 자리에 세운 절이라 하여 절 이름을 느릅나무 '유(楡)' 자를 써서 유점사라 하고 인도에서 왔다는 53불을 여기에 모시게 되었다고 했다.

이러한 창건설화가 깃들어 있는 유점사는 뒤로는 청룡산(靑龍山), 앞에는 남산(南山)을 두고, 그 사이 드넓은 평지에 자리잡고 있었다. 오십삼불을 봉안한 능인전(能仁殿)을 비롯해서 좌우로 승방과 선당(禪堂) 등 여섯 개의 전각이 서 있고, 법화당, 영당(影堂) 등 세 개의 당(堂)과 누각이 세 곳에 세워져 있었다.

임진왜란이 일어났을 때 사명 대사께서 머물고 계셨다는 이 유점사는 듣던 대로 과연 금강산에서 가장 규모가 큰 사찰이었다.

보화 스님이 유점사에 당도한 시각이 공교롭게도 저녁 예불을 올릴 시각인지라, 둥둥둥 울리는 범종 소리를 들으며 이곳저곳에서 쏟아져 나온 스님들이 기러기 떼처럼 줄을 지어 가지런히 법당으로 들어가고 있었는데, 그 수효가 백을 넘는 것 같았다.

이미 때가 기울어 저녁 공양 시간을 놓쳤는지라 보화 스님은 하는 수 없이 저녁을 굶은 채 법당으로 들어가 말석에서 저녁 예불을 올렸다.

문종성번뇌단(聞鐘聲煩惱斷)
지혜장보리생(智慧長菩提生)
이지옥출삼계(離地獄出三界)
원성불도중생(願成佛度衆生)
파지옥진언(破地獄眞言)
옴 가라지야 사바하
옴 가라지야 사바하
옴 가라지야 사바하

백여 명이 넘는 많은 대중들이 일심으로 합송하여 올리는 저녁 예불은 참으로 장중하기 그지없어, 법당 안에 함께 있는 것만으로도 환희심이 저절로 솟구쳐 올랐다. 보화 스님은 환희심으로 넘쳐 떨리는 목소리로 예불을 올렸다.

보화 스님은 저녁 예불이 끝난 뒤 지객(知客) 스님을 찾아 유점사에

온 연유를 말씀드렸다.

"우리 주지 스님을 뵙고자 오셨다구요?"

"예, 그렇습니다."

"우리 스님께서는 해가 진 뒤에는 아무도 만나지 않으십니다."

"아 예, 그러신가요?"

"이미 늦었으니 내일 인사를 드리도록 하시지요."

"예, 소승 그리하겠습니다."

"한 걸음 늦게 오셨으니 저녁 공양을 못 드셨을텐데, 객스님께서도 들어 아시겠지만 우리 주지 스님께서는 청규 지키시는 데 워낙 엄하고 칼날 같은 분이신지라…."

"염려 마십시오. 때 아닌 적에 어찌 감히 공양 얻어먹을 생각을 할 수 있겠습니까?"

"너그러이 이해해주시니 다행입니다. 소승을 따라 오시지요. 객실로 모시겠습니다."

"감사합니다."

절에 찾아오는 손님을 접대하고 모시는 소임을 맡은 스님을 지객이라 부르는데, 유점사의 지객 스님은 참으로 공손하기 그지없었다.

세속에서는 손님이 남의 집에 찾아갔을 때, 문간에서 만나는 그 집 아이의 언행만 보아도 그 집안의 가풍(家風)을 알아본다고 하였다. 손님을 맞이하는 어린아이의 행동거지를 보면 그 집안이 어떤 집안인지 단박에 짐작할 수 있다는 것이었다.

그와 마찬가지로 절 집안에서도 객승이 일주문을 들어서서 그 절에 사는 중 한 사람을 만나 보면 대뜸 그 절의 가풍을 알 수 있다고 하였다. 더구나 지객 스님을 만나 수인사를 나눠 보고 나면, 그 절에 과연 덕(德) 높은 큰스님이 계신지 아니 계신지 금방 알 수 있었다.

보화 스님은 먼 길을 오느라고 다리도 아프고 몸도 고단하고 시장도 하였지만 내일 만나뵙게 될 유점사 주지 스님이신 동선 정의(東宣淨義) 스님에 대한 기대로 얼른 잠을 이루지 못했다.

이 유점사의 주지 스님은 법호가 '동선'이요, 법명은 '정의'라고 하였는데, 일찍이 나이 열여덟 살에 강원도 태백산(太白山) 정암사(淨岩寺)에서 동진 출가하여 벽암 서호(蘗庵西灝) 스님의 제자가 되었고 경교(經敎)를 깊이 공부하여 서호 스님의 법을 이어 받았다. 그 후 중국 북경으로 건너가 율장(律藏)을 공부하고, 율사(律師)로부터 계(戒)를 받아 돌아온 뒤, 지금의 이 유점사에서 후학들을 엄히 가르치고 계신다 하였다. 이 절 유점사의 주지를 맡으신 지 이제 겨우 이삼 년이 되신다는데, 유점사는 이미 동선 스님의 덕화(德化)에 젖어 있음이 분명했다. 그것은 이미 저녁 예불을 올리는 법당에서 감지되었고, 지객 스님의 공손함을 보고도 알 수 있었다.

다음날 보화 스님은 유점사 주지이신 동선 율사께 인사를 올리고 은사이신 연담 선사가 써주신 서찰을 전해 올렸다. 세속 나이 육십이 넘어 보이는 동선 율사는 서늘한 눈빛으로 서찰을 읽고 나더니 보화 스님의 얼굴을 뚫어져라 바라보았다.

"보화라고 그랬던가?"

"예, 스님. 그러하옵니다."

"그대는 참으로 뒤늦게야 발심을 하였네 그려."

"… 예."

"뒤늦게 파종한 곡식은 여물도 들기 전에 서리를 맞기 십상인 줄 그대도 알고 있으렷다?"

"예, 스님. 잘 알고 있사옵니다."

"찬 서리 내리기 전에 여물이 제대로 들려면 밤낮이 따로 없어야 할 것이야."

"예, 스님. 명심하겠사옵니다."

"헌데, 세속에 있을 적에 글공부를 많이 했다는데 무슨 책을 얼마나 보았는고?"

"조금 보았사옵니다. 사서삼경에 제자백가 정도였사옵니다."

"연담 선사께서 서찰에 이르시기로는 천문, 지리, 주역, 의학에도 달통했다 하셨는데?"

"과찬의 말씀이시옵니다."

"허나 세속에서 제 아무리 글공부를 많이 했어도 불가에는 불가의 법도가 따로 있는 법, 세속에서 읽은 글은 자칫하면 오히려 독이 되는 수가 있으니 각별히 조심토록 하게."

"예, 스님. 명심토록 하겠습니다."

"장안사 연담 선사 문하에서 《육조단경》을 보았으렷다?"

"예, 스님."

"허면 내 한 가지 물을 것이야."

"… 예, 스님."

"아침 저녁 예불을 올릴 적에 맨 처음 올리는 향(香)을 무슨 향이라 하셨던고?"

"예, 계향이라 하셨사옵니다."

"무엇을 일러 계향이라 하셨던가?"

"예, 자기 마음 가운데 잘못이 없고, 악이 없으며 욕심과 성내는 마음이 없으며 말세의 재해가 없는 것을 계향이라 이르셨사옵니다."

"그래 바로 보았네. 첫째가 계향이요, 둘째가 정향이요, 셋째가 혜향이니, 이는 곧 계(戒)·정(定)·혜(慧) 삼학(三學)을 밝히신 것일세. 혹자는 정이 먼저다, 혜가 먼저다 서로 우기고 다투는 일이 있으나 계·정·혜 세 가지는 어느 것 하나 없어도 아니 되는 세 개의 발〔足〕이라 할 것이니, 만일 큰 무쇠솥에 다리가 하나만 있어도 아니 될 것이요, 둘만 있어도 쓰러질 것이며 다리 셋이 있어야 비로소 솥이 바로 설 수 있음과 같이, 출가 수행자는 반드시 계·정·혜 삼학을 함께 닦아 나가야 할 것이야."

"예, 스님. 명심하겠습니다."

동선 율사는 과연 율사 스님답게 계(戒)의 중요성을 몇 번이고 강조하셨다. 은사이신 연담 선사께서 보화를 동선 율사께 보낸 것도 수행자는 마땅히 계·정·혜 삼학을 함께 닦아야 할 것이라는 깊은 뜻이 있었다.

"이것 보게, 보화."

"예, 스님."

"그대는 육조혜능께서 무상참회 법문을 설하신 것을 알고 있었던가?"

"예, 스님. 보았사옵니다."

"그럼 어디 그대가 본 대로 혜능 선사의 참회법문을 나한테 한번 들려주게나."

"… 예. 혜능 선사께서 말씀하셨습니다. '이제 그대들에게 무상참회(無相懺悔)를 주어 삼세의 죄를 없애고 삼업(三業)이 청정하게 해주리라. 선지식이여, 그대들은 모두 내 말을 따라 외우라. '저희 제자들이 앞 생각과 현재 생각과 뒷 생각으로부터 생각 생각 어리석고 어지러운 데 물들지 아니하고, 전부터 있었던 악업의 어리석고 어지러운 죄를 다 참회하오니, 원컨대 일시에 소멸하여서 영원히 다시 일어나지 않게 하소서. 저희 제자들이 앞 생각과 현재 생각과 뒷 생각으로부터 생각 생각이 교만하고 허망한 데 물들지 아니하고 전부터 있던 악업인 교만하고 허황된 죄를 다 참회하오니 원컨대 일시에 소멸하여 영원히 다시 일어나지 않게 하소서.

저희 제자들은 앞 생각과 현재 생각과 뒷 생각으로부터 생각 생각 질투에 물들지 말고, 있는 바 악업인 질투 등의 죄를 다 참회하오니 원컨대 일시에 소멸하여 영원히 다시 일어나지 않게 하소서.' 이에 대중들이 모두 함께 그대로 따라 외웠나이다."

"그래 그래, 그 다음에 혜능께서는 무어라고 설법을 하셨던고?"

"예, 혜능 선사께서는 말씀하셨습니다. '선지식이여, 이것이 바로 무상참회이니 무엇이 참이고, 무엇이 회인가?

참(懺)은, 그 전의 허물을 뉘우치는 것이니 전부터 있던 악업인 어리석음과 교만하고 허황됨과 질투 등의 죄를 모두 뉘우쳐서 영원히 다시 일어나지 않게 하는 것을 참이라 한다.

회(悔)는, 나중의 허물을 뉘우치는 것이니 이제부터 있을 이후의 악업인 어리석음과 어지러움과 교만하고 허황하고 질투하는 등의 죄를 이제 이미 깨닫고 영원히 다 끊어서 다시는 짓지 않도록 하는 것이 회니, 그래서 참회라 하느니라' 하고 말씀하셨습니다."

"그래 그래, 그렇게 말씀하셨지. 그리고 나서 혜능께서는 또 뭐라고 설법하셨던가?"

"예, '범부는 어리석고 어지러워서 다만 그 전의 죄만 참할 줄 알고, 뒤의 허물을 회할 줄 모른다. 회하지 못하기 때문에 그 전의 허물도 멸하지 않고 뒤의 허물이 또 생기느니라. 전의 허물이 이미 멸하지 않아서 뒤의 허물이 다시 또 생겨나리니, 이를 어찌 참회라 하겠는가? 하셨습니다."

"그래 그래, 내 《육조단경》을 본 것이 오래 전 일이거늘, 오늘 그대 덕분에 좋은 설법 다시 들었네."

"과찬의 말씀이시옵니다."

"십 년 공부한 구참보다 나을 것이라는 연담 선사의 서찰이 공치사가 아니셨네 그려."

"아 아니옵니다. 부끄럽사옵니다."

"하루하루 부지런히 닦게. 시호시호부재래(時好時好不再來)라 했으니, 좋은 때는 한 번 가면 다시 오지 않는 법일세."

"예, 스님. 명심 또 명심토록 하겠습니다."

보화 스님은 동선 율사를 처음 만나뵌 바로 그날 동선 율사의 눈에 들어 유점사에서 수행해도 좋다는 허락을 얻었다. 이로부터 보화 스님은 동선 율사의 문하에서 체계적으로 수행 정진에 몰입했고, 동선 율사로부터 율장까지 배우게 되었다.

그런데 계율을 서릿발처럼 엄히 여기시던 동선 율사는 어지간히 중노릇을 잘하지 않으면 삼 년이고 오 년이고 문하에 있어도 좀처럼 구족계를 내려주지 않았다. 비구는 지켜야 할 계만 250계요, 비구니는 무려 348계다. 동선 율사로부터 구족계를 받는 것이 모두들 소원이었지만 동선 율사는 지키지도 못할 구족계라면 차라리 받을 생각도 하지 말라고 당부했다. 뿐만 아니라 동선 율사는 당신이 중국에 건너가서 수년간 율장을 공부하고 돌아올 만큼 한학(漢學)에는 조선 팔도에서 첫 손가락에 꼽힐 만큼 뛰어난 분이었다. 그래서 그런지 동선 율사는 비구가 되는 것은 곧 인천(人天)의 스승이 되는 것이니, 최소한 비구는 경(經)·율(律)·론(論) 삼장(三藏)을 자유자재로 볼 수 있을 만큼 한문을 익혀야 한다는 게 지론이었다.

"비구가 된다는 것은 제대로 된 부처님의 제자가 된다는 뜻도 있지만, 비구는 곧 부처님 대신 중생을 제도하고 중생을 보살펴야 하는 인천의 스승이 되는 게야. 그런데 그 비구가 부처님의 말씀인 경(經)도 읽을 줄 모르고, 부처님이 정해 놓으신 율장도 볼 줄 모르고, 부처님의 말씀을 해석해 놓은 논장도 볼 줄 모른다면 그를 어찌 부처님의 참된 제자라 할 것이며 중생의 스승이라 할 수 있겠는가? 그러니 나에게 구족계를 받고자 한다면 경·율·론 삼장을 볼 수 있을 만큼은 글 공부도 해야 할 것이야."

바로 이 엄한 조건에 걸려 많은 수행자들이 구족계를 받지 못하고 있었다. 그런데 이 동선 율사는 문하 제자들의 한문 공부가 어느 정도인지를 측정하는 데 참으로 귀신도 곡할 묘법을 쓰고 있었다.

동선 율사는 구족계를 받을 만한 자격을 갖춘 제자들을 우선 한 방에 모아놓고 즉석에서 문제를 내고 즉석에서 답을 쓰게 하였는데, 여러 제자들에게 똑같은 문제 한 가지만을 출제했다.

"그대들은 지금부터 내가 쓰라는 글자를 백지에 써내야 할 것이로되, 옆 사람, 앞 사람, 뒷 사람의 글을 훔쳐보는 자는 가차 없이 퇴방시킬 것이니 그리 알라!'

방 안에 줄지어 앉아 있는 십여 명의 제자들이 숨을 죽이고 스님의 다음 말씀을 기다리고 있었다. 보화 스님은 두 눈을 지그시 감은 채 마음을 가라앉혀 숨을 고르고 있었다.

"오늘 그대들은 한자 '수'를 아는 대로 쓰도록 하라. 이를테면 물 '수(水)' 자도 있고, 지킬 '수(守)' 자도 있으니 '수'라는 한자를 아는 대로 다 써내란 말이니라."

동선 율사의 말씀이 끝나기가 무섭게 제자들은 저마다 아는 대로 '수'자를 써내려 가기 시작했다. 동선 율사가 예로 들어준 물 수(水), 지킬 수(守)부터 쓰는 사람도 있었다.

보화 스님은 잠시 눈을 감고 그동안 배우고 익혀왔던 '수' 자를 떠올리면서 차근차근 한 글자, 한 글자 써나가기 시작했다. 보화 스님이 맨 처음 쓴 글자는 닦을 수(修), 이어서 받을 수 (受), 거둘 수(收), 물 수(水), 지킬 수(守), 늙은이 수(叟), 가둘 수(囚), 손 수(手), 팔 수(售), 기침 수(嗽), 드리울 수(垂), 목숨 수(壽), 형수 수(嫂), 장수 수(帥), 시름 수(愁), 줄 수(授), 셀 수(數), 나무 수(樹), 강이름 수(洙), 죽일 수(殊), 머리 수(首), 따를 수(隨), 모을 수(蒐), 구할 수(需), 빼어날 수(秀),······ 모름지기 수(須), 골수 수(髓), 수염 수(鬚)까지 쓰고 나서 헤아려 보니 일흔한 개의 '수' 자가 반듯반듯 쓰여져 있었다. 또 무슨 수 자가 더 있을 텐데, 있을 텐데 아무리 눈을 감아도 더 이상의 글자는 떠오르지 않았다.

쿵! 쿵! 쿵!

이윽고 동선 율사께서 주장자를 세 번 높이 들었다 놓았다.

"이제 그만 되었느니라. 각자 자기가 쓴 종이 하단에 자기 법명을 적어 이리 가져오너라."

제자들이 비지땀을 흘려가며 쓴 백지를 차례차례 동선 율사께 갖다 바쳤다. 제자들이 갖다 바친 시험지를 한 장 한 장 살펴보시던 동선 율사가 얼굴을 붉히며 한 장을 치켜 들었다.

"일선이가 누구더냐?"

"예, 스님. 소승이옵니다."

"에잉 쯧쯧쯧! 너는 그래 겨우 열 자를 채웠구나."

"… 죄송하옵니다 스님."

"월주는 대체 어떤 놈이던고?"

"예. 소… 소승이옵니다."

"에잉. 네가 아는 게 고작 여섯 자뿐이더냐?"

"죄, 죄송하옵니다 스님."

"너는 글을 안 배운 게냐, 못 배운 게냐?"

"죄… 죄… 죄송하옵니다 스님. 용서하여주십시오."

"너는 중노릇하기 틀렸으니 고향으로 돌아가는 것이 좋을 것이다!"

이날 사전 예고도 없이 별안간에 치른 시험에서 스무 개 이상을 쓴 제자는 세 명, 서른 자를 쓴 사람이 두 명, 서른다섯 자를 쓴 사람이 한 명, 그리고 무려 일흔한 자를 쓴 사람은 오직 보화 스님뿐이었다.

"너희들 다들 보아라. 오늘은 보화가 장원이다. 자, 봐라. 일흔한 자를 썼다!"

방 안에 있던 제자들이 일흔한 자라는 소리에 두 눈을 휘둥그렇게 뜨고 벌린 입을 다물지 못했다. 보화는 앞으로 나아가 동선 율사께 삼배의 예를 올렸다. 그해 동선 율사로부터 구족계를 받은 사람은 보화 스님과 또 한 사람뿐이었다.
 유점사로 와서 동선 율사의 문하에 든지 실로 이 년여 만의 일이었다.

비구니가 되신 어머니

금강산 유점사 동선 율사는 보화 스님에게 구족계를 내리고 '석우(石友)'라는 법호(法號)를 내려주었다.

"내 그동안 글 공부께나 했다는 사람을 많이 만나보았네만은 앉은 자리에서 '수' 자(字)를 쉰다섯 자까지 쓴 사람이 으뜸이었네. 일흔 자를 넘긴 건 그대가 처음이야."

"부끄럽사옵니다, 스님."

"부끄럽기는, 내 이제 말일세만 나도 모르는 '수' 자를 그대는 써 내놓았데 그려."

"아이구 스님. 그럴 리가 있겠사옵니까."

"아무튼 놀라운 경지네. 아무쪼록 그 공부를 바탕으로 계·정·혜 삼학 어디에도 소홀함이 없도록 중노릇 잘하게나."

"예, 스님. 명심하겠습니다."

"그동안 내금강에만 있었다 하니 여기서 영신동(靈神洞)을 넘어 신계사(神溪寺)도 한 번 참배하고, 기왕에 나선 김에 해금강도 한바퀴 돌아보고 가게. 금강산은 기암괴석에 냇물이 맑아 좋지만 해금강에서 툭 터진 바다를 보는 것도 좋을 것이야."

"예, 스님. 분부대로 하겠습니다."

세속에 살 적에는 설태영(薛泰榮)이었다가 금강산 장안사에 들어와 보화(普化)가 되었고, 다시 또 금강산 유점사에서 구족계를 받고 석우(石友)라는 법호를 받았으니 이젠 어김없는 비구(比丘) 석우 스님이 된 셈이었다.

석우 스님은 다음날 새벽 일찍, 행장을 꾸려 신계사를 향해 길을 떠났다. 유점사에서 신계사로 가는 길은 비교적 평탄했다. 영신동을 벗어나 완만한 숲길이 계속되었고 깎아지른 듯한 벼랑길은 나오지 않았다. 이 골, 저 골에서 흘러내리는 맑은 물로 목을 축이고 준비해온 주먹밥으로 시장기를 달래며 그날 해질녘에는 신계천(神溪川)에 당도했다. 신계천을 넘어 완만한 산길을 오르니 집선봉(集仙峯) 아래 신계사가 자리잡고 있었다.

신계사는 신라 법흥왕(法興王) 때 보운(普雲) 선사가 창건한 천년 고찰로 임진왜란 이전까지만 해도 유점사, 장안사, 표훈사와 함께 금강산 4대 사찰(四大寺刹)로 손꼽히던 큰절이었는데, 지금은 사세(寺勢)가 기운 듯 반야보전(般若寶殿), 나한전, 칠성각과 낡은 요사채가 있을 뿐, 옛날의 웅장한 모습은 찾을 길이 없었다.

반야보전에 들어가 예불을 올리고 나오니 천년 세월을 견디어온 3층석탑이 반야보전 앞을 지키고 서 있었다. 눈을 들어 사방을 둘러보니 주봉인 관음봉(觀音峯)을 필두로 해서 세존봉(世尊峯), 채하봉(彩霞峯), 집선봉(集仙峯)이 신계사를 옹휘하듯 둘러싸고 있어 또 하나의 절경을 이루고 있었다.

　신계사에서 하룻밤을 쉰 석우 스님은 다음날 아침 다시 행장을 꾸려 해금강을 향해 길을 떠났다.

　울울창창한 소나무 숲을 한참 동안 지나고 나니 거기서부터 극락고개가 시작되고 있었다. 극락세계가 펼쳐져 있다고 해서 붙여진 이름이라는데, 석우 스님은 이 극락고개를 반대쪽에서 넘어 세속에 해당되는 외금강을 향하고 있었다.

　극락고개는 문필봉(文筆峯)과 관음봉(觀音峯)을 가로질러 온정리(溫井里), 만물상(萬物相)을 지나 장전(長箭)포구로 이어지고 있었다. 기기묘묘한 형상의 기암괴석들은 참으로 탄성을 금할 수 없게 하였고, 거기 끝없이 펼쳐진 푸른 바다는 석우 스님의 마음을 툭 트이게 했다.

　그동안 경상도 전라도의 바다는 여러 번 보아 왔지만, 이토록 푸르고 저토록 끝 간데 없이 펼쳐진 망망대해는 이번이 처음이었다. 과연 금강산은 내금강도 절경이었지만 외금강 또한 절경 중의 절경이었으니 그래서 예부터 천하 제일의 명승지 금강산이라고 일컬었던가.

　석우 스님은 지은이가 어느 분인지 알 길 없는 〈금강산예찬가사(金剛山禮讚歌詞)〉를 유점사에서 본 일이 있었다. 어느 스님이 듣고 붓으로 써서 전해진 그 가사는 회심곡(回心曲)처럼 운을 맞추어 이렇게 읊고 있었다.

　　인간 수명 오백년이 천상세월 일 주야라 경문마다 일렀으니
　　가소롭다 인간세월 칠팔십을 산다 한들 하루살이 목숨일세
　　수명장단(壽命長短) 무상하다

무상사(無常事)를 생각하니 묘창해지일속(渺滄海之一粟)이라
어화 가소롭다 이 몸이여
가련하다 이내 몸이 기약 없는 명(命) 마칠 때
그 뉘라서 구제할꼬
부모처자 만당권속 금은옥백 우마전지 전후좌우 가득한들
대신 갈 이 뉘 있으며 인정 쓸 데 전혀 없네
이보시오 어르신네 맹서대정(盟誓大定) 결단하소
불경(佛經)에 일렀으되
인신난득(人身難得) 장부난득(丈夫難得)
출가난득(出家難得) 불법난봉(佛法難逢)
이런 말씀 희유하다

인간 일신 얻은 것도 전생 무슨 인연일세
팔해유식 군자님네
이 몸 얻어 왔을진데 무행공신(無行空身) 무엇할꼬
세간만사 뿌리치고 금강산이나 구경가세!
금강(金剛)은 바로 자성(自性) 자성금강(自性金剛) 찾아가세!

주유천하 무변국토 밤낮없이 근고수행 일구월심 간절한들
자성금강 못 얻으면 밤새도록 가는 길에 문 못 들어 원통하이
금강산 구경갈 제 자성금강 먼저 살펴
걸음마다 여읨 없이 생각마다 잊지 마소

어느 시인 묵객이셨는지, 아니면 어느 스님이셨는지, 이 가사를 지으신 분은 바로 이 금강산을 불국토(佛國土)로 보고, 불국토에 들어왔으면 자기 마음속의 자성금강(自性金剛)을 바로 보고 바로 찾으라고 권하고 있다.

석우 스님은 이 금강산 노랫말을 외우면서 해금강의 절경을 두루두루 돌아보았다. 과연 금강산은 부처님의 땅이요, 부처님의 산이요, 부처님의 나라가 아닌가.

금강산이라는 산 이름부터 '금강반야바라밀경(金剛般若波羅蜜經)'에서 따온 것이요, 금강산 일만이천봉 가운데 가장 높다는 비로봉(毘盧峯)도 바로 불교의 법신불(法身佛)이신 비로자나불(毘盧遮那佛)을 줄인 것이요, 법기봉(法起峯)도 법기 보살의 이름을 따온 것이며, 세존봉·지장봉·석가봉·업경대·수미봉·향로봉·백탐동·단발령·극락고개 등 봉우리마다 고개마다 부처님의 가르침과 불교설화가 깃들어 있지 않은 곳이 없었다. 그래서 금강산은 곧 불교의 요람이요, 성지(聖地)이며, 산 전체가 도량인 셈이었다. 금강산에 오죽이나 사찰과 암자가 많았으면 '금강산 일만이천봉 팔만구암자' 라는 말이 생겨났을 것이던가.

석우 스님은 흡족한 마음으로 해금강을 돌아보고 장전포구의 한 객사(客舍)에서 하룻밤을 쉬었다.

다음날 아침, 석우 스님은 행장을 꾸려 등에 짊어지고 하룻밤 숙식비를 치르려고 주인을 찾았다. 육십쯤 되어 보이는 여자 주인이 치마폭에 물 묻은 손을 씻으며 부엌에서 나왔다.

"스님 간밤에 편히 주무셨습니까?"

"아 예, 덕분에 아주 잘 잤습니다. 아침도 아주 잘 먹었구요."

"아이구마 스님, 경상도에서 오셨습니까?"

"예? 아니 그건 또 왜 물으십니까?"

"말씨를 들어 보니 경상도 맞네요, 그치요 스님?"

"예, 경상도에서 살다 올라온 중이 맞습니다만."

"아이고마 반갑습니다요, 스님. 내도 경상도에서 왔다 아입니까!"

"아, 그러십니까."

"내 이 금강산에 들어온 지 만 십오 년 됐심니다만, 경상도에서 오신 스님은 두 번째 만납니다."

"아, 예, 그러십니까."

"첫번째 만난 경상도 스님은 비구니 스님이라요."

"예에? 비구니 스님요?"

"내보다도 나이가 두 살이나 많은 할매 비구니 스님이라요."

"아 예…."

"그런데 스님요."

객사 여주인이 한 걸음 앞으로 다가서며 고개를 갸웃거렸다.

"아니 왜 그러십니까 보살님?"

"스님 얼굴이 눈에 익어서 그렇습니다."

"원 그럴 리가 있겠습니까. 이 중은 금강산 구경 처음 왔는데요."

"아닙니다… 스님, 경상도 어디서 사셨습니까?"

"저야 경상도 영산에서 오래 살았구…"

"맞다! 영산에서 살았지요?"

객사 여주인이 갑자기 손뼉을 치면서 다가서는 게 아닌가. 석우 스님은 영문을 몰라 한 걸음 물러섰다.

"스님 죄, 죄송합니다만 그 삿갓 좀 벗어 보이소."

"삿갓을 벗으라니요?"

석우 스님은 의아해 하면서 삿갓을 벗었다. 순간 객사 여주인이 뛸 듯이 기뻐하며 소리쳤다.

"맞다! 맞다! 영산약국 의원님 맞지요? 그치요?"

"예에? 아니 그러면…?"

"아이고 스님, 우리 아들 토사곽란으로 다 죽게 된 걸 의원님이 살려주지 않았습니까요?"

"아니 그러면 보살님께서도 영산에 사셨더란 말씀이십니까?"

"아이고 참, 아 장터 국밥집 주인이 내 아닙니까? 생각 안 나십니꺼?"

"아… 저… 그러고 보니 그때 얼굴이 생각나는군요."

"아이구 스님, 이리 좀 앉으이소. 이기 대체 얼매 만입니까?"

"하도 오래 돼서 몰라 뵈었습니다."

"아이고 그런데 스님, 무신 일로 의원 내삐리고 스님이 됐심니까?"

"예… 그 뭐 그렇게 됐습니다."

"아이고 참말로 희안한 일이네요. 영산에 살던 스님을 두 사람이나 금강산에서 만났으니 말씀입니다."

"영산에서 살던 스님이 또 있다는 말씀이십니까?"

"조금 전에 지가 와 말씀드리지 않았습니까? 할매 비구니 스님 말씀입니다."

"아니 그럼, 그 비구니 스님도 영산에서 살다 오셨다는 말씀이십니까?"

"아는 얼굴은 아닌데, 영산에서 살다 왔다고 그럽디다요. 화왕산도 알고 관룡사도 알고, 거기 살던 분이 맞습니다."

그 말을 듣는 순간, 석우 스님은 웬일인지 가슴이 뛰기 시작했다. 혹시나… 혹시나, 어머니가 바로 여기를 지나가신 건 아닐까 하는 생각이 얼핏 스쳤기 때문이었다.

"그 그러면 그 비구니 스님은 언제쯤 여기를 다녀가셨는지요?"

"그 할매 비구니 스님 말씀입니까?"

"예, 여기 다녀가신 지 몇 년이나 되었는지요?"

"몇 년은요. 어쩌다 장보러 나오시면 우리집에 들르시기도 하고, 내도 불공 드리러 가서 만납니다."

"아니 그러면, 그 비구니 스님이 이 근방 어디 계신다는 말씀이십니까?"

"예, 용공사(龍貢寺)에 계십니다."

"용공사요? 그 절은 어디쯤 있는지요?"

"와요, 그 절에 가보시게요?"

"고향에 사시던 분이 계신다니 기왕에 구경 나온 길에 한번 가봤으면 싶어서 그렇습니다."

"그래 하이소. 반가워하실 겝니다."

"그래 그 용공사라는 절은 어디쯤 있는지요?"

"예, 여기 장전에서 통천 가는 신작로를 따라 북쪽으로 가시다가 백양면이 나오는데 거기서 금강산으로 들어가면 신일리라는 마을이 있습니다."

"예, 백양면… 신일리 마을이요…"

"그 신일리에 가서 물어 보면 찾기 쉽습니다."

"아 예 잘 알았습니다. 자 그러면…."

석우 스님이 돈을 꺼내어 하룻밤 숙식비를 치르려 하자 객사 여주인이 손사래를 친다.

"그만두이소. 내사마 고향에서 오신 스님한테 밥값을 어이 받겠십니까. 더구나 옛날 내 자식 살려주신 은인이 아니십니까?"

"아이구 그래도 도리가 그게 아닙니다. 자 받아 두십시오."

"아이구 아닙니다, 스님. 제발 시주 받으신 셈 치시고 어서 가이소. 용공사까지 가실려면 서둘러야 합니다."

"아이구 이거 너무 큰 신세를 졌습니다, 보살님."

"아이구 아닙니다, 스님. 잘 댕겨 가십시오."

"정말 고맙습니다, 보살님. 그럼…."

"아이구 참, 스님."

객사 여주인이 다시 부르는 바람에 석우 스님은 걸음을 멈추고 돌아섰다.

"그 용공사 할매 비구니 스님 말씀입니다. 절에서는 경담 스님이라고 부르데요."

"경담 스님요?"

"예, 거울같이 맑디 맑은 연못이라는 그런 뜻이라고 들었습니다."

"예, 보살님. 고맙습니다."

석우 스님의 마음이 조바심을 치고 있었다. 경상도 영산에서 살다 올라온 비구니 스님. 게다가 나이도 육십을 넘긴 노비구니 스님이라니 석우 스님의 가슴은 뛰고 있었다. 혹시 어머니가 비구니 스님이 되신 것은 아닐까 하는 생각이 들었기 때문이었다.
　경담이라면 거울 '경(鏡)' 자에 연못 '담(潭)' 자를 썼을 것이다. '경담(鏡潭) 비구니 스님… 경담 비구니 스님…' 석우 스님은 통천을 향해 부지런히 발걸음을 옮기면서 어머니의 얼굴을 떠올렸다. 어머니의 얼굴을 마지막으로 본 것이 십 년도 훨씬 지나버렸다. 고성군 경계를 지나 통천군으로 들어서서 신작로를 따라 가자니 망아지를 빌려 타고 짐꾼들에게 짐을 지워 금강산 유람길에 나선 서양인 부부가 반대쪽에서 오고 있었다. 석우 스님은 그들의 행색이 이상스러워 걸음을 잠시 멈추고 그들 부부를 구경하고 있었다.
　그런데 그들 서양인 부부도 승복 차림에 삿갓을 쓰고 걸망을 짊어진 석우 스님의 행색이 신기했던지 남자가 망아지 등에 탄 채 한 손을 치켜들어 알은 체를 하면서 활짝 웃더니 이내 사진기를 들어 석우 스님의 모습을 찰칵찰칵 찍어댔다.
　그동안 금강산 유람길에 나선 서양인들을 석우 스님은 여러 번 만난 일이 있었다. 장안사에 있을 적에는 서양인 부부가 하룻밤을 자고 간 일도 있었고, 유점사에 있을 적에도 서양 사람들 셋이 여러 날을 머물면서 계곡에 물이 줄어들기를 기다린 적도 있었다. 그런데 그들은 한결같이 사진기라는 기계를 꺼내들고 산봉우리며 폭포며 절이며 스님들의 모습을 찰칵찰칵 찍어대기를 좋아했다.
　석우 스님이 서양인 부부를 지나쳐 백양(白羊)에 당도하니 한낮이 훨씬 기울어 있었다. 스님은 여기서 간단히 요기를 한 뒤 용공사 가는 길을 물어 금강산을 향해 방향을 꺾어 들어갔다.
　금강산은 참으로 오지랖이 넓어서 동쪽 바다를 향해 그 아름다운 치

맛자락을 드넓게 펼치고 있었다. 그것도 남쪽으로는 고성군에서 북으로는 통천군에 이르기까지 곳곳에 기암괴석이요, 곳곳에 폭포요, 골골마다 소(沼)와 연못을 만들어 놓고 있었다.

크고 작은 폭포를 서너 개 올라간 곳에 용공사는 자리잡고 있었다. 이미 산속은 어둑어둑해지고 있었는데 고색창연한 낡은 건물 세 채가 들어앉아 있었다. 절이라고 하기에는 규모가 작은 암자였다.

스님은 절 마당에 올라서서 합장 반배를 올린 뒤, 작은 법당에 들어가 부처님께 인사를 올리고 나왔다.

"스님 계시옵니까?"

이윽고 법당 왼쪽의 요사채에서 문이 열리더니 젊은 비구니가 모습을 나타냈다.

"객승 문안드리옵니다."

"아, 네…. 하온데 말씀 올리기 죄송하오나 이 절은 비구니만 사는 절이라 객스님 모시기가 어렵사옵니다."

젊은 비구니는 공손히 합장한 채 허리를 깊이 숙여 그렇게 말했다.

"아 예, 실은 이 용공사에 경담 노비구니 스님이 계신다기에 잠깐 뵈올까 해서 왔습니다만…."

"아니… 우리 노스님을 뵈러 오셨다구요?"

"예, 그렇습니다."

"하오시면 우리 노스님을 잘 아시는 분이시옵니까?"

"아 아닙니다. 말씀만 들었습니다."

"그러면… 스님께선 어느 절에 계시는지요?"

"예, 유점사에서 왔습니다만 경담 스님께서는 지금 계신지요?"

"예, 잠시만 기다려주십시오. 노스님께 말씀 올리겠사옵니다."

젊은 비구니가 요사채 안으로 들어갔다. 석우 스님은 두 손을 앞에 차수한 채 눈을 감았다. 법당 옆 계곡에서 물 흐르는 소리가 들려올 뿐, 용공사 마당에는 숨막히는 고요가 흐르고 있었다. 얼마나 지났을까. 요사채 방문이 다시 열리고 급히 승복을 다시 입은 듯 옷 고름을 매만지며 노스님이 나오고 있었다. 단정하게 삭도질한 머리 위에 희끗희끗 잔설처럼 흰머리가 돋고 있었다.

"내를 찾아오셨다구요?"

경담 비구니 스님이 그렇게 말하면서 고개를 들어 이쪽을 바라본 순간, 석우 스님은 느닷없이 벼락이라도 맞은 듯 그 자리에 몸이 굳어버렸다.

호리호리한 키, 서글서글한 눈매, 갸름한 얼굴, 틀림없는 어머니였다.

"내를 찾아오셨다고 그러셨습니까?"

경담 비구니 스님이 의아한 듯 다시 물었다.

"예 저, 접니다. 어머니!"

"뭐라? 어무이라니?"

경담 비구니 스님은 소스라치게 놀라 두 눈을 휘둥그렇게 떴다. 석우 스님이 천천히 삿갓을 벗었다.

"저를 몰라보시겠습니까? 저 태영입니다, 어머니."

"아이고 이게 누고? 맞다! 태영이 맞다! 니가 태영이 아니가!"

"그렇습니다, 어머니. 제가 바로 태영입니다."

"아이고마, 이기 꿈이가 생시가? 어이?"

경담 노스님은 와락 달려들어 아들의 손목을 부여잡았다.

뜻밖의 기묘한 모자 상봉에 용공사의 젊은 비구니들은 벌어진 입을 다물지 못했다. 경담 노스님이 이끄는 대로 석우 스님은 방 안으로 들어갔다. 다른 비구니 셋도 다 함께 따라 들어갔다. 젊은 비구니가 서둘러 등잔에 불을 밝혔다. 헤어진 지 실로 십여 년 만에 어머니와 아들이 마주 앉았다. 어머니는 비구니 경담 스님으로, 아들은 비구 석우 스님이 되어 고향에서 천리나 떨어진 금강산에서 기적과도 같은 재회(再會)가 이루어졌다. 그동안 서로 생사도 모른 채 지낸 세월이 얼마이던가.

"참말로 중이 된긴가?"

"예."

"머리는 언제 깎았노?"

"금강산에 들어와서 한 삼 년 됐습니다."

"중 이름은 뭐라고 지었노?"

"예, 법명은 보화라고 하고, 법호는 석우라고 합니다."

"석우 시님이라?"

"예, 돌 석(石), 벗 우(友) 자 석우라고 합니다."

"내 중 이름은 경담이라…."

"예, 알고 있습니다."

"우리가 인자 피차-에 중이 되어 만났으니 불가의 법도는 지켜야겠제?"

"예. 소승 석우, 경담 노스님께 문안 인사 올리옵니다."

"아니라. 우리 불가의 법도에는 비구 시님이 비구니한테 먼저 절하는 법이 없구마는. 야들아, 우리 다 함께 인사 올리자이."

경담 노스님은 젊은 비구니들과 함께 기어이 석우 스님과 인사를 나누었다.
"내는 삭발한 지 칠팔 년 됐구마는."
"아 예."
경담 노스님은 이제 중물이 들 대로 들어 말소리, 손놀림 하나도 의젓한 비구니 스님 그대로였다.
"어디 몸 불편하신 데는 없으신지요?"
"부처님 덕분에 잘 묵고 잘 자고 별 탈 없지."
"아 예, 정말 다행이십니다."
"헌데 집안은 우째하고 중이 되었노?"
"아버님은 돌아가셨구, 성초는 출가시켜 부곡에서 가정을 이루어 살고 있습니다."
"태현이는 분가시켰는가?"
"예, 김해에 전답을 마련해서 분가시켰습니다."
"마누래는 우찌하고?"
"딸 하나 데리고 김해에서 살고 있을 겝니다."
"처자식 내삐리고 중이 되었다는 말씀이네?"
"… 예, 그리 되었습니다."
"나무아미타불 관세음보살…"
경담 노스님은 두 눈을 지그시 감은 채 손에 쥐고 있던 염주알을 끝없이 돌리고 있었다.
"어머님께서는 저를 찾아다니시다가 출가하게 되셨지요?"
"금강산까지 왔다가 결국은 그리 되었지. 아들도 못 찾고 집에 가면 혼자 사는 며느리한테 면목도 없고….”

 “저는 어머니 찾아 나섰다가 발심하게 되었습니다.”

 “나무아미타불 관세음보살… 어미는 자식 찾아 나섰다가 중이 되었고, 자식은 어미 찾아 나섰다가 중이 되었으니, 이 무슨 기묘한 인연일꼬…. 나무아미타불 관세음보살….”

 “삼계가 화택인 줄 알고 나니 출가하지 않을 수 없었습니다.”

 “석우 시님.”

 “예?”

 “처자식한테는 못할 일을 했으니, 그 업장은 어찌 녹이시겠노….”

 “반드시 불도를 부지런히 닦아서 업장 소멸을 하겠습니다.”

 “나무아미타불 관세음보살….”

 경담 노스님은 두 눈을 지그시 감은 채 여전히 그림처럼 염주알을 굴리고 있었다. 희미한 등잔 불빛에 어머니 경담 노스님의 주름진 얼굴 위로 소리 없이 한 줄기 눈물이 흐르고 있는 것을 석우 스님은 보았다.

 “경담 스님.”

 “……”

 아들인 석우 스님이 어머니인 경담 노스님을 불렀으나 경담 노스님은 여전히 두 눈을 감은 채 염주알만 굴리고 있었다.

 “부처님께서는 세상사 모든 것이 번갯불과 같고, 이슬과 같고, 그림자와 같으며 허깨비와 같다고 하셨습니다. 금강산 밖의 일은 다 잊어버리시고 오직 불도만 열심히 닦도록 하십시다.”

 “그래야지… 그래야지…. 나무아미타불 관세음보살….”

장안사 연담 스님의 제자 삼형제

어머니 경담 스님이 계신 용공사에서 하룻밤을 보낸 석우 스님은 다음날 아침 경담 스님에게 하직 인사를 드리고 용공사를 떠났다.

그리고 그날 저녁나절 신계사에 당도하여 하룻밤을 묵고 금강문, 옥류담을 거쳐 비봉폭포, 구룡폭포를 지나 상팔담(上八潭)에 이르렀다. 나무꾼과 선녀의 전설이 서려 있는 상팔담에는 일부러 파 놓은 듯 엄청나게 큰 통바위에 여덟 개의 둥근 소(沼)가 있고 연초록빛 물이 그 소에 고여 있다가 아래로 흘러넘쳐 구룡폭포를 만들어내고 있었다. 그리고 그 구룡폭포가 떨어지는 하얀 암벽 오른쪽 벼랑에 김규진이라는 분이 몇 년 전에 새겼다는 '彌勒佛'이라는 세 글자가 나그네의 눈길을 끄는데, 줄사다리를 타고 올라가 새겼다는 글자가 얼마나 큰지, 높이가 무려 오십여 척을 넘고 폭도 십 척을 훨씬 넘는 예서체로, 참으로 명필(名筆)이 아닐 수 없었다.

석우 스님은 상팔담에서 잠시 쉰 뒤, 비로자나불을 상징하는 금강산 최고봉 비로봉에 올랐다. 수천 개의 기암괴석과 수천 개의 봉우리가 한 눈 아래 펼쳐졌다. 동쪽으로는 멀리 해금강이 내려다보이고 끝없는 동해바다도 한눈에 들어왔다. 동남쪽으로는 월출봉·일출봉·장군봉이 우뚝우뚝 솟아 있고, 서쪽에는 영랑봉, 더 멀리로는 능허봉이 서 있다. 금강산의 내금강과 외금강을 잇는 고갯길 내무재령도 내려다 보였다.

　석우 스님은 잠시 비로봉 정상에 앉았다. 온통 바위로 이루어진 금강산이건만 이상하게도 최고봉인 비로봉 정상에는 방목지를 연상케 하는 완만한 평지가 사방 십리쯤 펼쳐져 있다.

　비로봉 서북쪽으로 펼쳐져 있는 이 고원지대를 비로고대(毘盧高臺)라고 부르는데 '비로자나 부처님이 앉아 계시는 거룩하고 높은 곳' 이란 뜻이 담겨 있으리라.

　그런데 이 비로봉은 금강산에서 가장 높은 봉우리라 흔히 구름도 쉬어서 넘어간다는 말이 있을 정도인데 그만큼 풍설이 강해서 이 비로고대에 있는 나무들이 한결같이 땅바닥에 누워 있어 마치 나뭇가지들이 문어발처럼 얽혀 자라고 있었다. 평지에서 자랐더라면 울울창창하게 뻗어 우람한 키를 자랑하고 있을 잣나무, 소나무, 전나무, 자작나무들이 여기 비로고대에서는 땅바닥에 바짝 엎드려 자라서 그 이름도 누운 잣나무, 누운 소나무, 누운 전나무, 누운 자작나무, 누운 향나무가 되어 있었다.

　석우 스님은 비로봉에서 내려다보이는 금강산의 절경을 다시 한 번 음미하면서 저 옛날 매월당(梅月堂) 김시습(金時習)이 금강산에 와서 읊었다는 싯구를 읊조렸다.

산에 올라서는 웃기만 했고   登山而笑
물가에 가서는 울기만 했네   臨水而哭

  율곡(栗谷) 이이(李珥)도 이 금강산에 들어와 여섯 달을 지내면서 무려 삼백여 수에 이르는 금강산 시를 지었는데, 그 가운데 그는 이렇게 읊었었다.

기이한 그 형상   奇形與異狀
어찌 다 기록하리   記之終難悉
눈으로 보고도 말하기 어려워   眼看口難言
겨우 만 분의 하나 적어 보네   漏萬讒掛一

  석우 스님도 똑같은 심경이었다. 이 기기묘묘한 금강산의 절경과 느낌을 어찌 감히 필설로 옮길 수 있을 것인가. 산에 올라서는 웃기만 했고, 물가에 가서는 울기만 했다는 매월당 김시습, 눈으로 보고도 말하기 어려워 겨우 만 분의 하나를 옮긴다는 율곡 이이의 말이 솔직한 표현이리라.
  석우 스님은 오래오래 비로봉에 앉아 두고두고 금강산의 절경을 바라보고 싶었다. 그러나 더 이상 비로봉에서 지체하기에는 내려가야 할 산길이 너무 멀었다. 어둡기 전에 암자에 당도하지 않으면 언제 어디서 호랑이가 나타나 산길을 가로막을지 모르는 일이라, 금강산에서의 야행(夜行)은 금기였다.

석우 스님은 금사다리 은사다리로 불리우는 비탈을 돌아 내무재령을 타고 부지런히 내금강산 쪽으로 발길을 재촉했다. 그날 저녁 무렵 석우 스님은 가까스로 표훈사(表訓寺)에 당도하여 하룻밤을 쉬었다.

비로봉에서 표훈사까지 오는 동안 사선교를 지나고 묘길상을 거쳐 보덕암, 설옥동, 만폭동을 뛰다시피 지나칠 수밖에 없었던 게 못내 아쉬웠지만 해가 이미 기울어가고 있었으니 별 도리가 없었다.

다음날 아침 석우 스님은 표훈사 경내를 한 바퀴 돌아보았다. 표훈사는 금강산 4대 사찰 가운데 규모가 가장 작은 사찰이었지만 저 옛날 신라 진평왕 20년, 백제의 관륵(觀勒)과 융운(隆雲) 스님이 함께 창건했고 후에 표훈 대사가 다시 지었다는 천년 고찰로, 극락전·반야보전·명부전·영산전·영빈관·어실각·칠성각·능파루 등 크고 작은 전각들이 근 이십여 채 들어서 있다. 특히 화려한 조각 장식이 돋보이는 반야보전은 힘차면서도 섬세한 모습이라 아름답기 그지없었다.

푸른 학이 깃들어 살았다는 청학대(靑鶴臺)와 다섯 선녀가 내려왔다는 전설을 간직한 오선대(五仙臺) 등 아름다운 봉우리로 둘러싸인 표훈사를 떠나 오 리쯤 내려오니 왼편 산자락 밑에 백화암(白華庵) 터가 있다. 암자는 병란 때 사라졌는지 흔적이 없고 서산 대사, 사명 대사를 비롯한 옛 스님 일곱 분의 부도(浮屠)와 세 개의 비석이 서 있었다.

석우 스님은 일곱 분의 부도와 세 개의 비석에 일일이 예를 올린 뒤 발길을 돌려 장안사로 향했다.

표훈사에서 장안사는 그렇게 먼 길이 아닌지라 석우 스님은 이날만은 여유롭게 길을 걸었다. 얼마 걷지 않아 고려시대 나옹 선사가 조성했다는 삼불암(三佛岩)에 당도했다.

거대한 바위 전면에 세 분의 불상을 조각해 모셨는데, 가운데 석가모니 부처님을 모시고 좌우에 미륵 부처님과 아미타 부처님을 새긴 뒤, 그 뒤에는 육십 분의 부처님 좌상이 작게 새겨져 있는데 워낙 크기가 작은 데다가 오랜 세월 비바람에 씻겨 희미한 흔적만 남아 있었다.

석우 스님은 이 삼불암에도 예를 올린 뒤 발길을 돌려 영선교를 지나 남쪽으로 향했다. 냇물을 끼고 모퉁이를 돌아서니 석가봉 서쪽 절벽과 배재령 벼랑에서 쏟아져 내린 물이 비좁은 목에서 만나 신비로운 물소리를 내고 있었다. 이 물소리가 신비롭다 하여 '울소' 라고 부르는 곳이다.

이 울소를 지나면 장안동에 이르고, 장안동에서 왼편으로 물줄기를 따라 올라가면 업경대가 있는 영원동으로 가게 되고, 장안동에서 곧바로 냇물을 따라 내려가면 장안사에 이르게 된다. 여기서부터는 벼랑 하나 바위 하나까지도 모두가 낯이 익었다.

떠난 지 이 년여 만에 다시 돌아오게 된 장안사. 어느새 장경봉이 보이고 관음봉이 보이고, 지장봉이 보였다. 석우 스님은 마치 오랫동안 집을 떠나 있던 나그네가 고향에 돌아온 듯한 설레임으로 장경봉, 관음봉, 지장봉을 바라보았다. 장안사 요사채 굴뚝에서는 저녁 공양을 짓고 있는 듯 하얀 연기가 모락모락 피어 오르고 있었다.

석우 스님은 장안사 절 안에 들어서자 먼저 법당으로 들어가 주불(主佛)로 모신 비로자나 부처님께 삼배의 예를 올렸다. 바로 이 장안사의 대웅보전에 비로자나 부처님을 모셨기 때문에 장안사 북쪽 먼 배후에 자리잡고 있는 금강산 최고봉의 이름도 비로봉이 되었다고 할 만큼 장안사는 금강산 불교의 중심지였다.

석우 스님은 법당에서 나와 돌계단에 선 채 잠시 경내를 바라보았다. 범왕루, 범종루, 대향각, 극락전… 어느 것 하나 정들지 않은 것이 없었다. 정말 고향에 돌아온 듯 마음이 편안했다.
　석우 스님은 은사이신 연담 노선사의 처소 앞에 걸망을 벗어 놓고 나지막이 인사를 여쭈었다.
　"소승 보화가 돌아와 스님께 인사 여쭈러 왔사옵니다."
　"밖에 누가 왔다고 그러셨는고?"
　문은 열리지 않은 채 연담 노선사가 묻고 있었다.
　"예, 스님. 소승 보화가 돌아왔사옵니다."
　이윽고 문이 열리고 연담 노선사가 앉은 채로 내다보았다.
　"으음 그대가 왔구먼."
　"예, 스님."
　"들어오시게."
　"예, 스님."
　석우 스님은 방 안으로 들어가 은사 스님께 삼배의 예를 올렸다.
　"그동안 편안하셨습니까 스님?"
　"그래, 나야 늘 여여(如如)하였네. 헌데 자네는 어찌 되었는고."
　"예? 무슨… 말씀이시온지요. 스님?"
　"내가 자네를 유점사에 보낸 것은 금강산 유람이나 하라고 보낸 게 아니었는데, 그 일이 어찌 되었느냐고 물었네."
　"아 예, 스님. 구, 구족계 말씀이시옵니까?"
　"받고 왔는가, 못 받고 왔는가?"
　"예, 소승 구족계를 수지하고 왔사옵니다."

"다행이구먼."

"스님 은덕으로 별 어려움 없이 잘 지내다 왔사옵니다. 스님."

"이삼 년 더 있어야 돌아올 줄 알았더니 생각보다 빨리 왔구먼."

"스님 은덕이옵니다. 스님."

"그래 동선 스님께서는 어떤 스님이시던고?"

"예, '동' 자 '선' 자 스님께서는 칼이시고, 창이시고, 송곳같은 그런 스님이신가 하옵니다."

"허허허. 칼이요, 창이요, 송곳이라…. 그래 그 칼이요, 창이요, 송곳같은 스님한테서 무엇을 얻어 가지고 왔는고?"

"글자 셋을 소중히 얻어가지고 왔사옵니다. 스님."

"글자 셋이라면, 그 칼 같은 스님이 자네의 법호를 글자 셋으로 내려주시더란 말인가?"

"아 아니옵니다 스님. 말씀드리기 외람되오나 돌 '석(石)' 자, 벗 '우(友)' 자, 두 자를 내려주셨사옵니다."

"돌 '석' 자, 벗 '우' 자, 석우라고 하였는가?"

"예, 스님. 그러하옵니다."

"허허허, 석우라…. 천상 자네는 돌산에 들어앉아 살아야겠구먼 그래. 허허허, 허면 셋을 얻어 왔다는 소리는 또 무슨 소리던고?"

"예, 말씀 드리기 송구하오나 계(戒)·정(定)·혜(慧), 세 글자를 얻어 왔사옵니다."

"계·정·혜, 세 글자라 하였는가?"

"예, 스님. 그러하옵니다."

"계·정·혜, 세 글자를 어디다 쓰려는고?"

"예, 스님. 소승 계·정·혜 삼학(三學)을 출가 수행자의 본분사(本分事)로 삼고자 하옵니다."
"허허허, 본분사로 삼겠다?"
"예, 스님. 그러하옵니다."
"자네, 유점사에 가서 공밥은 안 먹었네 그려, 응. 허허허."
"스님의 은덕이옵니다."
"허나 방심하지 말게. 중노릇은 이제부터가 시작인 게야."
"예, 스님. 명심 또 명심하겠습니다."
"그만 되었네. 오늘은 걸망이나 풀도록 하게."
"예, 스님. 소승 그만 물러가겠사옵니다."

석우 스님은 밖으로 나왔다. 이제 은사 스님께 인사까지 올리고 나니 정말이지 고향집에라도 돌아온 듯 편안하기 그지없었다.

다음날 아침 석우 스님은 은사 스님의 부름을 받았다.
"불러 계시옵니까 스님. 소승 보화이옵니다."
"들어오시게."
"예, 스님."

석우 스님은 방 안으로 들어가 인사를 올린 후 무릎을 꿇고 앉았다.
"분부… 내리시지요, 스님."
"아 아니야… 분부랄 것까지는 없고… 조금 있으면 두 사람이 올 것이야. 자네의 사제(師弟)들이지."
"사제라 하시오면…?"
"자네가 유점사에 가 있는 동안 내가 머리를 깎아주었어."
"아 예."

이윽고 두 사람이 방문 앞에 와서 고하고 안으로 들어와 은사 스님께 절하고 공손하게 앉았다.

"인사 나누게나. 이 사람이 그대들의 사형(師兄)인 보화이고…."

"예, 스님."

두 사람이 동시에 일어나서 석우 스님께 인사를 올렸다. 석우 스님도 함께 인사를 나누었다.

"이 사람이 석하(石下)이고, 이 사람은 상월(霜月)일세."

"예, 스님."

"그대들은 오늘부터 삼세의 인연으로 사형사제가 되었으니 서로 절차탁마하여 도업을 이루도록 하게."

"예, 스님. 명심하겠습니다."

"불가에서 맺은 사형사제는 세속의 형님 아우가 아니니, 오직 불가의 법도에 따라 받들고 보살필 것이요, 행여라도 사사로운 데 얽매이지 말게."

"예, 스님. 명심하겠습니다."

"자세한 법도는 《사미율의》에 다 낱낱이 밝혀져 있으니 한 치 한 푼도 어긋남이 있어서는 아니 될 것이야."

"예, 스님. 받들어 지키겠사옵니다."

석우 스님은 이날부터 큰 형이 된 셈이었고 석하가 둘째, 상월이 셋째가 된 셈이었으니, 이들 세 스님은 이제 법형제(法兄弟)가 되었다.

연담 노선사가 주석하고 계시는 장안사는 절에 들어오는 누각 문 양쪽에 '임제종제일가람(臨濟宗第一伽藍)'이라고 써붙여 놓았을 만큼 선불교(禪佛敎)의 중심이었다.

임제종은 중국 당나라 때의 선승(禪僧) 임제 의현(臨濟 義玄)의 선맥을 이은 종파 이름인데, 우리나라에서는 고려시대 태고·나옹 선사 이후부터 이 임제종의 법맥을 이어오게 되었다고 전해진다. 선불교라고 하면 흔히 불립문자(不立文字), 직지인심(直指人心) 견성성불(見性成佛)을 목표로 참선만을 수행의 본분으로 여기고 경(經)이나 문자 보는 것을 금기시하는 경향이 있었으며 교학(敎學)을 업신여기는 게 상례(常例)였다.

그러나 장안사에 주석하고 계시던 연담 노선사는 제자들에게 다른 책은 몰라도 《육조단경》, 《금강경》만은 반드시 보아야 한다고 누누이 일렀으므로, 연담 선사의 제자 되는 사람은 누구나 《육조단경》, 《금강경》만은 눈을 감고도 외울 수 있을 만큼 공부하지 않으면 안 되었다.

연담 노선사는 불시(不時)에 제자를 불러들여 앉혀 놓고는 느닷없이 《금강경》 제 몇 분 어느 대목을 외우고 새겨 보라고 하명하곤 했다. 그리고 만일 이때 제대로 외우지 못하고 바로 새기지 못하면, 하루를 굶기는 일일불식(一日不食)이나 사흘 동안 말을 못 하게 하는 삼일묵언(三日默言)의 벌을 내리기도 했다.

《육조단경》도 마찬가지였다. 연담 선사가 언제 어디서 어느 제자를 불러 벼락치듯 점검을 할지 아무도 예측할 수 없는 일이라 평소에 공부를 착실히 해두는 도리밖에는 달리 방도가 없었다. 석우 스님의 두 사제 석하와 상월은 틈만 나면 석우 스님을 찾아와 가르침을 청했다.

"저, 사형님."

"어 그래 자네들 오셨는가? 어서 들어오시게."

"바라옵건대 사형님께서 저희들의 공부를 미리 점검해주셨으면 해서 왔습니다."

"공부를 미리 점검해 달라?"

"예, 사형님."

"무엇을 공부하셨는고?"

"예,《육조단경》을 보았사온데…"

"어디 그럼 우리 한번 미리 점검해 보세. 내가 묻겠네."

"예."

"신수 대사가 오조(五祖)홍인 대사의 인가(印可)를 받으려고 게송을 지어 복도에다 써붙였는데, 그 게송을 한번 외워 보시게."

"예."

두 사람은 숨을 고르고 입을 맞추어 함께 외우기 시작했다.

"신시보리수(身是菩提樹) 심여명경대(心如明鏡臺) 시시근불식(時時勤拂拭) 물사야진애(勿使惹塵埃)."

"잘 외우셨네. 그러면 이번에는 석하가 뜻을 먼저 새겨 보시게."

"예."

석하가 두 눈을 지그시 감고 신수 대사가 읊은 게송을 새기기 시작했다.

"몸이 곧 보리수요, 마음은 명경대와 같으니 시시로 부지런히 닦아서 먼지와 때가 끼지 않게 해야 하네."

"그래 그만하면 잘 새긴 편이네. 헌데 상월 자네는 어찌 새기겠는가?"

"예, 저도 비슷하게 새기기는 하옵니다만…."

"그럼 어디 한번 들어 보세나."

"예."

상월도 숨을 한 번 고르고 나서 천천히 새기기 시작했다.

"몸은 깨달음의 나무요, 마음은 밝은 거울일세. 때때로 부지런히 털고 닦아서, 먼지 끼고 때 묻지 않도록 하세."

"허허허 자네들 그만하면 은사 스님의 방망이는 면하겠네."

"정말이십니까, 사형님?"

"암 정말이지 않구."

"그럼 저희들이 제대로 새기기는 새겼단 말씀이십니까?"

"그래, 그만하면 제대로 새겼다고 할 수 있을 것이야."

석우 스님은 두 사람의 새김을 이미 다 저울질한 뒤였다. 석하의 새김은 틀린 데는 없었으나 무뚝뚝한 편이었고, 상월의 새김새는 운율이 살아 멋이 있었다. 다른 점을 구태여 가려내자면 석하는 '신시보리수(身是菩提樹)'를 '몸이 곧 보리수'라 새겼고, 상월은 '몸은 깨달음의 나무'라고 새겨 보리수를 깨달음의 나무로 새긴 것이 달랐다. 그리고 나머지는 원래의 뜻을 제대로 새기기는 잘 새겼는데, 상월의 새김에 운치가 있었다. 그러나 석우 스님은 두 아우의 새김에 대해 우열을 가려 내색하진 않았다.

"허면 그 다음을 묻겠네."

"예, 사형님."

"신수 대사가 이렇게 게송을 써붙여 놓은 걸 오조홍인 대사께서 보시고 신수를 불러 무어라고 말씀하셨던가? 석하 자네가 대답해 보시게."

"예. 오조홍인 대사께서는 이렇게 말씀하셨습니다. '그대가 지은 이 게송은 본성을 본 것이 아니며 다만 문 밖에 이르렀음이요, 문 안에는 들지 못했음이다. 이와 같은 생각으로는 위없는 깨달음을 아무리 찾는다 해도 도저히 얻을 수 없을 것이니라. 위없는 깨달음이란, 말이 떨어지자마자 곧 자기의 마음을 알고, 본래의 성품이 나고 죽음이 없는 것을 알아야 하느니라.'"

"그만 되었네. 그럼 이번에는 상월 자네가 다음 말씀을 이어 보시게."

"예. 오조홍인 대사께서는 이렇게 말씀하셨습니다. '언제나 모든 이치에 막힘이 없으므로 하나가 참되면 모든 것이 참되며 만 가지 경계가 참 그대로임을 생각 생각에 끊임없이 보아야 하느니라. 참 그대로인 마음은 곧 진실함이요, 만약 이렇게 본다면 이것이 곧 위없는 깨달음의 자성이라 할 것이니라. 그대는 나가서 하루 이틀 더 생각하여 다시 게송을 지어 나에게 보이라. 너의 게송이 만약 문 안에 들어왔으면 내 너에게 가사와 법을 전할 것이니라.' 오조홍인 대사께서는 신수 대사에게 게송을 다시 지어 가져오라 하셨지만 신수 대사는 며칠이 지나도록 게송을 짓지 못하고 마치 꿈을 꾸는 것처럼 마음이 어지럽고 불안하여 앉고 움직임이 편치 못하였습니다."

"잘 외웠네. 참으로 열심히 공부를 하셨네 그려."

"과찬의 말씀이십니다, 사형님."

"아닐세. 허면 그 다음 대목을 내가 묻겠네. 이번에는 석하 자네가 대답하시게."

"예."

"어서 그 다음을 새겨 보시게."

석하는 다시 두 눈을 지그시 감고 숨을 크게 들이 마신 뒤 차분하게 새겨 나가기 시작했다.

"그런 일이 있은 지 이틀 뒤, 한 동자승이 방앗간 앞을 지나면서 신수 대사가 지은 게송을 외우는 것을 혜능이 들었습니다. 혜능은 그 게송을 한 번 듣고, 깨달음을 얻은 사람이 지은 게송이 아님을 바로 알았습니다. 비록 혜능은 가르침을 받지는 않았으나 그 대의(大意)는 알고 있었기 때문입니다. 그래서 혜능이 동자승에 물었습니다.

'외우는 게송은 무슨 게송인가? 그랬더니 그 동자승이 '야 이 시골 촌놈아, 그것도 모르느냐? 큰스님께서 말씀하시기를,「세상 사람들에게는 나고 죽는 일이니, 이제 가사와 법을 전해받을 사람을 찾는다」고 하시고 문인들에게 이르시기를,「게를 지어 오너라. 만약 대의를 깨달은 사람이 있으면 그에게 곧 가사와 법을 전하여 육조(六祖)를 삼으리라」분부하셨다. 그래서 신수 대사가 게송을 지어 복도 벽에다 이 게송을 써붙였는데, 큰스님께서 보시고 칭찬하시며 사람들에게 이 게송을 외우라고 하시고 이 게송을 외우면서 의지하여 닦으면 악도에 떨어짐을 면할 것이라고 말씀하셨다.'

이에 혜능이 말했습니다. '나도 또한 이 게송을 잘 외워서 내생의 인연을 맺어 함께 부처님의 땅에 태어나고자 한다. 내가 이 절에 와서 방아를 찧은 지 여덟 달이 되었건만 나는 아직 당(堂) 앞에 가본 적도 없으니 그대가 나를 인도하여 그 게송 앞에 예배 드리게 해주게.' 이렇게 하여 그 동자가 혜능을 게송 앞으로 인도하여 예배 드리게 하니 혜능이 말했지요. '나는 문자를 알지 못하니 원컨대 읽어주시오.' 그때 강주 별가(江州 別駕)를 지낸 장일용이라는 사람이 게송을 읽어주었습니다.

혜능이 다 듣고 나서 말했습니다. '나도 게송을 하나 지어 볼 테니 별가께서는 좀 써주시오.' 이에 별가는 너같은 사람이 게송을 다 짓겠다니 별꼴 다 보겠구나 하고 조롱하였습니다. 이에 혜능이 엄숙하게 말했지요. '위없는 깨달음을 배우는데 처음 들어온 사람이라고 해서 가볍게 대하지 마시오. 아무리 둔하고 낮은 사람일지라도 밝고 높은 지혜가 있을 수 있고, 밝고 높은 사람이라도 어리석을 수 있는 법인데, 사람을 업신여기는 것은 한량없는 큰 죄가 될 것입니다.' 이에 별가가 말했습니다. '그렇다면 좋다. 그대는 게를 외우라. 내가 그대를 위해 글로 써주리라. 그리고 그대가 만일 법을 얻으면 반드시 나부터 먼저 제도해 다오. 부디 내 말을 잊지 말라.'

혜능이 게송을 읊었습니다. '보리본무수(菩提本無樹) 명경역비대(明鏡亦非臺) 본래무일물(本來無一物) 하처야진애(何處惹塵埃). 깨달음에는 본래 나무가 없고, 밝은 거울 또한 틀이 아닐세. 본래 한 물건도 없는데, 어느 곳에 먼지 끼고 때가 일 것인가.'"

석하가 여기까지 새겼을 때 석우 스님은 자기도 모르게 고개를 끄덕이며 손을 들었다.

"되었네. 되었어. 정말 잘 외우고 잘 새기셨네."

이제 보니 석하의 공부도 만만치가 않았다. 참으로 석하와 상월의 공부는 난형난제요, 막상막하였다. 이렇게 열심히 공부하는 수행자를 아우로 두게 된 것이 석우 스님은 무엇보다도 마음 든든했다.

일자무식(一字無識)의 땔나무꾼이었던 혜능이 오조홍인 대사의 문하에 들어가서 방앗간지기로 천덕꾸러기 노릇을 하다가 게송을 지어 뜻밖에도 홍인 대사의 인가를 비밀리에 받아 가사와 발우를 받고 육조(六祖)가 되는 이 대목이 그야말로 흥미진진했다. 뿐만 아니라 바로 이 대목이야말로 모든 수행자들에게 희망과 용기와 분발심을 북돋아주었다. 일자무식이었던 혜능도 깨달음을 얻어 제육조가 되셨거늘 어찌 나라고 깨달음을 얻을 수 없을 것인가!《육조단경》은 그래서 뭇 수행자들을 깨달음으로 이끌어주는 지침서요, 안내서요, 채찍이었다.

　석하와 상월 두 사제들은 그 후에도 석우 스님을 스승으로 삼아 부지런히 공부해서 연담 노선사의 점검을 무사히 통과하곤 했다.

　계절은 바뀌고 바뀌어 금강산 내금강에도 어느덧 또 가을이 깊어가고 있었다. 장안사에서 수행을 하고 있던 석우, 석하, 상월 삼형제를 은사이신 연담 노선사가 불러 앉혔다.

　"내일 걸망들을 챙겨 마하연으로 가도록 해라."

　마하연(摩訶衍).

　거기엔 천년 고찰 마하연사가 있었다. 661년 신라 문무왕 원년에 의상 대사가 창건했다는 마하연사는, 원래 표훈사의 부속 암자였으나 이때는 독립 운영되는 금강산 최대 최고의 선원(禪院)이었다.

　천하의 선지식으로 손꼽히는 만공 대선사(滿空 大禪師)를 비롯해서 효봉, 금오, 영호, 청담, 만해, 수월, 혜월, 운해, 고암, 석주 등 근세 한국불교의 기라성같은 거목들이 모두 다 이 마하연선원을 거쳤으며, 서산 대사·사명 대사, 그 전에는 나옹 선사까지 참으로 한국불교의 고승(高僧)들은 거의 대부분이 이 마하연에서 수행했고, 마하연에서 선맥을 이었으니, 이 마하연이야말로 한국 선불교의 요람이자 중심이었다.

　은사이신 연담 노선사께서 제자들에게 이 마하연으로 가라는 것은, 이제 참선 수행을 본격적으로 닦아 깨달음의 진수를 맛보라는 당부와 다름아니었다.

폭설에 묻힌 금강산 마하연

 마하연은 금강산의 한복판에 자리잡고 있어서, 장안사에서 마하연을 가려면 북쪽으로 표훈사까지 간 뒤, 거기서 금강문을 지나 오른쪽으로 산모퉁이를 돌고, 사시사철 흘러내리는 만폭동(萬瀑洞)을 따라 올라가야 한다.
 그런데 이 만폭동에는 여덟 개의 못이 있어서 만폭팔담(萬瀑八潭)이 금강산의 절경 가운데서 빼놓을 수 없는 천하의 경승지로 손꼽히고 있다.
 석우 스님은 사제(師弟)인 석하와 상월과 함께 은사 스님께 인사를 드리고 걸망에 양식과 반찬을 가득가득 담아 짊어지고 아침 일찍 장안사를 떠났다.
 이들 금강산 연담 스님의 제자 삼형제가 표훈사, 금강문을 지나 처음 만난 것은 만폭동 여덟 개의 못 가운데 제일담(第一潭)인 흑룡담(黑龍潭). 칠팔십 척은 되어 보이는 폭포수가 그대로 직하하면서 파 놓은 못은 그 깊이가 얼마나 깊은지 물빛이 푸르다 못해 검은빛이 감돌고 있는데, 비좁은 협곡에 수림이 울창하니, 그 그림자가 물 위에 어른거리면 마치 못 속에 흑룡이 숨어 있는 듯 으스스한 분위기를 자아내고 있었다. 그래서 못의 이름도 흑룡담이 된 모양인데, 과연 바위에 흑룡담이라는 큰 글씨가 새겨져 있었다.

거기서 조금 더 올라가니 이번에는 제이담(第二潭)인 비파담(琵琶潭)이 오른쪽 벼랑 위에서 쏟아지는 폭포를 맞고 있었다. 그런데 벼랑 위에서 쏟아지는 물이 큰 바위 동굴을 거쳐 연못 벽으로 떨어지면서 내는 물소리가 마치 비파음처럼 들린다 해서 비파담이라는 이름이 붙었다.

세 사람이 비파담에 이르고 보니 해가 이미 중천에 올라와 있었다.

"사형님, 여기서 점심 요기를 하고 가도록 하십시다."

"그렇게 하세나."

"기왕이면 비파 소리를 들으면서 쉬는 것도 좋겠습지요."

상월이 걸망 안에서 준비해 온 주먹밥을 꺼내 놓았다. 소금에 절인 무쪽 한 가지를 반찬 삼아 세 사람은 비파담에서 그렇게 요기를 했다.

"자네들, 이 만폭동은 처음이던가?"

"예. 표훈사까지는 왔었습니다만, 이 만폭동은 초행입니다."

석우 스님이 고개를 들어 폭포가 떨어지는 바위를 올려다 보았다.

"옛날 이율곡 선생이 이 만폭동에 와서 읊으셨다는 시구가 생각나는구먼."

"뭐라고 읊으셨는지, 저희들에게도 좀 들려주십시오."

"그럼 어디 한번 들어들 보시게나. '만폭동 좋을시고 날아 떨어지는 맑은 물은 푸른 수은을 쏟는 듯하고 / 바위 하나가 수리(數里)에 깔렸는데 / 미끄럽고 너무 깨끗해 / 발 붙일 곳이 없네.'"

"참으로 잘 읊으셨습니다. 정말이지 제가 한번 만져 보았더니 천년 만년 물에 씻겨서 그런지 바윗결이 여자 엉덩이보다도 더 매끄럽더라구요."

"에이끼 이 사람! 중 입으로 못할 소리가 없구먼 그래, 허허허."

"금강산 일만이천봉이라고 그러기에 저는 금강산에는 산봉우리만 많은 줄 알았더니 여기도 폭포, 저기도 폭포, 폭포도 6천 6백 개는 되는가 싶습니다."

"그러게 말일세. 산 좋고 물 좋고, 그래서 명승이 아니겠는가."

"옛날 김삿갓도 이 만폭동에 와서 시를 읊었다고 그러시지 않으셨습니까?"

"그랬었지."

"기왕이면 그 김삿갓 시도 한 수 전해주십시오. 아, 이 아우들도 귓속에 넣어 두었다가 훗날 써먹게요."

"그러세나. 들어들 보시게. '만폭동 골짜기가 얼마나 깊은지 / 여기 사는 스님도 알지 못한다네 / 세상 소리 들리지 않으니 / 귀는 씻어 무엇하리.'"

"야, 거 정말 절구로군요. 역시 김삿갓 시는 감칠 맛이 있어요."

"자 그럼 그만들 가세. 이러다간 신선놀음에 해지는 줄 모르겠네."

세 사람은 다시 걸망을 짊어지고 발길을 재촉했다. 세 번째 벽파담(碧波潭), 네 번째 분설담(噴雪潭), 다섯 번째 진주담(眞珠潭)에서 일행은 걸음을 멈추지 않을 수 없었다. 만폭동의 여덟 못 가운데 가장 으뜸으로 친다는 진주담은 4십여 척의 높은 바위 끝에서 떨어지는 폭포가 바위 턱에 부딪쳐 물방울을 아름다운 진주알처럼 흩뿌려 그 물방울

들이 쪽빛처럼 짙푸르고 수정처럼 맑은 연못으로 떨어지니, 그래서 이름도 진주담이 되었다는데, 고개를 쳐들어 떨어지는 폭포를 올려다보면 폭포 물줄기 넘어 담무갈 보살이 상주하고 있다는 법기봉의 웅장한 자태가 보인다.

  들어도 들어도 시원한 폭포 소리, 보고 또 보아도 기묘한 절경이라 차마 떠나기가 아쉬웠지만, 일행은 다시 걸음을 재촉하여 여섯 번째 연못 구담(龜潭)을 지나고, 일곱 번째 연못 선담(船潭)을 지나 만폭팔담 가운데 마지막 여덟 번째 화룡담(火龍潭)에 이르렀다. 이 화룡담은 기이하게도 연못이 네 단계로 나뉘어져 있어서 한 단계, 또 한 단계 푸른 물줄기가 쏟아지는 모습이 마치 용이 불을 토해내는 것처럼 보인다 하여 화룡담이 되었다고 한다.

  이 맨 마지막 화룡담에서 계곡을 따라 5리를 채 못 가니 넓은 빈터가 나오고, 거기에 마하연 중건비와 공덕비가 서 있고, 거기서 조금 더 올라가 왼쪽으로 휘어 오르니 마하연사가 일행을 반갑게 맞아준다.

  올라와서 보니 마하연사는 만폭동 윗 골짜기가 동쪽으로 꺾어지면서 높은 산속의 평탄한 대지 위에 자리잡고 있었다. 뒤에는 촛대봉, 앞으로는 시원하게 트인 만폭동 개천 건너에 멋있게 솟아오른 법기봉과 혈망봉, 관음봉이 바라다 보이고, 좌우 뒤로는 사자봉, 백운대, 중향성의 연봉(連峰)들이 병풍처럼 둘러 서 있어 과연 천하제일의 수행처라 할 만했다.

  신라 문무왕 때 의상 대사가 창건했고, 지금 서 있는 마하연사는 조선조 순조 31년(1831년)에 월송 선사(月松 禪師)가 중건하셨다는데 방(房)이 쉰세 칸이나 되는 우리나라 제일의 선원(禪院)이었다.

그런데 예부터 천하의 선지식들이 모여 들었고, 기라성같은 선객들을 배출했으며 이 땅의 거의 모든 선승들이 수행처로 삼아 온 마하연사가 근년에 와서 퇴락의 길을 걷기 시작하였다.

한일합방으로 이 땅에 왜색불교가 밀려 들어와 취처 육식(娶妻肉食)의 몹쓸 풍조가 번지고 사찰의 주도권을 왜색 승려들이 틀어쥐기 시작하면서 선객들을 대하는 저들의 눈길이 곱지 않았다. 뿐만 아니라 갈수록 선객들이 들어앉아 참선 수행할 선방마저도 내주기를 꺼려하였다.

이 무렵 겨우 선방의 명맥을 이어가고 있는 곳은 오대산 상원암에서 방한암 선사 문하에 수좌 30여 명, 표훈사에 수좌 15명, 직지사 선원에 수좌 20여 명, 대승사 선원의 백용성 선사 문하에 수좌 30여 명, 정혜사 만공 선사 문하에 수좌 40여 명, 범어사 선원에 수좌 7, 8명, 선산 도리사에 15명, 건봉사에 12명, 그리고는 은해사, 석왕사, 유점사 등에 몇 명의 수좌가 좌선의 맥을 이어가고 있었다.

금강산 마하연사에는 그래도 여름철에는 선객들이 모여들어 여름 한 철씩을 나고 갔지만 겨울철에는 근년 들어 발길이 거의 없었다. 그도 그럴 것이 마하연사는 금강산의 한복판에 자리잡고 있어서 겨울 한 철 눈이 내려 쌓이면 그야말로 내금강으로도 오고 갈 수 없고, 외금강으로도 오고 갈 수 없어 고립무원지경이라, 다섯 달이 넘는 겨울을 이 마하연사에서 견디며 수행하기가 어려웠기 때문이었다.

석우 스님은 석하, 상월과 함께 길고 긴 마하연의 겨울나기를 위해 준비를 서둘렀다. 우선 무엇보다도 먼저 금강산의 혹독한 추위에 살아남으려면 땔나무를 충분히 비축해두지 않으면 안 되었다. 세 사람은 지게를 지고 톱과 도끼를 들고 인근 산으로 다니며 지난 겨울에 부러진 설해목들을 베어 마하연사 뒤뜰 처마 밑에 차곡차곡 쌓아두고 낙엽들을 긁어다가 불쏘시개 용으로 모아두었다.

양식은 세 사람이 하루 세 끼씩 먹는다면 턱없이 모자랄 것이고 해서, 아침에는 죽, 점심에는 밥을 먹되, 오후에는 불식(不食)하기로 하였다. 그러나 장장 다섯 달 동안의 겨울을 나려면 준비해 온 반찬이 너무 부족할 것 같았다. 그래서 눈이 내려 쌓여 길이 막히기 전에 미리 장안사에 한 번 더 내려가서 배추며 무며 소금이며, 필요한 생활용품들을 더 조달해 오기로 했다.

당초 계획을 세우기로는 새벽 일찍 마하연을 출발해서 그날로 다시 마하연으로 되돌아오기로 했다. 그러나 내닫듯이 만폭동을 지나 장안사에 당도하고 보니 한낮이 기울어 있었다. 은사이신 연담 노선사가 고개를 설레설레 저으셨다.

"노루나 사슴도 이 시각에 장안사를 떠나 해지기 전에 마하연까지는 당도하지 못한다. 더구나 걸망에 짐을 잔뜩 짊어지고는 어림도 없다. 오늘은 여기서 자고 내일 아침 떠나도록 해야 할 것이야."

은사 스님은 참으로 자상했다. 참기름이며 깨소금이며 고춧가루까지 일일이 챙기도록 분부를 내려주었고, 만일의 경우를 대비하시며 당성냥 한 곽과 부싯돌까지 내주셨다.

세 사람은 장안사에서 하룻밤을 보낸 뒤, 다음날 아침 일찍 마하연을 향해 장안사를 출발했다. 표훈사를 지나고 금강문을 지나 만폭동으로 휘어 들었다. 부슬부슬 가랑비가 내리기 시작했다. 세 사람은 쉬지도 않고 부지런히 길을 재촉했다. 만폭팔담 가운데 여섯 번째 구담에 이르렀을 때, 부슬부슬 내리던 가랑비가 어느새 눈으로 변해 날리기 시작했다. 구담 연못 물 가운데 거북 모양의 머리를 쳐들고 앉아 있는 거북바위에 제법 희끗희끗 눈이 쌓이기 시작했다.

"허허, 금년에는 겨울이 일찍 올 모양일세."

"그러게 말씀입니다요."

세 사람은 가쁜 숨을 몰아쉬며 선담을 지나고 화룡담을 통과했다. 화룡담 왼쪽 길가에 '화룡담(火龍潭)'이라고 글자를 새겨 놓은 둥글넙적한 큰 바위가 있다. 이 바위가 그대로 화룡담의 전망대였다. 이 전망대 위에 올라서서 바라보면 동북쪽으로 백옥(白玉)을 가다듬어 세워 놓은 듯한 중향성이 멀리 바라다 보이고, 동쪽으로는 월출봉, 혈망봉, 법기봉이 마주 보였다. 그리고 남쪽을 내려다보면 지나온 만폭동의 여러 연못들이 마치 하얀 비단 끈에 푸른 구슬을 꿰어 놓은 듯 내려다보였다. 눈은 점점 세차게 내리기 시작했으나, 이 화룡담 전망대에서 마하연까지는 5리가 될까 말까한 가까운 거리였으므로 세 사람은 잠시 전망대에 올라선 채 눈발 속의 만폭동과 기암과 영봉들이 보여주는 금강산의 또 하나의 절경들을 마음껏 바라보았다.

"풍솔솔 설분분하니, 금강산 경치가 더욱 좋습니다 그려."

사제 석하가 기어이 한마디 했다.

"아무래도 눈이 쉬 그칠 것 같지는 않은데요."

"그래 그만 올라 가세나."

세 사람은 다시 발걸음을 옮겼다. 그런데 구부러진 산 언덕을 올라서니 저만치 바라다 보이는 마하연사에 이상한 일이 벌어져 있었다. 아무도 없어야 할 마하연사 굴뚝에서 하얀 연기가 모락모락 피어오르고 있었던 것이다.

"우리 없는 사이에 누가 와 있는 모양인데요, 스님?"

"그러게 말일세."

세 사람이 서둘러 마하연사에 당도해 보니, 누군가가 부엌에서 불을 지피고 있었다.

"공양간에 어느 분이 와 계십니까?"

"아이구 이제야들 돌아오셨나 보옵니다."

웬 젊은이가 불을 지피다가 화들짝 놀라 급히 불을 아궁이에 밀어 넣고 밖으로 나왔다. 젊은이는 머리는 단정히 삭발을 하였으나 몸에 걸친 것은 속복(俗服)이었다.

"소생 아직 행자(行者)의 신분이온데, 외금강 신계사에서 비로봉을 거쳐 내금강으로 가는 길에 조금 전 당도하였더니, 절에는 아무도 아니 계시고 방이 냉골인지라 군불을 좀 지피고 있었사옵니다. 용서하십시오."

젊은 행자는 공손히 합장하여 허리를 굽혔다. 목소리가 몹시 청아하고 이목구비가 분명하며 예의범절이 범상치가 않아 보였다.

"그러니까 내금강으로 가는 길에 하룻밤 쉬어 갈까 해서 들렀더라 이런 말씀이신가?"

"예, 그렇사옵니다. 스님."

젊은 행자는 합장한 채 다시 한 번 허리를 깊이 숙였다.

석우 스님이 먼저 방 안으로 들어갔다. 젊은 행자가 미리 군불을 지펴둔 덕분에 방바닥이 훈훈해지고 있었다.

"덕분에 방바닥이 훈훈하네 그려. 들어오시게나."

"예, 스님."

젊은 행자는 석우, 석하, 상월, 세 스님에게 아주 공손하게 절을 올렸다.

"소생 보문이라고 하옵니다."

"무슨 보 자, 무슨 문 자를 쓰시는고?"

"예, 두루 보(普) 자, 문 문(門)자 이옵니다."

"잘 오셨네. 마음 편히 쉬었다 가시게."

"예, 스님. 거두어주셔서 감사하옵니다."

보문 행자는 감사의 예를 다시 한 번 올린 뒤, 뒷걸음질로 스님 앞에서 물러나 밖으로 나가고 있었다.

"여보게, 보문 행자."

"예, 스님."

"어딜 가시려구?"

"공양간에 가서 군불을 조금만 더 지필까 하옵니다."

"그래? 그럼 그렇게 하시게."

보문 행자가 밖으로 나가자 석하와 상월이 빙긋이 웃으면서 석우 스님을 바라보았다.

"왜들 그러시는가?"

"아이가 참 기특하지 않습니까?"

"잘만 다듬으면 한 물건 되겠는데요?"

"범상한 아이는 아니로구먼."

"그러시면 스님께서도 그렇게 보셨습니까?"

"청아한 목소리하며 일거수일투족이 바로 잡혔으이."

"저도 그렇게 봤습니다요."
"얼굴도 그만하면 잘 생겼구요."
"여보게, 석하."
"예, 스님."
"저 아이 시장할 것이니 식은밥이라도 있으면 끓여서 먹이도록 하게나."
"예, 스님."
 석하가 석우 스님의 분부를 받고 막 일어서려는데 상월이 막았다.
"저, 스님. 그건 그만두시지요."
"그만두라니. 무슨 말이신가, 상월?"
"스님께서 분부하신 대로 우리는 이 마하연에서 겨울을 나는 동안 오후 불식을 하기로 스스로 정했거늘, 그 약조를 깨시려 하십니까?"
"허허허 난 또 무슨 말씀이라고…. 아, 이 사람아 내가 언제 우리 모두 저녁을 먹자고 했던가. 저 아이는 아직 행자의 신분이요, 오늘 아침 신계사를 거쳐 비로봉을 다녀왔다면 필시 배가 고플 것이니 저 아이에게만 뭐 좀 요기를 시켜주어라, 그런 말이지."
"알겠습니다. 그렇다면 저 아이에 한해서 요기를 시키도록 하지요."
 석우 스님은 지그시 눈을 감고 생각했다. 석하, 상월 두 사제들은 벌써부터 특이한 성품을 은연 중에 나타내 보이기 시작하고 있었다. 석하는 좌선에 몰입하기를 좋아했고, 상월은 계행 지키는 데 누구보다 철저했다. 석하가 참선 제일이라면, 상월은 계행 제일이라고 할까. 아무튼 석하와 상월, 두 사제는 장차 중노릇을 제대로 잘 하겠다 싶어 마음이 든든했다.

그런데, 예상했던 대로 보문 행자는 보통 행자가 아니었다. 석하와 상월 두 스님이 공양간에 나가 밥을 끓여주려 하자 보문 행자가 간곡히 사양하는 것이었다.

"이 절 스님들께서 오후 불식을 청규로 삼으셨다는데, 지나가던 나그네 행자가 감히 어찌 혼자 저녁 공양을 들 수 있겠사옵니까? 이 행자도 내일 아침까지는 참고 견디겠사오니 조금도 심려치 마십시오, 스님."

"행자의 뜻은 기특하다 하겠으나 아직 사미계도 수지하지 아니했으니 우리가 정한 청규는 지키지 아니해도 괜찮을 것이야."

석우 스님이 불러다 앉혀 놓고 이렇게 타일렀지만 보문 행자는 뜻을 굽히지 않는 것이었다.

"스님. 이 행자, 비록 배운 것은 없사오나 그동안 〈발심수행장〉을 보니 원효 대사께서 당부하셨습니다. '예배하는 언 무릎에 불 생각을 말 것이요 굶주린 창자 끊어져도 먹는 생각 잊을지니 인간 백년 잠깐인데 안 배우고 어이하며 한평생이 얼마기에 닦지 않고 게으를까.'"

"허허, 그럼 그동안 〈발심수행장〉을 공부했더란 말이신가?"

"예, 스님."

"기특한 일이구먼. 자네 뜻이 정 그러하다면 어디 한번 내일 아침까지 참고 견디어 보게나."

"예, 스님. 그리하겠사옵니다."

이렇게 해서, 보문 행자는 그날 밤 마하연사에서 하룻밤을 스님들과 함께 자게 되었다. 그런데 다음날 새벽, 석우 스님이 눈을 떠보니 보문 행자가 이미 일어나 불상 앞에 단정히 꿇어앉아 있는 게 아닌가.

"아니 자네, 간밤에 잠을 아니 잤는가?"

"아, 아니옵니다. 조금 전에야 일어나 얼굴 씻고 들어왔사옵니다."

"허허, 거 너무 일찍 일어났구먼."

"행자는 모름지기 스님보다 늦게 눕고 스님보다 먼저 일어나야 한다고 이르셨기에 그대로 따랐을 뿐이온데 이 행자 때문에 스님께서 너무 일찍 잠을 깨셨다면 용서하십시오."

"아, 아닐세. 일어날 때가 되었네."

"하온데 스님, 걱정이 한 가지 있사옵니다."

"걱정이라니?"

"얼굴 씻으러 밖에 나가 보니 눈이 한 길 넘게 쌓였습니다."

"눈이?"

"예, 스님."

"그야 금강산에는 눈이 왔다 하면 한 길 넘게 쌓이는 게 다반사라네."

"그래서 말씀이온데요. 이 행자가 내금강까지 내려갈 수 있을는지, 그게 걱정이 되어서요."

"그 걱정은 말게."

"내려갈 수 있을 것이라는 말씀이시옵니까?"

"아닐세."

"하오시면?"

"어디 보세나. 눈이 과연 얼마나 왔는고?"

석우 스님은 방문을 열었다. 밤새도록 내려 쌓인 눈은 한 길을 넘어 거의 처마 밑에까지 차올라 있었다.

"허허 한 길이 아닐세 그려."

"와도 너무 많이 왔지요, 스님?"

"여보게, 보문 행자."

"예, 스님."

"자네 별 수 없이 이 절에서 한 철 살아야겠네."

"예에? 무슨… 말씀이신지요, 스님?"

"저 눈이 녹을 만하면 또 내리고, 녹을 만하면 또 내릴 것이니, 명년 춘삼월까지는 꼼짝없이 기다려야 할 것이야."

"예에? 명년 춘삼월까지요?"

정말 그랬다. 밤새도록 쏟아져 내린 눈이 얼마나 많이 쌓였는지, 한 뼘만 더 내렸으면 처마까지 묻힐 뻔했다. 게다가 기온까지 급강하해서 세상이 온통 하얗게 꽁꽁 얼어붙었다.

세 스님은 물론 보문 행자도 금강산 폭설에 묻혀 고립무원의 상태로 마하연에 갇힌 셈이었다. 지나가던 나그네 행자 보문은 이렇게 별 수 없이 석우 스님과 석하, 상월 스님과 함께 마하연에서 겨울 한 철을 보내게 되었다. 보문 행자는 누가 시키지도 않았는데 스스로 공양주 소임을 맡았다.

석우 스님과 석하, 상월 스님은 새벽 3시면 어김없이 일어나 예불을 올린 뒤, 네 시부터 입선(入禪)에 들었고 세 시간 동안 좌선을 한 뒤 아침 7시에 방선하여 아침에는 죽을 들었다. 세 스님이 좌선하는 동안, 보문 행자가 아침 죽을 끓였다.

그리고 오전 9시에 세 스님이 다시 입선에 들었다가 두 시간 좌선하고 11시에 방선, 오후 2시에 다시 입선하여 오후 4시에 방선하였다. 그리고 나서는 예불을 제외하고는 경(經)을 읽거나 쉬거나 하였다.

어떤 날은 석하 스님과 상월 스님이 석우 스님께《금강경》을 배우기도 하고,《육조단경》의 모르는 대목을 묻기도 하고, 어떤 날은 세 스님이《금강경》을 합송하기도 했다. 그리고 또 어떤 날은 석우 스님이 보문 행자를 위해《초발심자경문》을 자세히 강설해주기도 하였고, 석하와 상월 두 사제를 위해 보조 지눌 스님의《수심결》을 들려주기도 했다.

이제 보문 행자는 지나가던 나그네가 아니라 마하연사의 한 식구가 되어버린 셈이었다.

"스님, 스님께 이 행자 청이 한 가지 있사옵니다."

"무슨 청인지 어디 말해 보게나."

"그동안 이 행자, 혼자 보고 외우며 공부했사옵니다만, 스님 모시고 있는 동안 〈자경문〉을 다시 배우고 싶사옵니다."

"나한테서 〈자경문〉을 배우고 싶다?"

"예, 스님. 부디 은혜를 베풀어주십시오."

"허허 이 사람, 겨울 한 철 살게 해 줬더니 이제는 공부까지 가르쳐내라? 허허허."

"부디 은혜를 베풀어주십시오, 스님. 기왕에 신세를 지고 밥을 축내고 있으니 훗날에라도 밥값을 치르려면 공부라도 해야 할 것 아니겠습니까?"

"그래? 그럼 어디 자네가《반야심경》을 얼마나 제대로 잘 외우는지 그것부터 한번 들어 보세나."

"또《반야심경》독경을 하라는 말씀이시옵니까?"

"그래. 어서 한번 해 보게."

보문 행자의 《반야심경》 독경은 언제 들어도 그 낭랑하고 청아한 목소리가 참으로 좋았다. 그래서 석우 스님도 석하 스님도 상월 스님도 심심하면 보문 행자에게 《반야심경》 독경을 주문하곤 했다. 보문 행자가 목탁을 쥐고 단정히 앉아 예를 갖춘 뒤에 두 눈을 지그시 감았다. 잠시 숨을 고른 뒤에 보문 행자는 그 낭랑하고 청아한 목소리로 《반야심경》을 독경하기 시작했다.

"마하반야바라밀다심경

관자재보살 행심반야바라밀다시 조견오온개공 도일체고액 사리자 색불이공 공불이색 색즉시공 공즉시색 수상행식 역부여시 사리자 시제법공상 불생불멸 불구부정 부증불감 시고공중무색 무수상행식 무안이비설신의 무색성향미촉법…."

낮아졌다가 높아졌다가 목탁 소리에 맞추어 계속되는 보문 행자의 독경 소리를 듣고 있자면 환희심이 저절로 일어나서 덩실덩실 춤이라도 추고 싶을 만큼 듣는 사람을 황홀경으로 몰아넣는 것이었다. 이제 겨우 일 년 조금 넘게 행자를 했다는데, 어찌 이런 기묘한 목소리로 이리도 아름다운 독경을 할 수 있는 것인지, 석우 스님은 마음속으로 감탄하지 않을 수 없었다.

"아제아제 바라아제 바라승아제 모지 사바하
아제아제 바라아제 바라승아제 모지 사바하
아제아제 바라아제 바라승아제 모지 사바하."

보문 행자가 독경을 마치고 합장하여 인사를 마칠 때까지 석우 스님은 물론 석하, 상월 스님도 꿈꾸듯 눈을 감고 듣고 있었다.

"자네, 참으로 청이 좋네 그려."

"청이라니요, 스님?"

"자네 그 목청 말일세."

석하 스님도 상월 스님도 보문 행자의 독경 소리에는 무조건 두 손을 들었다.

"그러면 이제 스님께서 저에게 공부를 가르쳐주셔야지요."

"그러세. 과연 〈자경문〉 어디가 궁금하던고?"

"예, 열 가지 경책 가운데 첫째가 좋은 옷과 맛있는 음식을 멀리하라 하셨습니다."

"으음, 그리 하셨지."

"세상 사람 모두가 좋은 옷과 맛있는 음식을 가까이 하려는 게 당연지사인데 어찌하여 〈자경문〉에서는 멀리하라 하셨습니까?"

"내 소상히 일러줄 것이니 귀담아 잘 듣게."

"예, 스님."

"내가 좋은 옷을 입고 맛있는 음식을 먹으려면, 그 옷과 음식이 내 앞에 오기까지 얼마나 많은 다른 사람들이 땀 흘리고 고생을 했을 것인가? 그렇던가, 그렇지 않겠는가?"

"예, 그야 많은 고생이 있었을 것이옵니다."

"고생과 땀만 있었던 게 아닐세. 농사짓느라고 땅 갈고 풀 뽑고 벌레 잡고, 많은 생명들까지 다치게 한다네."

"예, 그렇겠사옵니다."

"게다가 자네가 보기에 옷감 만들고 양식 만드느라고 평생 뼈 빠지게 일하는 농부들은 잘 입고 잘 먹고 호의호식하며 살고 있던가?"

"아니옵니다. 늘 헐벗고 굶주리며 허덕입니다."

"그것 보시게. 직접 뼈 빠지게 일하는 농부들도 헐벗고 굶주리거늘, 실오라기 하나 쌀 한 톨 농사짓지 아니한 우리들 수행자가 오랫동안 일하지 아니하고 손발이 편했는데, 그러고도 어찌 좋은 옷 맛있는 음식을 탐하겠는가?"

"아 예."

"그래서 옛 스님께서 이르시기를, 수행자는 마땅히 떨어진 헌 옷과 나물밥에 만족하라고 하신 것이야."

"예, 스님. 잘 알겠습니다."

세속의 인연은 끊어야지요

　금강산의 겨울은 참으로 길고도 길었다. 당초 세 식구가 오후 불식으로 견딜 요량으로 가져온 겨울 양식은 보문 행자 한 사람이 더 늘었으므로 턱없이 모자랄 수밖에 없었다.
　그래서 별 수 없이 상월과 보문 행자가 그 머나먼 장안사까지 죽음을 무릅쓰고 식량을 얻으러 다녀오지 않으면 안 되었다. 만폭동의 폭포와 냇물은 겨울이면 그대로 얼어붙어 빙벽과 빙판을 이루는 데다 그 위에 눈이 뒤덮여 있어 어디가 길이고 어디가 냇물이며 어디가 절벽이고 어디가 연못인지 분간할 수 없었다. 넘어지고 미끄러지고 구르면서, 상월과 보문은 기어이 장안사까지 내려가서 양식을 얻어왔다.
　그렇게 천신만고 끝에 얻어 온 양식으로 간신히 그 길고 긴 겨울을 버텨내고 있던 마하연에 드디어 물 흐르는 소리가 졸졸졸 들려오기 시작했다. 금강산의 봄은 어김없이 그해에도 물 흐르는 소리로 시작되고 있었다.
　처음에는 졸졸졸 들려오던 물소리가 하루가 지나고 사흘 나흘이 지나면서 제법 괄괄괄 큰소리로 들려왔다. 이제 금강산 한복판 마하연에도 본격적인 해동이 시작된 것이었다. 그런데 눈 때문에 마하연에 갇혀 본의 아니게 마하연사에서 겨울 한 철을 함께 지내게 된 보문 행자가 도무지 걸망 챙길 기미를 보이지 않았다.

그러던 어느날, 이제는 만폭동에도 어느 정도 길이 트였겠다 싶어서 석우 스님은 장안사에 다녀오려고 걸망을 짊어졌다.

"여보게, 보문 행자."

"예, 스님. 어디 가시게요?"

"내 장안사까지 내려갈 작정인데, 자네도 길을 떠나려거든 날 따라 나서게."

"… 저, 스님."

"왜? 며칠 더 있다 떠날 생각인가?"

"저 그게 아니옵구요, 스님."

"그건 또 무슨 소리던고?"

"스님, 저 이 절에서 살고 싶습니다."

"무어라? 이 절에서 살고 싶다?"

"예, 스님. 저는 꼭 스님의 상좌가 되어 스님 문하에서 살고 싶으니 부디 저를 거두어주십시오."

"허허, 이 사람."

"스님, 부디 저를 스님 문하에 거두어주십시오. 중노릇 잘하겠습니다."

"이 사람아, 상좌는 아무나 두는 게 아닐세. 상좌 두려면 난 아직 멀었네."

"아 아니옵니다, 스님. 스님께선 구족계까지 다 받으셨사온데 어찌 아니 된다 하십니까? 부디 허락해주십시오."

"글쎄 난 아직 멀었대두 그러는가?"

"하오면 스님, 스님께서 허락하실 때까지 저는 이 절에서 살겠습니다. 그것만이라도 허락해주십시오, 스님."

"그거야 억지로 쫓아내지는 아니할 것이니 알아서 하게."

"감사합니다, 스님. 정말 감사합니다."

석우 스님은 별 수 없이 혼자 내려와 맨 처음 만나게 되는 화룡담에 이르렀을 때였다.

"스님, 스니임, 스니임."

보문이 스님을 부르며 비호처럼 달려 내려오고 있었다.

"절에 있겠다더니 무슨 일인고?"

"제가 스님을 모시고 다녀오는 게 도리가 아니겠사옵니까? 허락해주십시오."

"나하고 장안사까지 갔다가 다시 오겠다는 말인가?"

"예, 스님. 부디 허락해주십시오."

"정 그리하고 싶으면 그리 하세나."

"감사합니다, 스님. 그 걸망 이리 주십시오. 제가 짊어지겠습니다."

"그러시게."

석우 스님은 보문과 함께 장안사로 내려갔다. 다음날 마하연으로 돌아올 적에는 걸망 가득 양식을 짊어지고 와야 했으니 보문이 한몫을 단단히 한 셈이었다.

이런 일이 있은 뒤부터 보문은 아예 마하연을 떠날 생각을 하지 않앉고, 석우 스님을 은사 스님처럼 극진히 모시고 시봉하였다. 간장 된 장 소금이 떨어지면 보문이 비호처럼 만폭동을 달려 내려가 장안사를 다녀왔고, 양식을 얻으러 가는 것도 보문이 도맡다시피 자청해서 나섰다. 그해 음력 4월이 되자 만폭동도 다시 폭포 소리로 가득했고 금강산 절경들이 아연 되살아났다.

하안거(夏安居)가 시작되는 4월 보름을 앞두고는 천하제일의 수행처라는 마하연으로, 전국 각지의 눈푸른 납자들이 너도나도 만폭동을 오르고 있었다.

강석주(姜昔珠) 노스님의 기억에 의하면, 이때 마하연에 모여든 선객들은 근 삼십여 명에 이르렀다고 했다. 그리고 설석우 스님이 원주(院主) 소임을 맡았고, 석하·상월 스님이 뒷바라지를 맡았다고 했다. 이때만 해도 삼천리 방방곡곡이 가난에 찌들 대로 찌들었던 시절이라, 마하연에 모여든 기라성같은 이 땅의 선객들은 아침에는 겨우 죽 한 그릇, 점심에는 잡곡밥, 오후에는 불식하면서 처절한 구도의 열기를 불태우고 있었는데, 양식이 늘 모자랐기 때문에 감자를 삶아 끼니를 때운 날도 많았다고 강석주 노스님은 회고담을 들려주었다.

"그때는 엄격한 선방 규칙에 따라 사분정진을 했어요. 하루 네 번씩 정진을 했는데, 너나 없이 모두 나서서 일일이 땔나무도 해오고 없는 양식 나눠 먹어가며 열심히 용맹정진 했어요. 그때 설석우 스님이 주지였던가 원주였는데, 모두들 배는 곯았어도 스님들은 누구나 자신의 본분사는 잊지 않았지요. 그때 참 설석우 스님이 여러 대중 먹여 살리느라고 고생 많이 하셨지."

삼십여 명에 이르는 천하의 선객들이 금강산 한복판 마하연에 들어앉아 장장 석 달 동안 하루에 네 번씩 용맹정진을 하고 있었으니, 마하연에서 장안사까지 백릿길도 넘는 만폭동 험한 산길을 오르내리며 양식을 짊어져 나르고 간장, 된장, 소금까지 뒷바라지 하느라고 설석우 스님과 석하·상월 스님이 얼마나 고생을 했을지는 상상하고도 남는 일이 아니겠는가.

　음력 7월 보름 해제일이 되자, 여름 한 철 처절한 구도의 열기를 용맹정진으로 불태웠던 천하의 선객들이 저마다 걸망을 챙겨 구름처럼 물처럼 마하연을 떠났다.

　석우 스님은 이 마하연에서 세 번의 겨울과 세 번의 여름을 보내면서 정진, 또 정진했다. 그 사이, 석우 스님이 끝내 상좌를 아직 두지 않겠다는 뜻을 굽히지 않자, 보문은 강원도 오대산 상원암의 한암 선사 문하로 떠났고, 사제 석하도 제방선원(諸方禪院)을 두루 참방하면서 여러 선지식들을 모시고 정진하기 위해 다른 선방에 들어가 있었다.

　석하는 마하연을 떠나기 전에 석우 스님께 하소연했다.

　"스님, 이 마하연에 더 있었다가는 공양주에 채공에 부목에 남 정진하는 뒷바라지나 하다가 허송세월 하고 말 것 같습니다. 그러니 떠나도록 허락해주십시오."

　"여보게 석하, 선방에 들어앉아 가부좌 틀고 앉아서 좌선하는 것만이 정진이 아닐세. 죽 끓이고 밥 하고 나물 무치고 불 때는 것, 정진 아닌 것이 무엇이 있겠는가?"

　"그래도 저는 억울한 생각이 듭니다. 대장부 일대사를 요달하고자 삭발했거늘 다른 사람들 다 용맹정진을 하는데, 번번이 그 많은 사람들 뒷바라지에 천금같은 세월을 보낸다고 생각하니 어찌 분하지 않겠습니까?"

"아우님의 그 심정, 내 어찌 짐작을 못 하겠는가. 허나 육조혜능께서는 여덟 달 동안 천덕꾸러기로 방앗간에서 방아만 찧으셨지만 기어이 견성하셔서 오조(五祖)의 인가를 받으시고 육조가 되시지 않으셨던가?"

"소승은 그만한 근기가 못 되나 보옵니다, 스님."

"여러 선지식을 참방하며 정진하겠다니 내 말리지는 않겠네. 부디 견성하시게."

"한 바퀴 훨훨 돌아다니다 스님이 뵙고 싶어지면 다시 오겠습니다."

"그러시게나."

사제 석하는 이글이글 불타는 구도의 열기를 어찌지 못해 걸망 하나에 주장자 하나로 마하연을 떠났다.

그동안 금강산의 한복판 마하연에서 세 번의 겨울과 세 번의 여름을 보내면서, 전국 방방곡곡에서 모여든 천하의 선객들 사이에 설석우 스님은 '청아(淸雅)한 선객'으로 각인되었고, '선객 중의 선객'이며 '조선불교의 혜능'이라는 소리까지 듣게 되었다. 그리고 이때 마하연에서 함께 수행하며 뒷바라지에 심혈을 기울였던 석하와 상월도 장차 이 나라의 불교계를 이끌어 갈 대들보감이라는 치하를 들었다.

해제일이 지나 그 많던 수좌들이 제각각 천지사방으로 떠나고 나면 금강산 한복판이 텅 빈 듯 고요했다. 이제 마하연에 남은 사람은 석우 스님과 상월, 둘뿐이었다.

"여보게, 상월."

"예, 스님."

"자네는 운수행각 안 떠나시려는가?"

"밀린 공부나 부지런히 하겠습니다. 스님께선 어디 다녀오실 생각이 있으신 모양이시지요?"

"허허 상월이 자네 어느새 타심통을 얻으셨네 그려."

"어디 다녀오시게요?"

"해제도 되고 했으니 외금강 용공사에나 한번 다녀올까 하네."

"경담 노스님께서 좋아하실 것입니다."

"좋아하시기는…."

"비록 어머님 아드님, 두 분 다 출가를 하셨지만, 부모 자식 간이야 천륜(天倫)인데, 어찌 보고 싶고 반갑지 아니하시겠습니까. 내일이라도 넘어가 보셔야지요."

"그럴 생각이네."

다음날 아침, 석우 스님은 행장을 꾸려 외금강 용공사로 가려고 주장자를 집어 들었다. 사제 상월이 안에서 급히 나오면서 보자기로 싼 것을 석우 스님께 내밀었다.

"이것이 무엇이신가?"

"며칠 전 바위 틈에서 따온 토종꿀입니다. 경담 노스님께 갖다 드리십시오."

"아 이 귀한 걸, 뒀다가 물에 타먹을 것이지…."

"저희들 먹을 것은 또 따오면 되지요. 노스님들 기력이 부치실 적에는 꿀물이 좋다고 했습니다."

"참으로 고맙네. 내 오늘은 아우님 덕분에 효도를 다 하겠네 그려."

"어서 다녀오십시오."

"내 그럼 다녀서 내일은 돌아오겠네."

석우 스님은 천천히 산길을 내려와 갈림길에서 왼쪽으로 방향을 바꾸었다. 이 갈림길에서 오른쪽으로 냇물을 따라 내려가면 화룡담, 선담, 구담을 거쳐 굽이굽이 만폭동으로 내려가는 길이요, 왼쪽으로 올라가면 큰 바위에 불상을 새겨놓은 묘길상 앞을 거쳐 사선교, 백화담을 거쳐 내무재령을 넘어 외금강으로 가는 길이었다.

내무재령에 올라서니 월출봉·일출봉이 북쪽으로 손에 잡힐 듯 바라다보이고, 그보다 더 멀리로는 영랑봉·비로봉이 아름다운 자태를 뽐내고 있었다.

석우 스님이 용공사에 당도한 것은 그날 저녁 무렵, 어머니 경담 스님은 그 사이 머리 위에 희끗희끗 잔설이 더 늘어 있었다. 가물거리는 등잔불 불빛에 경담 노스님의 얼굴 주름살이 더 깊어 보였다.

"이보시오, 석우 스님."

경담 노스님이 두 눈을 지그시 감은 채 아들을 석우 스님이라 불렀다.

"… 예, 스님."

"늦깎이로 뒤늦게야 출가하셨으니 닦을 일이 급하신데 어쩌자고 이 늙은 중을 찾아오셨소."

"해제일을 맞았으니 잠시 운수행각을 하는 것도 나쁘지는 않을 것입니다."

"나도 절에 들어와서 들은 소리지만, 옛날 중국의 황벽 선사가 수천의 대중을 거느리고 황벽산에 계실 적에 그분의 노모가 의지할 곳이 없어 아들을 찾아왔다고 하였습니다."

"예, 그랬었지요."

"그때 황벽 선사는 대중들에게 일러 노모에게 물 한 모금도 주지 말라고 일렀다고 합니다. 그래 노모는 하도 기가 막혀서 아무 말도 못하고 그 길로 산을 내려가다가 강가에 당도하여 배가 고파 쓰러져 그 길로 죽었다고 들었습니다."

"예, 소승도 알고 있사옵니다."

"헌데 그 날 밤 황벽 선사의 꿈에 노모가 현몽하여 '내가 만일 너에게 물 한 모금이라도 얻어 마셨다면 아마도 다생으로 이어져 내려오던 모자지정을 끊지 못해 지옥에 떨어졌을 터인데, 네가 모질게 나를 내쫓아 모자의 정을 끊어준 덕분에 나는 이제 천상에 태어나게 되었으니 고맙기 그지없구나' 하였다고 합니다."

"하오나 스님, 황벽 선사는 그리 하셨으나 다른 선사께서는 의지할 곳 없는 노모를 등에 업고 다니며 수행한 일도 있었습니다."

"노모를 업고 다니며 수행한 스님도 계셨다고 하였소?"

"예, 그렇습니다 스님. 우리나라에서도 경허 선사께서는 의지할 곳 없는 노모님을 천장암에 함께 모시고 살면서 수행하셨습니다."

"그렇다고는 하지만 세속의 인연을 끊지 못한다면 그것은 출가 수행자의 도리가 아닐 것입니다."

"하오나 스님."

"섭섭하게 듣지 마세요. 이 무식하고 늙은 비구니는 아는 것도 없고 수행 기간도 짧으니 감히 어찌 성불하기를 바라겠습니까마는, 석우 스님은 기왕에 발심 출가했으니 반드시 성불해야 할 것입니다. 만일 석우 스님도 세속의 인연에 얽매여 성불하지 못한다면, 이것은 두 가지 큰 죄를 짓게 될 것이니, 첫째는 조상과 가솔을 버린 죄가 크다 할 것이요, 조상과 가솔을 버리고도 성불하지 못하면, 이는 부처님께도 죄를 짓게 될 것입니다."

"스님의 깊은 뜻, 소승이 어찌 모를 리가 있겠습니까?"

"이 늙은 것이 스님의 성불에 장애물이 되어서는 아니 될 것이니 앞으로는 두 번 다시 이 늙은 것을 찾아오지 마시기 바랍니다."

"하오나 경담 스님."

"할 말 있으시거든 오늘이 마지막이다 하고 다 하십시오."

"옛날 부처님께서도 당신을 키워주신 이모님을 비구니로 출가시켜 수행토록 하셨고, 그 후에는 당신의 아들도 출가시켜 문하에 두신 일이 있었습니다."

"그건 나도 들어서 알고 있어요. 허지만 세속의 인연을 이어가기 위해서 이모님을 출가시키고 아드님을 문하에 거둔 것은 아니라고 들었습니다. 아무튼 이 늙은 것은 스님의 성불에 장애가 되고 싶지 않으니 그리 아십시오."

석우 스님은 더 이상 할 말이 없었다. 어머니 경담 노비구니 스님은 이제 치마폭으로 눈물을 닦고, 호미 들고 밭으로 나가던 촌부가 아니었다. 희미한 등잔 불빛 속에 미동도 없이 그림처럼 앉아 있는 경담 노비구니 스님의 얼굴은 참으로 편안해 보였다.

"소승 참으로 부끄럽습니다. 스님의 말씀 깊이깊이 명심하여 부지런히 도를 닦도록 하겠습니다."

"이 늙은 것은 그동안 뒤늦게 글 공부를 해서 요즘은 《육조단경》 독송하는 재미로 하루하루를 잘 지내고 있으니 행여라도 이 늙은 것 염려는 하지 마십시오."

"스님께서 이미 그런 경지에 이르셨다니 소승 참으로 마음이 놓입니다."

"이것이 다 부처님 법을 만난 덕분이니 그저 부처님 은혜에 감사할 따름입니다."

"야심했으니 소승 그만 물러가겠습니다. 편히 주무십시오."

석우 스님은 어머니 경담 스님께 인사를 올리고 밖으로 나왔다. 아직 음력 칠월인데도 금강산의 밤 기운은 벌써 쌀쌀해지기 시작하고 있었다.

다음날 아침, 석우 스님은 어머니 경담 스님께 하직 인사를 올리고 서둘러 용공사를 떠났다. 외금강에서 신계사를 거쳐 굽이굽이 절경이 펼쳐져 있고 골골마다 아름다운 폭포들이 쏟아져 내리고 있었지만 아무리 기기묘묘한 금강산 절경도 이번에는 도무지 눈에 들어오지 않았다. 아무리 삭발 출가를 했다고 한들, 어찌 자식을 보는 어머니의 심경이 편안할 수 있었을 것인가. 행여라도 당신 때문에 출가한 아들이 세속의 인연을 버리지 못하고 도를 닦는 데 장애가 될까 염려한 나머지 어머니 경담 스님은 일부러 모자(母子)의 정을 끊고자 하셨으리라. 석우 스님은 그런 어머니가 한편으로는 존경스럽고 또 한편으로는 섭섭하기도 했다. 그리고 어쩌면 이것이 어머니를 뵙는 마지막이 아닌가 싶어 안타까운 심정을 금할 길이 없었다.

다시 돌아온 마하연.

홀로 마하연사를 지키고 있던 상월이 반갑게 맞아준다.

"아니 어찌 이리 빨리 돌아오셨습니까?"

"비구니 암자에서 비구를 오래 잠재워준다던가."

"아무리 그래도 그렇지요. 오랜만에 모자지간에 만나셨으면 회포는 제대로 풀고 오셔야지요."

"회포는 무슨 회포…."

"그래 경담 노스님께서는 평안하시던가요?"

"하루하루《육조단경》독송하는 재미로 사신다고 하셨네."

"허허 그럼 이제 아주 수행 이력이 제대로 붙으셨습니다 그려…. 헌데 스님께선 어쩐 일로 안색이 편치 않으십니다?"

"경담 스님한테 한 방망이 얻어맞고 와서 그러네."

"예에? 한 방망이 맞으셨다니요?"

"기왕에 삭발 출가했으면 세속의 인연은 끊어야 마땅한 일이거늘 어찌하여 세속의 정에 얽매여 찾아왔느냐고 한 방망이 놓으셨네."

"예에?"

"돌아오면서 곰곰이 생각해 보니 참으로 부끄러웠네."

"무슨… 말씀이신지요, 스님?"

"여보시게, 월 수좌."

"예, 스님."

"우리 출가 수행자들에게 가장 화급한 일이 무엇이겠는가?"

"그 그야 도 닦는 일입지요, 스님."

"그래 바로 말하셨네. 우리에게 가장 화급한 일은 성불이 아닌가. 그런데 그 화급한 일은 젖혀둔 채 사소한 세속의 인연을 쫓아 다녔으니 이야말로 부끄러운 일이 아니고 무엇이겠는가."

"말씀 듣고 보니 그건 그렇습니다 스님."
"여보시게 월 수좌."
"예, 스님."
"우리 이 마하연을 떠나기로 하세."
"예에? 그러시면 어디로 가자는 말씀이신지요?"
"석하의 말이 옳았네. 불철주야 용맹정진을 해서 대장부 일대사를 요달해야 할 수행자들이 원주입네, 공양주입네 하고, 살림살이 뒷바라지나 하면서 허송세월 했으니 이래가지고서야 어느 천년에 도를 닦아 성불을 이룰 수 있을 것인가?"
"그러시면… 어디로 가자는 말씀이신지요?"
"저 깊고 깊은 영원골 영원암으로 들어가서 사생결단을 하기로 하세나."
"좋습니다 스님. 저는 스님이 가자고만 하시면 영원골 아니라 지옥골이라도 따라 갈 각오가 되어 있습니다."
"고맙네. 그럼 우리 장안사로 내려가서 은사 스님께 허락부터 얻기로 하세."
"그렇게 하시지요 스님. 그럼 당장 내일이라도 장안사로 내려가십시다."

석우 스님은 사제 상월과 함께 각오를 새롭게 하고 영원암으로 자리를 옮겨 목숨을 건 처절한 수행에 몰입하기로 결심했다.

첫째도 수행, 둘째도 수행, 셋째도 수행… 오직 수행에만 목숨을 걸기로 했다. 석우 스님과 상월은 비장한 각오로 제 2의 출가를 다짐하며 마하연을 떠났다.

영원암에서 정진 또 정진

 석우 스님은 사제 상월과 함께 장안사로 내려가 은사이신 연담 노스님께 인사를 드리고, 영원동 영원암(靈源庵)으로 들어가 오직 수행에만 몰입하고 싶다는 뜻을 말씀드렸다. 때마침 사제 석하도 다른 선원에서 여름철 안거를 마치고 은사이신 연담 스님께 문안을 드리러 장안사에 와 있었으므로 자연, 삼형제가 함께 영원암으로 들어가 수행하기로 뜻을 모았다.
 "영원암으로 들어가겠다고 그랬는가?"
 "예, 스님."
 "영원암은 그 많고 많은 금강산 골짜기 가운데서도 가장 깊숙하고 적적한 곳이라 수행처로는 으뜸이라 할 것이야."
 "그래서 저희들이 일부러 그 영원암으로 들어가고자 합니다."
 "허나, 영원암으로 들어가고자 하면 비장한 각오가 있어야 할 것이야."
 "예, 스님. 각오를 단단히 하고 들어가겠습니다."

"그대들도 알고 있겠지만 황천강을 건너 영원동으로 들어가면 거기서부터는 금강산의 명부전(冥府殿)에 속하는 게야. 업경대며 황사굴 흑사굴이며 시왕봉에 우두봉에 마두봉에 저승 사자봉에 판관봉 죄인봉, 듣기만 해도 으스스한 저승 세상을 옮겨 놓은 곳이 바로 영원동이거든."

"예, 스님. 저희들도 그건 잘 알고 있사옵니다."

"어디 그뿐이던가. 그 으스스한 저승 세상을 올라가 지장봉을 끼고 서북으로 넘어가야 영원암이 있는데 겨울에 눈이 쌓이면 금강산 호랑이도 오도가도 못한다는 험난한 길이야."

"예, 스님. 잘 알고 있사옵니다."

"저 옛날 신라 때 영원 조사(靈源 祖師)께서 거기 들어가 토굴을 짓고 수행을 하시다가 굶어 죽을 뻔했다는 곳이 바로 영원암이야."

"예, 스님. 잘 알고 있사옵니다."

"비장한 각오가 되어 있다면, 거기 들어가서 사생결단을 하도록 하게."

"허락해주셔서 감사합니다, 스님."

석우 스님은 은사이신 연담 노선사의 허락을 얻어 사제인 석하, 상월과 함께 장안사를 떠나 영원암으로 수행처를 옮겼다.

금강산의 그 많은 골짜기 가운데서도 가장 깊숙하고 고요하다는 영원암은 신라시대 영원 조사가 창건한 작은 암자다. 오른쪽에는 지장봉, 관음봉, 우두봉, 석가봉 등이 병풍처럼 하늘을 가리고 솟아 있고, 영원암 뒤쪽 높은 곳에 옥초대(沃焦臺)라 불리는 전망대와 그 앞에는 영원 조사가 공부했다는 책상바위와 또 하나의 전망대인 영월대, 지장봉을 마주보는 배석대가 있고 그 옆에 쌀이 나왔다는 전설이 깃들어 있는 미출암(米出岩)이 있다.

　석우 스님은 영원암에 당도하여 일단 걸망을 벗어 놓고 그동안 비어 있던 영원암 도량 청소를 마친 다음 석하와 상월을 데리고 영원암 뒤쪽 옥초대로 올라갔다.

　"이 바위가 바로 책상바위일세. 옛날 영원 조사께서 여기 앉아 이 바위에 경전을 펴 놓고 공부하셨다고 해서 책상바위라고 부른다네."

　"정말이지 여기 앉아 경을 읽으면 이거야말로 안성맞춤이겠습니다, 스님."

　"어 참 그리고 저기 있는 저 바위가 바로 미출암일세."

　"미출암이라면 쌀이 나왔다는 바위가 아니겠습니까?"

　"그렇다네. 옛날 영원 조사께서 이 깊고 깊은 곳에 홀로 들어와 암자를 짓고 세상과 동떨어진 채 경전도 보고 참선도 하며 수행을 열심히 하셨는데, 어느 누가 찾아오지도 않으니 나중에는 양식이 떨어져서 솔잎을 씹어가며 수행을 하셨다는 게야."

　"솔잎만 씹으면서 수행을 하셨다구요?"

　"그래. 허나 그렇게 솔잎만 자시면서 몇 달을 지나고 나니 몸이 점점 쇠약해져서 탈진하게 되었어."

　"그러셨겠지요."

　"영원 조사께서 기력을 잃고 이 바위에 기대어 앉은 채 그래도 참선을 계속하고 계셨는데, 비몽사몽 간에 백발이 성성한 한 노인이 나타나더니만, '내 그대가 지극 정성으로 수행하는 모습을 보니 참으로 기특하여 먹을 것을 줄 것이니 양식을 삼을 것이요, 이후로도 결코 수행에 게으름을 피워서는 아니 될 것이니라' 하는 게야. 정신이 번쩍 들어 깨고 보니 꿈이라. 영원 조사께서는 이상한 꿈도 있다 싶어 주변을 살펴보니, 바로 이 바위 구멍에서 쌀이 나와 바위 밑에 소복히 쌓여 있었네 그려. 그래 영원 조사께서는 이 쌀을 지장보살께서 보내주셨구나 생각하고, 그 쌀로 죽을 쑤어 먹고 기운을 차리게 되었는데, 그 후로도 이 바위에서는 때가 되면 꼭 죽을 끓여 먹을 만큼씩만 쌀이 나왔다는 게야. 그래서 영원 조사는 이 미출암에서 나오는 쌀로 연명해 가며 부지런히 도를 닦아 나중에는 큰스님이 되셨는데, 그 영원 조사가 열반에 드신 뒤, 욕심 많은 한 중이 이 영원암에 와서 수행도 제대로 하지 않으면서 쌀 욕심을 내어 더 많은 쌀이 나오라고 저 구멍을 크게 뚫어 버렸어. 그랬더니 그 후로는 죽 끓일 쌀마저도 나오지 않게 되었다는 그런 전설이지."

"수행자들을 경책하는 그런 전설이군요."

"원효 스님께서도 우리 수행자들에게 이렇게 경책하셨네.

'세상 쾌락 다 버리면 성인으로 존경받고 / 어려운 일 능히 하면 부처처럼 존경하니 / 재물 욕심 탐을 내면 / 마귀 집안 권속이요 / 대자대비 보시하면 / 부처 아들 바로 되네 / 높은 청산 첩첩 바위 / 지혜로운 이 살 곳이요 / 푸르른 솔 깊은 계곡 / 수행자의 처소로다 / 나무 열매 풀 뿌리로 / 주린 창자 위로하고 / 옹달샘 흐르는 물 / 마른 목을 적셔 주네.'"

석우 스님이 두 눈을 지그시 감고 원효 대사가 당부한 〈발심수행장〉을 염송해 나가자 석하와 상월도 합송하기 시작했다.

"좋은 음식 잘 먹여도 / 부지 못 할 이 몸이요 / 값비싼 옷 입혀줘도

/ 이내 목숨 다함 있네 / 산 메아리 바위굴로 / 염불하는 법당 삼고 / 슬피우는 새 소리 / 즐거운 벗 짝을 삼네 / 예배하는 언 무릎에 불 생각을 말 것이며 / 굶주린 창자 끊어져도 / 먹는 생각 잊을지니 / 인간 백년 잠깐인데 / 안 배우고 어이하며 / 한평생이 얼마이기 / 닦지 않고 게으를까."

"자 이제 그만 내려가세나. 저녁 예불 모실 시각일세."

석우, 석하, 상월 세 스님은 앞으로 이 영원암에서 오직 수행에만 전념할 것을 다시 한 번 다짐하며 산을 내려왔다.

그해에도 영원동 골짜기에는 어김없이 겨울이 일찍 찾아왔다. 어느새 흰눈이 내려 쌓이는가 싶더니 이내 절벽이 얼어붙었고, 냇물은 그대로 빙판으로 변했다. 여름에도 아슬아슬한 바윗길을 돌고 돌아 업경대 옆을 지나고 그 이름만 들어도 으스스한 황천강·시왕봉·우두암·마두암·흑사굴·황사굴·저승사자암이 서 있어 오가기가 실로 험난한 길이었는데, 눈이 쌓인 데다 얼음이 얼어붙고 보니, 그야말로 금강산 호랑이도 꼼짝달싹 할 수 없는 고립무원의 처지가 되고 말았다. 석우 스님은 사제 석하, 상월과 함께 마하연에서 수행하던 그대로 사분정진(四分精進)을 강행했다. 새벽 3시에 일어나서 새벽 예불을 올린 뒤, 새벽 5시부터 7시까지 참선, 아침 공양 후 오전 9시부터 11시까지 참선하고 사시 예불, 오후 2시부터 4시까지 다시 참선하고, 저녁 예불을 올린 뒤 다시 밤 7시부터 9시까지 참선 후 잠자리에 들었다.

하루, 이틀, 사흘… 한 달이 지나고 또 보름이 지났다. 사분정진을 마치고 삼형제가 나란히 잠자리에 누웠다. 나뭇가지를 할퀴고 지나가는 매서운 바람 소리가 영원동 골짜기를 뒤흔들고 있었다.

"스님, 주무십니까?"

석하가 자리에 누운 채 석우 스님을 불렀다. 석우 스님은 대답이 없었다.

"스님, 주무십니까?"

석하가 또 한 번 나지막이 스님을 불렀다. 석우 스님은 반듯하게 누운 채로 대답했다.

"왜 그러시는가?"

"육조혜능께서는 무념(無念)을 종(宗)으로 삼고 무상(無相)을 체(體)로 삼으며, 무주(無住)를 근본으로 삼는다 하셨습니다."

"그래, 그렇게 이르셨네."

"하온데 소승은 무념, 무상, 무주가 제대로 손에 잡히질 않사옵니다. 스님께서 은혜를 베풀어주셨으면 합니다."

"사실은 저도 그렇습니다. 스님께서 은혜를 베풀어주십시오."

상월도 아직 잠들지 못했던지 그렇게 말했다.

"자네들은 헛고생을 하는 게 그게 탈일세."

"헛고생이라니요?"

"옛 조사께서 '산은 산이요, 물은 물이다' 하셨으면, 말 그대로만 받아들이면 될 것을, 산은 무슨 뜻일까, 물은 무슨 뜻일까, 공연히 쓸데없는 생각에 생각을 덧붙여서 엉뚱한 뜻을 찾아내려고 씨름하고 있으니, 그게 바로 헛고생이라는 게야."

"무슨… 말씀이신지 잘 모르겠습니다 스님."

"육조혜능 선사께서 무념, 무상, 무주를 이미 소상히 다 말씀해 놓으셨으니 말씀 그대로를 받아들이면 되는 것이야. 육조께서 말씀하셨네.

무념이란 생각하면서 생각이 없음이요, 무상이란 현상계에 있으면서 현상계를 떠나는 것이며, 무주란 사람의 본성이 세간의 선과 악과, 깨끗함과 더러움과, 미워하는 사람과 친한 사람과 말을 주고받고 공격하고 속이고 다툴 때에도 공(空)한 것으로 여겨서 원수 갚을 생각, 해칠 생각을 내지 아니하며, 생각 생각에 지나간 일을 생각지 않는 것이라 하셨네. 만약 앞 생각과 뒷 생각이 잇달아 끊어지지 아니하면 그것은 얽매임이라 하셨어. 모든 법에 생각 생각 머물지 아니하면 곧 얽매임이 없는 것이니, 이것이 바로 무주로써 근본을 삼는 것이라 하셨네."

"하오나 스님, 무념을 종으로 삼으려 하나, 생각 생각이 또 다른 생각 생각을 만들어내니 이 일을 과연 어찌하면 좋겠습니까?"

"너무 조바심 내지 말게나. 나도 그 끝없이 일어나는 생각 생각으로 잠을 못 이루고 몸부림을 쳤었네."

"조바심을 내지 말라고 하시면…?"

"생각이 일어났을 때, 그 생각을 끊어야지, 끊어야지 몸부림을 치면 칠수록 또 다른 생각이 끝도 없이 일어나네."

"바로 그렇습니다."

"놓아버리시게."

"예에? 놓아버리라니요?"

"생각을 끊어야겠다는 그 생각도 놓아버리란 말일세. 생각이 일어나면 일어나는 대로, 또 다른 생각이 일어나면 일어나는 대로 놓아버리란 말일세. 그 생각을 끊어야지, 끊어야지 몸부림치며 씨름하면 할수록 진땀만 나고, 그러다 심해지면 법광(法狂)을 일으키게 되네."

"그렇습니다, 스님. 어떨 땐 제가 바로 미치고 말 것 같은 그런 때가 종종 있습니다."

"나도 그랬었네. 화두를 들고 화두만 생각하려 하는데, 바람 소리가 방해가 되고, 폭포 소리가 방해가 되고, 새 우는 소리가 짜증스러워 저놈의 바람 소리, 저놈의 폭포 소리, 저놈의 새 소리 하면서 원망도 하고 화도 나고 미칠 것 같았지."

"바로 그럴 때 어찌해야 한다는 말씀이신지요 스님?"

"놓아버리란 말이지. 새 소리는 새 소리 대로 놓아버리고, 폭포 소리는 폭포 소리 대로 놓아버리면, 언젠가는 내 귀에 새 소리도 바람 소리도 폭포 소리도 들리지 않게 되네. 내가 조바심 친다고 해서 바람이 그칠 것인가, 새가 울음을 그칠 것인가, 떨어지던 폭포가 멎어줄 것인가."

"놓아버려라… 놓아버려라…."

"새 소리는 새 소리대로, 생각 생각은 생각 생각대로, 일어나면 일어나는 대로, 사라지면 사라지는 대로 내버려두게. 버려두고 버려두다 보면 무념의 경지를 만나게 될 것이야."

"예, 스님. 잘 알겠습니다."

"자 그럼, 이제 그만 모두 다 내버려두고 잠이나 자도록 하세."

"스님 덕분에 오늘 밤은 편안히 잠들 수 있을 것 같습니다."

"정말 감사합니다, 스님."

그러나 석우 스님은 이미 가볍게 코를 골며 편안한 잠을 자고 있었다.

금강산의 오지(奧地) 영원암의 겨울밤은 그렇게 깊어가고 있었다.

부모미생전 본래면목 父母未生前 本來面目

설석우 스님은 금강산 유람객들의 발길이 미치지 않는 영원동 골짜기 깊숙이 자리잡은 영원암에서 오매일여 정진을 거듭하고 있었다.

금강산에 봄이 와서 겨우내 얼어붙었던 폭포가 다시 쏟아져 내리기 시작하면 황천강, 업경대까지는 금강산 유람객들이 몰려 들었다. 그러나 지장봉 북쪽에 자리잡은 영원암은 워낙 외진 곳이라 유람객들의 발길이 미치지 않아서 봄부터 가을까지도 수행하기에는 더없이 좋았다. 그리고 겨울이 오면 유람객의 발길이 황천강, 업경대에도 미치지 못했으므로, 그래서 영원동 골짜기 영원암을 천하제일의 수행처로 꼽았던 것이었다.

한 해가 가고, 두 해가 지나고 세 해가 지났다. 석우 스님은 영원암에서 수행하며 이때의 심경을 시로 남겼다.

산을 울타리 삼고 물을 사립문으로 쓰나니	山揷爲籬水用扉
행인이 이곳에 와도 세정은 희소하고	行人到此世情稀

외로운 암자의 반갑잖은 나그네 돌아가기 바쁜데　　孤庵懶客還多事
한가로운 구름이 누추한 옷을 덮어주네　　　　　　淨掃閒雲補弊衣

한여름 달 밝은 밤에 석우 스님은 영원암 뒤쪽 옥초대로 올라가 옛날 영원 조사가 이 옥초대에서 피리를 불었다는 옛 일을 생각하며 영원 조사가 경(經)을 보았다는 책상바위 앞에도 앉아 보고, 영원 조사가 참선 수행을 했다는 배석대에도 앉아 보았다.

지금도 이토록 인적이 끊긴 곳인데 저 아득한 옛날 신라시대에 영원 조사는 홀로 이 깊은 곳에 들어와 토굴을 짓고 수행 정진을 하셨다니, 그 놀라운 수행력에 저절로 고개를 숙이지 않을 수 없었다.

여름 안거를 마치고 장안사로 내려가 은사 스님이신 연담 노선사께 문안 인사를 올리니 연담 노선사께서는 매우 흡족한 얼굴로 제자들을 맞았다.

그날 밤, 은사이신 연담 노선사가 제자 석우 스님을 따로 불렀다.

"그래 그동안 화두는 여일했던가?"

"예, 스님."

"허면 부모미생전 본래면목은 무엇이던고?"

"생사가 본래 없는데 부모미생전이건 부모생후건 본래면목이 어디 있겠습니까?"

"허허 그렇던가. 그동안 공밥을 먹지는 않았네 그려."

"과찬의 말씀이시옵니다."

"아닐세. 그만 하면 내 이제 한시름 놓아도 되겠어."

"무슨 말씀이시온지요. 스님?"

"지난 봄부터 이 늙은 수레가 제대로 구르질 않는다네."

"예에? 하오시면 스님."

"황천강 건너 영원암에 한 번 가보고 싶었으나 이 늙은 수레가 말을 들어주어야지."

"그러시면 스님, 제가 스님을 업어 모시겠습니다."

"그래 주시겠는가."

"예, 스님. 언제쯤 모시면 좋겠사옵니까?"

"수레는 늙고 낡아지면 언제 부서질지 모르는 법, 내일이라도 가봤으면 하네."

"예, 스님. 그럼 내일 당장 모시도록 하겠습니다."

석우 스님은 다음날 은사이신 연담 노선사를 등에 업고 길을 떠났다. 세수 80을 이미 넘긴 연담 노선사는 가볍디 가벼웠다. 지장봉을 오른쪽으로 돌고 돌면 영원동으로 들어가는 길이 열린 듯 막히고, 막힌 듯 열렸다.

"여기서 잠시 쉬었다 가세나."

"예, 그러시지요 스님."

석우 스님은 은사 스님을 편편한 바위 위에 조심스럽게 앉혀 드렸다. 주름이 잡히긴 했어도 노스님의 얼굴은 아직도 고왔다.

"스님, 젊으셨을 적에는 미남이라는 소리를 많이 들으셨지요?"

"미남? 난 젊었을 적에는 다른 사람들이 여승인 줄 알았어."

"여승이라니요?"

"얼굴이 곱게 생겨서 그랬는지 다들 나를 처음 보면 여승인 줄 알았다니까… 허허허."

"워낙 얼굴이 고우시니 그럴 만도 했겠습니다, 스님."

"아 글쎄 한 번은 말일세. 탁발을 나갔다가 해가 저물어 어느 댁에 들어가서 하룻밤 신세 좀 지자고 그랬더니 그 댁 주인이 인심 좋게 그러라고 그러는 게야."

"아 예."

"저녁을 먹고 잠잘 때가 되니 그 댁 딸 옆에다 내 자리를 잡아주는 게야."

"딸 옆에다요? 몇 살이나 먹은 딸인데요 스님?"

"열일곱 여덟 살 먹었으니까 과년한 처녀였어. 나를 여승으로 보았던 게야."

"허허 아니 그래서 어찌 하셨습니까요, 스님?"

"어쩌긴 그냥 모른 척하고 정해준 자리에서 누워 잤지."

"그 그래서요, 스님?"

"그래서라니. 그날 밤에는 아무 탈 없이 그냥 잘 잤지. 헌데 다음날 아침에 일이 벌어졌어."

"일이 벌어지다니요?"

"내가 아침에 일어나 그 집 뒷곁으로 가서 소피를 보았단 말야. 아 사내니까 서서 소피를 봤을 것 아닌가."

"그러셨겠지요."

"아 그런데 내가 서서 소피 보는 걸 그 댁 주인이 보고 기절초풍을 한 게야."

"허허허 여승인 줄 알고 딸 곁에 재웠는데 알고 보니 남자라 기절초풍 했겠습니다요, 허허허."

"이 사실이 동네 사람들에게라도 알려지게 되면 혼삿길 막힐 일 아니겠는가."

"그야 그랬겠지요."

"그 댁 주인이 허겁지겁 나한테 쌀 한 말을 시주해주면서 어서 집을 떠나 달라는 게 아니겠는가. 허허허."

"그래서 어쩌셨습니까?"

"어쩌기는, 쌀 한 말 시주받아 걸망에 담아가지고 아침밥도 못 얻어 먹은 채 그 집을 나오게 됐지. 허허허…"

"허허허… 그 정도로 얼굴이 고우셨습니까 스님?"

"암 고왔고 말고… 그때가 바로 엊그제만 같은데…"

은사 스님은 고개를 들어 먼 산봉우리를 바라보셨다. 입산 출가하여 60년 세월이 어느 틈에 흘러 갔을까.

"《금강경》말씀이 바로 그대로야. 번갯불 같다고 인생을 보아라. 풀잎의 이슬이라고 인생을 보아라. 물 위의 거품이라고 인생을 보아라… 세상사 덧없느니 더 늙기 전에 부지런히 닦아야 할 것이야."

"예, 스님. 명심하겠습니다."

석우 스님은 다시 은사 스님을 등에 업고 황천강을 건너고 업경대를 지나 우두암, 마두암, 시왕암, 황사굴을 거쳐 바위산을 넘어 영원암으로 향했다.

"오늘은 내가 어린아이가 된 것 같네."

"무슨 말씀이신지요, 스님?"

"어머니 등에 업혀 산을 넘고 내를 건너 외갓집에 가던 옛날처럼, 내가 오늘은 아이가 되었어."

"기분이 좋으시옵니까요, 스님?"

"아무렴 좋다마다. 그대 덕택에 내가 오늘은 효도를 받네 그려."

"아니옵니다 스님. 이걸 감히 어찌 효도라 할 수 있겠습니까?"

"아닐세. 세속의 어떤 효자도 지 아비를 등에 업고 금강산 유람은 시키지 못할 것이니 세상에 이런 효도가 또 어디 있을 것인가."

"스님께서 이리 좋아하시니 소승 기쁘기 한량이 없사옵니다. 요 다음에는 제가 만폭동 유람을 시켜드리겠습니다."

"허허 만폭동까지? 허긴 이 헌 옷 벗기 전에 마하연에도 한번 가 보고 싶으이마는…"

"제가 모실 것이오니 아무 염려 마십시오."

은사이신 연담 노선사는 제자인 석우 스님의 등에 업혀 황천강을 건너고 업경대를 지나고 영원암까지 오게 된 것을 몹시 기뻐하시고 흡족해하셨다.

그 후 석우 스님은 은사 스님을 등에 업고 표훈사, 정양사까지 갔다가 다시 내려와 만폭동의 팔담(八潭)을 두루 구경시켜 드리고 마하연까지 다녀왔다.

그리고 은사 스님은 그해 겨울, 영원암으로 급히 사람을 보내어 제자들을 불렀다.

석우 스님이 석하, 상월과 함께 부랴부랴 장안사에 당도하고 보니 은사 스님은 이미 먼길 떠날 징후를 보이고 계셨다.

"스님, 정말 떠나시렵니까?"

"때가 되었어."

"하오시면 저희들에게 당부하실 말씀이라도 남겨주십시오."

"…머지 않아… 이 금강산도… 왜놈 세상이 될 것이야… 취처 육식하는 중이 금강산에도 들어올 것이구… 그때가 되거든… 그대들은 이 금강산을 떠나도록 하게."

"하오시면 이 금강산도 왜놈들 세상이 될 것이라는 말씀이시옵니까, 스님?"

"조선 팔도가 이미 왜놈 세상이 되었어. 부지런히 정진들 하게나…."

"예, 스님. 명심 또 명심하겠습니다."

그리고 그 다음날 새벽, 은사이신 연담 노선사는 꿈꾸는 듯 편안하고 고운 얼굴로 열반에 드셨다.

장안사에서 은사 스님의 다비를 마친 석우 스님은 사제 석하, 상월과 함께 다시 영원암으로 돌아와 정진에 정진을 거듭하기 시작했다.

무슨 일에든 지극 정성으로

석우 스님이 금강산에 들어온 후 어언 십 년도 넘는 세월이 훌쩍 지나갔다. 세상은 이제 완전히 일본의 식민지로 변했고, 불교계까지도 왜색불교가 거의 장악하여 취처 육식하는 왜색 승려가 주도권을 잡고 청정 독신 수행자는 갈 곳이 점점 없어져 가고 있었다.

1930년 어느 이른 봄날이었다. 본사(本寺)인 장안사에 다녀온 사제 상월이 금강산 밖의 세상 소식을 얻어듣고 왔다.

"스님, 세상이 점점 시끄러워지고 있는 것 같습니다."

"세상이 점점 시끄러워지다니?"

"작년 11월 초사흗날, 전라도 광주(光州)에서 조선독립을 외치는 학생운동이 일어나서 전국적으로 번졌다고 합니다."

"학생운동이 일어났다구?"

"예, 스님. 그래서 근 육백 명의 학생들이 감옥에 가고 이천삼백여 명의 학생들이 무기정학을 당했다고 하는데, 조선독립을 외치는 학생운동이 금년 봄에는 전국적으로 더욱 확산될 것이라고 합니다."

"그래도 조선 청년들의 혈기가 아직 살아 있다니 천만다행일세."
"하온데 스님, 우리 불교계에는 웬만한 큰절 주지는 거의 다 왜색 파계승들이 차지했다고 합니다."
"이러다간 이 금강산에까지 밀고 들어오겠구먼."
석우 스님은 길고 긴 한숨을 내쉬며 두 눈을 지그시 감았다. 나라도 왜놈들의 속국이 되어 망했거니와 불교까지 왜색에 물들어 마누라와 자식을 거느린 왜색 파계승들이 절을 차지하고 청정 계율을 지키며 참선 수행하던 독신 승려들은 잠 잘 곳, 밥 먹을 곳도 없이 내쫓기고 있다니 참으로 한심스러운 일이었다.
"스님, 우리 불가에서 계·정·혜 삼학을 내세우는데, 정·혜·계도 아니고 혜·정·계도 아니고 계·정·혜라 함은 무엇보다도 계가 근본인 까닭이 아니겠습니까?"
"옳은 말일세. 계가 무너지면 정도 혜도 설 수 없는 법이야."
"그렇습니다, 스님. 출가 수행인이라는 자들이 세속 사람들과 똑같이 마누라 얻고 자식 낳고, 고기 먹고 술 마시고, 그래 가지고서야 감히 어찌 부처님 제자라 할 것이며, 그 꼴로 감히 어찌 인천의 스승이 될 수 있겠습니까?"
계율 지키는 것을 철칙으로 여기고 있던 율사(律師) 상월은 계율이 무너져 막행막식하는 승려들이 늘어나는 현실을 바라보며 통분을 금치 못했다.
"정말 이러다가는 조선불교도 망하고 말 것입니다. 세상에 우리 조선불교는 선불교(禪佛敎)가 명줄인데, 참선 수행하는 수좌(首座)들을 내쫓고 취처 육식하는 사판승(事判僧)들이 절간을 다 차지한다니, 이래 가지고는 우리 조선불교도 망하고 말 것입니다."

이미 칼날같은 선지로 조선 팔도에 그 이름이 알려진 선객 석하도 울분을 참지 못했다.

"여보시게, 저들이 저럴수록 우리만이라도 계·정·혜 삼학을 반듯하게 닦아서 조사님들의 맥을 이어가야 할 것이야."

"예, 스님. 그래야지요."

석우, 석하, 상월 삼형제가 비통한 마음을 안으로 달래며 비장한 각오로 정진에 정진을 거듭해 나가던 그해 5월이었다. 어느날 저녁 나절 웬 낯선 젊은이가 영원암에 찾아들었다.

"어디서 오신 뉘신고?"

"예, 소생 강원도 홍천에서 온 박가올습니다."

"금강산 유람길에 길이라도 잘못 드신겐가?"

"아, 그게 아니옵구요 스님."

"허면 일부러 이 암자를 찾아왔다는 말이신가?"

"예, 스님. 듣자 하니 이 암자에 도인 스님이 계신다기에 그 도인 스님을 만나뵈려고 일부러 왔사옵니다."

"보시다시피 이 암자는 아주 보잘것없는 작은 암자인 데다가 도인 스님은 아니 계시네."

"하오시면 설석우 스님을 좀 뵙게 해주십시오."

"설석우?"

"예, 스님. 그 스님을 꼭 단나 뵙고 싶사옵니다."

"그 중을 만나서 무엇하려고?"

"그 스님 문하에서 도를 닦으려고 그러합니다. 스님."

"도를 닦겠다?"

"예, 스님."

"허면, 도는 닦아서 무얼 하려고 그러시는고?"

"그, 그야 도인이 되려고 그럽니다 스님."

"도인이 되어서 무얼 하려구?"

"도인이 되면 생사자재요, 신출귀몰하며 이 세상 모든 근심 걱정을 다 해결할 수 있다고 들었습니다."

"허허허허… 허면 생사자재 신출귀몰하는 도인이 되면 그 도술을 어디다 쓰려고 그러는고?"

"우리 조선 백성들이 불쌍합니다. 그래서 도탄에 빠져 있는 우리 조선 백성들을 살려주려고 그럽니다 스님."

강원도 홍천에서 왔다는 박씨 청년은 자못 진지한 얼굴로 석우 스님 앞에 두 무릎을 꿇고 애원하였다.

"스님 부디 설석우 스님을 만나 뵙게 해주십시오."

"그 중 이름은 대체 어디서 들었는고?"

"예, 장안사에서도 들었고, 표훈사에서도 들었습니다. 중다운 중노릇을 하려거든 영원암 도인 스님이신 설석우 선사를 찾아가라 하였습니다."

"잘못 오셨네. 더 캄캄해지기 전에 어서 돌아가시게."

"아니 스님, 그럼 여기가 영원암이 아니란 말씀이시옵니까?"

"여기가 영원암은 맞네. 허나 자네가 찾는 그런 도인 스님은 여기엔 없네."

"하오시면 설석우 선사님이 이 영원암에 아니 계신다는 말씀이시옵니까요, 스님?"

"내가 설석우야. 허나 자네가 찾는 그런 도인은 아니란 말일세."

"아이구 스님 몰라뵈어서 죄송하옵니다."

홍천에서 왔다는 젊은이는 자리에서 벌떡 일어나더니 땅바닥에 다시 엎드려 석우 스님께 큰절을 올렸다.

"스님, 소인 미천한 시골 서생이라 천학비재하여 스님을 몰라뵈옵고 큰 죄를 지었사옵니다. 부디 용서하여주십시오."

"죄를 지은 것도 없고, 용서할 일도 없으니, 어서 그만 내려가 보시게."

"아니옵니다 스님. 소인 반드시 삭발 출가하여 도를 닦기로 비장한 각오를 하고 왔사옵니다. 부디 소인을 스님 문하에 거두어주십시오."

"허허 이 사람, 몇 번 말을 해야 알아 듣겠는가? 벌써 산길이 어두워졌으니 어서 속히 내려 가시게."

"스님, 소인 비록 배운 바가 없사오나 결단코 스님의 분부 잘 받들어 불철주야 도를 닦고자 하오니 부디 허락해주십시오."

젊은이는 결코 일어설 기미를 보이지 않았다. 이 젊은이를 과연 어찌하면 좋을 것인가. 예부터 불가에서는 '오는 사람 막지 아니하고, 가는 사람 붙잡지 아니한다' 고 했다. 삭발 출가하겠다고 절에 찾아오는 사람은 받아주고, 수행을 견디지 못해 속퇴하겠다는 사람은 붙잡지 않는다는 말이니, 이는 곧 출가나 환속을 전적으로 그 사람의 자유 의사에 맡긴다는 것이었다.

사제 석하와 상월이 석우 스님 곁으로 다가왔다. 강원도 홍천에서 왔다는 젊은이의 행동거지를 아까부터 지켜보고 있었던 석하와 상월이 석우 스님께 한 마디씩 했다.

"스님, 저 사람 행동거지로 보아 유랑잡배는 아닌 것 같으니 일단 며칠 있어 보라고 그러시지요."

"저도 같은 생각입니다, 스님. 스님께서도 이제 상좌를 둘 때가 되었습니다."

"내 한 몸 추스르기도 벅찬데 짐까지 떠맡으라는 겐가?"

"하오나 스님, 저희들도 은사 스님의 짐이었지요."

"그리고 스님, 스님의 춘추가 올해 쉰 여섯이 아니십니까? 이제 상좌도 두셔야 합니다."

석우 스님은 다시 한 번 땅바닥에 꿇어앉아 있는 젊은이를 내려다보았다. 맑은 눈빛, 편안한 얼굴, 단정한 자세, 어느 것 하나도 흠잡을 데는 없어 보였다.

"여보게, 박군이라고 그랬던가?"

"예, 스님."

"기왕 여기까지 온 정성을 봐서 며칠 이 암자에 머물도록 허락할 것이니 그리 알게."

"아이구 스님, 정말 감사합니다."

"허나 자네를 삭발 출가시켜주겠다는 약조는 해줄 수 없으니, 그리 알게."

"예, 스님. 잘 알겠습니다."

젊은이는 다시 한 번 석우 스님께 절을 올리고, 석하 스님과 상월 스님께도 차례차례 큰절을 올렸다.

"감사합니다 스님, 정말 감사합니다."

이렇게 해서 강원도 홍천에서 왔다는 박씨 젊은이는 그날부터 영원암에 머물게 되었다. 과연 저 젊은이가 중노릇을 제대로 할 사람인가, 석우 스님은 그것을 지켜볼 생각이었다.

그런데 그 젊은이는 《초발심자경문》을 주고 읽어 보라 하니, 뜻밖에도 한문 공부가 꽤 깊은 수준이었다. 처음 대하는 불교 경책이라 아직 뜻을 새기는 데는 서툴렀으나 글자 한 자 한 자는 거의 모르는 자가 없을 정도로 높은 실력을 지니고 있었다.

"한문 공부는 어디까지 하였던고?"

"예, 사서삼경까지는 배워 마쳤사옵니다."

"허면 공부를 더 해서 벼슬길로 나아갈 것이지 어쩌자고 산속으로 왔는고?"

"벼슬길로 나가 보았자 결국에는 탐관오리가 되고 말 것이니, 사내대장부로 태어나서 차마 어찌 백성들의 고혈이나 빨아먹는 탐관오리를 바랄 수 있겠사옵니까?"

젊은이는 분명한 어조로 그렇게 말했다. 석우 스님은 적이 놀라지 않을 수 없었다. 생각이 바르고 분명했다. 석하 스님도 상월 스님도 그런 젊은이가 마음에 들었는지 석우 스님을 바라보며 빙긋이 웃었다. 그리고 그 젊은이는 궂은 일, 허드렛일을 제가 알아서 척척 해냈다. 땔나무를 해오라고 시키지도 않았건만, 틈만 나면 산에 올라가 땔나무를 해다 놓았고, 강원도 홍천에서 살아서 그런지 산나물도 알아서 뜯어다 그늘에 말렸다. 새벽에는 스님들보다 먼저 일어났고, 밤에는 스님들이 모두 자리에 누운 뒤에야 자리에 누웠다. 그리고 그 젊은이는 영원암에 머문 지 닷새가 되기 전에 예불문을 막힘 없이 다 외웠고, 자청해서 아궁이에 불을 지피고 밥을 지었다. 그 젊은이가 영원암에 머문 지 열흘이 지나고 보름이 지나자 석하와 상월이 석우 스님께 오히려 간청을 드렸다.

"스님, 예부터 불가에서는 상좌를 삼을 때 품성을 보아 세 가지 부류로 나눈다고 하였습니다.

첫째는 시킨 일도 제대로 못 해 놓는 아이는 하지하(下之下)요, 둘째는 시키는 일만 해 놓는 아이는 중지중(中之中)이요, 셋째는 시키지 않은 일도 스스로 미리 알아 척척 해 놓는 아이가 상지상(上之上)이라 하였습니다."

"그래, 저 아이는 어디쯤 속한다고 보시는가?"

"그야 물론 상지상이지요."

"상월 자네도 그렇게 생각하시는가?"

"예, 스님. 저도 상지상이라 보았습니다."

"허나 내 생각은 좀 다르네."

"다르시다니요 스님."

"저 아이가 자네들이 말씀한 대로 상지상인 것만은 분명하네. 그런데, 머리가 영특해서 내가 이렇게 척척 잘해야 예쁨을 얻겠다고 계산을 해서, 일부러 꾸며서 미리미리 척척 일을 해 놓은 것은 말지말자(末之末者)인 게야."

"하오시면 저 아이가 일부러 꾸며서 부지런을 떨었다 그렇게 보시옵니까?"

"아, 아니야. 저 아이가 꾸며서 부지런을 떨었다면 그것은 꾀에 불과하니, 과연 품성 그대로가 상지상인지, 좀 더 두고 지켜봐야 한다는 말일세."

"아 예, 그건 그렇겠습니다, 스님."

그 후 또 한 달이 지나고 두 달이 지나고 석 달이 지났다. 그런데도 석우 스님은 그 젊은이의 머리를 깎아주지 않았다. 그러던 어느날 석우 스님은 그 젊은이에게 된장국을 끓여 오라고 일렀다. 그 젊은이는 얼른 된장국을 끓여다 바쳤다. 석우 스님이 수저로 된장국을 한 번 떠서 맛을 보더니만 얼굴을 찡그리며 호통을 쳤다.

"이 녀석아, 이걸 된장국이라고 끓였단 말이더냐? 이건 된장국이 아니라 소태국이다!"

"너무 짜다는 말씀이시옵니까, 스님?"

"이 녀석아, 짜도 짜도 너무 짜서 쓰단 말이다! 다시 끓여 오너라!"

"예, 스님. 다시 끓여 오겠습니다."

젊은이는 부랴부랴 된장국을 다시 끓여다 석우 스님께 올렸다. 석우 스님이 수저를 들어 맛을 보았다. 석우 스님은 또 다시 얼굴을 찡그리며 호통을 쳤다.

"이 녀석아, 이것을 된장국이라고 끓여 왔느냐! 이것은 된장국이 아니라 맹물국이다! 다시 끓여 오너라!"

"예, 스님. 잘못 되었습니다. 다시 끓여 올리겠사옵니다."

젊은이는 이번에도 합장 배례하고 물러가 된장국을 세 번째 다시 끓여 왔다. 그러나 석우 스님은 이번에도 퇴짜를 놓았다.

"이 녀석아, 무슨 된장국을 어떻게 끓였길래 이리 떫단 말이냐, 다시 끓여 오너라!"

젊은이는 또 다시 공손하게 합장 배례하고 물러나와 네 번째 된장국을 다시 끓였다. 그러나 이번에도 석우 스님은 또 타박을 했다.

"이 녀석아, 이건 된장국이 아니라 된장죽이 아니냐! 다시 끓여 오너라!"

젊은이는 그 자리에 두 무릎을 꿇고 앉았다.

"스님, 용서하십시오. 소인 죽을 죄를 지었사오니 다시 끓여 올리겠사옵니다."

젊은이는 또 다시 합장 배례하여 용서를 구한 뒤에 조용히 물러나와 다섯 번째 된장국을 끓여와 두 무릎을 꿇은 채 스님께 올렸다.

석우 스님은 수저를 들어 다시 맛을 보았다. 젊은이는 그 앞에 꿇어앉아 스님의 처분을 기다리고 있었다. 스님이 조용히 수저를 놓았다.

"이제 제대로 되었느니라."

"… 가, 감사합니다 스님."

"헌데, 네 번째까지 끓인 된장국에는 무엇이 부족해서 퇴짜를 맞았는지 그것은 알고 있느냐?"

"예, 스님. 알고 있사옵니다."

"그래 무엇이 부족했던고?"

"예, 스님. 딱 한 가지가 부족했었사옵니다."

"딱 한 가지라고 그랬느냐?"

"예, 스님. 그러하옵니다."

"허면 그 한 가지 부족했던 게 무엇이던고?"

"예, 스님. 소인의 정성이 부족했사오니 용서하여주십시오."

젊은이는 꿇어앉은 채 뜨거운 눈물을 흘리고 있었다.

"그래, 이제야 그것을 알았구나."

"감사합니다, 스님."

"헌데 눈물은 어찌 흘리는고? 억울해서 그러느냐?"

"아 아니옵니다, 스님. 큰 가르침을 내려주심에 감사해서 흘리는 눈물이옵니다, 스님."

"그만 되었다. 나가 보아라."

"예, 스님."

젊은이는 다시 공손히 합장 배례하고 스님 앞에서 뒷걸음질로 조용히 물러갔다. 젊은이가 물러간 뒤 석우 스님은 흡족한 얼굴로 눈을 지그시 감으며 고개를 끄덕였다.

그리고 그해 가을, 강원도 홍천에서 올라온 그 젊은이는 드디어 삭발하고 계를 받았다. 이때 석우 스님이 내려주신 법명(法名)은 가희(可喜), 설석우 스님의 첫 번째 상좌(上座)였다.

석우 스님은 머리가 명석하고 영특한 사람이라고 해서 무작정 좋아하지 않았다. 또한 손재주가 좋은 사람이라고 해서 무턱대고 좋아하지도 않았다. 기도를 하는 데도, 수행을 하는 데도, 예불을 올리는 데도, 심지어 죽 끓이고 밥 짓고 나물을 무치는 데도 '지극 정성'이 없으면 그것은 헛일이었다.

석우 스님은 무슨 일에건 '지극 정성'을 첫 번째로 꼽았다.

"옛날에 칠정 조사(七鼎 祖師)가 계셨다. 은사 스님이 제자에게 부뚜막을 새로 만들어 솥을 다시 걸라고 분부했지. 제자가 헌 부뚜막을 헐고 새로 만들어 놓았는데, 은사 스님이 와서 보시더니 두말없이 발로 차서 부숴버렸다. 잘못 만들었으니 다시 만들라고 명했다. 제자가 다시 만들었으나 이번에도 또 발로 차서 짓뭉개 버렸다. 세 번, 네 번,

다섯 번, 여섯 번, 제자가 죽을 고생을 해가며 부뚜막을 제대로 만들었건만 은사 스님은 연거푸 여섯 번을 발로 차서 부숴버렸다. 그제서야 제자는 무엇이 잘못되었는지 알게 되었다. 제자는 일곱 번째 부뚜막을 다시 만들었다. 은사 스님은 그제서야 되었다고 고개를 끄덕이셨다. 그 제자는 여섯 번째까지는 지극 정성을 다하지 못했던 게야. 일곱 번째에서야 무엇이 부족했던가를 비로소 깨닫고, 일곱 번째 부뚜막을 만들면서는 그야말로 지극 정성을 다 기울였던 게야. 그래서 일곱 번 솥을 걸어 깨달음을 얻었다고 해서 칠정 조사라는 별호를 얻게 된 것인데, 매사에는 지극 정성이 제일인 게야. 내 말 알아 들었느냐?"

"예, 스님. 명심하겠습니다."

어쩌면 그것은 설석우 스님에게 또 하나의 화두였던 셈이었다.

금강산 영원암에 다시 또 길고 긴 겨울이 왔다. 석우 스님은 사제인 석하, 상월, 제자 가희와 함께 눈과 빙판에 갇혀 적막한 영원암에서 고립무원의 동안거에 들어갔다. 시래기죽으로 아침 공양을 대신하고 고구마 한 덩이로 점심을 대신하는 날이 비일비재했다.

저 옛날 신라시대 영원 조사에게는 지장봉에 계신 지장보살께서 미출암을 통해 죽 끓일 양식을 주셨다고 했지만, 이때의 영원암에서는 바위마다 눈이 쌓이고 얼음이 얼어붙어 그야말로 목숨을 걸지 않으면 겨울 한 철 오도 가도 못하는 오지 중의 오지였다.

그러나 고립무원의 오지, 영원암에도 기어이 봄은 다가오고 있었으니, 영원암 옆의 개울에서 얼음장 밑으로 물 흐르는 소리가 들려오기 시작했다.

1931년 봄이었다. 서울 종로 안국동에 있는 선학원(禪學院)에서 장안사를 통해 영원암의 설석우 스님에게 급히 기별을 해왔다. 선학원을 재건하여 선불교(禪佛敎)를 진흥시키고자 하니 서울 선학원으로 와 주십사 하는 내용이었다.

선학원은 일제의 조선불교 말살 정책에 대항하기 위해 범어사(梵魚寺) 포교당의 김남전(金南泉)과 석왕사(釋王寺) 포교당의 강도봉(姜道峯)이 조선불교의 생명인 선(禪)을 되살리자는 데 합의하고, 여기에 송만공(宋滿空), 백용성(白龍城), 오성월(吳惺月), 김석두(金石頭) 스님들과 협의하여 서울에 선불장(禪佛場)을 세우기로 뜻을 모아, 1921년 8월 10일 서울 안국동 40번지에 터를 잡고 착공, 그해 10월 4일에는 상량식을 올렸고 그해 11월 30일에 완공되었다. 그러나 선학원은 재정이 빈약하여 운영난에 봉착하였고 1926년 5월 1일부터 범어사 포교당으로 전환되고 말았다.

그러던 서울 선학원을 지난 1월 21일 김적음(金寂音) 화상이 인수하여 재건시켜 선불교의 중흥을 이루고자 하니 함께 하자는 것이었다. 이때 선학원을 인수하여 재건시킨 김적음 화상은 침술과 한약 시술 전문가로 상당한 재력을 축적한 분이었는데 이분이 화주가 되어 선학원을 중흥시켜 말 그대로 선학원의 중흥조가 되었다.

석우 스님은 이 기별을 받고 사제인 석하와 상월과 의논했다.

"서울의 선학원을 재건해서 선불교를 부흥시키자고 하니 어찌 했으면 좋겠는가?"

"소승의 생각으로는 우리 조선불교다운 조선불교를 살리기 위해서는 선불교의 부흥이 무엇보다도 시급하고 중차대한 일이라고 봅니다."

석하가 선불교 부흥의 필요성과 시급성을 강조했다.

"만일 조선불교가 왜색불교처럼 타락해버리면 결국은 망하고 말 것입니다. 그러니 조선불교를 살리자면 선불교를 부흥시키는 길밖에 달리 방도가 없습니다."

상월도 한마디 덧붙였다.

"선불교를 부흥시키자는 데는 소승도 동감입니다. 선불교가 부흥되어야 조선불교가 살 수 있을 것입니다."

석우 스님은 잠시 생각에 잠겼다.

"이것들 보시게. 나도 물론 선불교를 중흥시키자는 데는 뜻이 같네. 허나, 그동안 유야무야 했던 선학원이 과연 어떻게 재건될 수 있을 것인지, 구체적인 형편도 모르면서 우리가 모두 암자를 비워둔 채 우루루 서울로 갈 수는 없는 일 아니겠는가?"

"그러시면 어떻게 하시면 좋겠습니까, 스님?"

"우선 석하 자네가 먼저 서울로 가시게. 가서 우선 선학원이 제대로 운영될 수 있도록 돕도록 하시게. 우리는 그 다음에 가도 늦지 않을 것이야. 어떤가?"

"스님 말씀이 옳습니다. 그렇게 하도록 하시지요."

이렇게 뜻을 모으자 석하 스님은 그 다음날 서울 선학원을 재건시키는 데 힘을 보태기 위해 영원암을 떠났다.

선학원으로 찾아온 딸

 사제 석하 스님을 서울 선학원으로 보내고 난 뒤, 석우 스님은 사제 상월과 제자 가희와 함께 영원암에서 변함없이 정진하고 있었다.
 그해 여름 어느날이었다.
 오후 2시에 입선(入禪)하여 두 시간 좌선을 마치고 오후 4시에 방선(放禪)한 석우 스님은 영원암 마당 안에서 포행하고 있었는데 풍채 좋은 웬 낯선 장년의 남자가 영원암 마당 안으로 들어서고 있었다.
 "저 스님, 말씀 좀 여쭙겠습니다."
 그 장년 남자가 석우 스님을 향해 합장 반배하면서 그렇게 물었다.
 "예, 말씀하시지요."
 "저 여기가 영원암, 맞는지요?"
 "예, 여기가 바로 영원암이오만."
 "그러시면 혹시 스님께서 설석우 선사님이 아니신지요?"
 "아니, 나를 어찌 알아보십니까?"
 "아이구 스님, 인사 여쭙겠사옵니다."

장년 남자는 땅바닥에 넙죽 엎드려 큰 절부터 올렸다.

"뉘신데 이 중을 아시는지?"

"예, 소생은 서울에서 왔사옵니다. 성은 이가이옵고 서울 종로에 있는 보통학교 교장이옵니다."

"아 예… 그런데?"

"스님의 고명하신 법명을 여러 스님들로부터 듣자옵고 이렇게 찾아뵙게 되었습니다."

"아 예, 그럼 우선 안으로 들어가십시다."

"예, 스님. 감사합니다."

방 안으로 들어가서 자리에 앉은 뒤 자세히 살펴보니, 참으로 환하게 잘 생긴 얼굴에 나이는 마흔다섯에서 쉰 사이쯤 되어 보였다.

"허시면 금강산 유람 차 오신 길이신가요?"

"예 뭐, 겸사겸사 온 셈이지요."

"겸사겸사라면…"

"사실은 소생 얼마 전에 서울 종로에 있는 대각사에서 백용성 스님의 법문을 들었사옵니다."

"아 예, 그러셨습니까?"

"그 스님의 법문을 듣고 나서, 소생 그동안 헛세상을 살아왔구나 하는 생각을 하게 되었습니다."

"헛세상을 사시다니요. 보통학교 교장까지 오르셨으면 남들이 다 부러워하는 그런 분이 아니십니까?"

"그게 다 꿈속에 꿈이요, 풀잎 위에 이슬인 데야, 훈장이다, 교감이다, 교장이다, 그거 모두 다 허망한 것 아니겠습니까, 스님?"

"그거야, 왕후장상도 다 꿈속의 일이지요."

"그래서 말씀입니다만 스님, 사실은 소생, 삭발 출가하고자 스님을 찾아뵙게 되었습니다."

"아아니, 삭발 출가를 하시겠다구요?"

"예, 스님. 그러하옵니다."

"허허허 그 연세에 출가를 하시겠다니요, 교장 선생님?"

"아직 쉰이 되지 않았으니 나머지 여생이라도 제대로 살아야 되지 않겠습니까, 스님."

"그 연세시면 가족들이 있으실 터인데?"

"예, 스님. 내자하고 아들 셋에 딸이 하나 있사옵니다만, 그게 무슨 상관이겠습니까. 남은 여생이라도 허망한 인생은 살지 말아야지요."

"허허허 선생의 뜻은 옳다고 하겠소이다마는…."

"스님, 백년탐물(百年貪物)은 일조진(一朝塵)이요, 삼일수심(三日修心)은 천재보(千載寶)라 하셨으니, 소생 참으로 사흘 간 마음을 닦고 그 다음날 죽어도 여한이 없겠습니다. 부디 스님 문하에 있게 해주십시오."

풍채 좋은 장년의 교장은 석우 스님 앞에 무릎을 꿇고 앉아 간절히 애원했다. 석우 스님은 눈을 지그시 감은 채 아무 말도 하지 않았다.

"스님, 소생은 이미 서울을 떠나올 때, 학교에 사직서를 내놓고 왔습니다."

"아니 그러시면…?"

"중 되는 것도 절차가 있고 단계가 까다롭다고 들었사옵니다. 소생, 머슴살이도 좋고, 땔나무꾼도 좋습니다. 스님 문하에서 수행할 수 있도록 허락만 해주십시오. 제발 부탁입니다."

"허나, 중노릇은 아무나 하는 것이 아닙니다. 견디기도 힘들구요."

"소생 이미 대각사에서 경을 얻어다 보았사옵니다. 굶어 죽을 각오, 얼어 죽을 각오는 단단히 하고 왔사옵니다."

"뜻이 정 그러시다면 어디 한번 이 절에 있어 보시오."

"감사합니다, 스님. 참으로 감사합니다."

장년의 이 교장은 이렇게 해서 영원암에 머물게 되었고, 그해 가을 설석우 스님의 두 번째 제자가 되었다. 이때 석우 스님이 지어 내린 법명은 우봉(愚鳳)이었다. 법명의 뜻을 구태여 새기자면 어리석은 봉황새라는 것인데, 이 교장은 너무 아는 것이 많고, 무슨 일에든 논리적이고 합리적이며, 말을 하는 데 있어서도 조리 있고 차분하고 설득력이 있어서 뛰어난 언변과 화술에 당할 사람이 없었다. 더구나 당당한 풍채에 수려한 얼굴, 모든 면에 너무 특출한 인물이었으므로 석우 스님은 오히려 그 점을 염려하여 일부러 어리석을 '우(愚)' 자에 봉황 '봉(鳳)' 자, 우봉이라는 법명을 내리셨던 것이었다.

우봉에게 계를 내리고 나서 석우 스님은 우봉과 가희를 한자리에 불렀다.

"이제 우봉도 내 상좌가 되었다. 가희가 비록 계는 먼저 받았으되, 우봉의 나이가 많으니, 우봉은 형이 되고 가희는 아우가 되느니라. 이 점 가희는 각별히 명심토록 해야 할 것이다."

"예, 스님. 사형님을 잘 받들어 모시겠사옵니다."

석우 스님의 제자 가희는 참으로 윗사람 공경하는 데는 그만이었다. 언제나 겸손하고, 공손해서 누구나 가희를 어여삐 여겼다. 그리고 우봉은 그 걸출하고 수려한 풍모 그대로 사리판단이 분명하고 성품도 쾌

활한 데다 수행자로서의 자세에도 철저하였다. 거기에다 또 화술(話術)까지 차분하고 조리 있고 설득력이 있었으니 장차 중노릇만 잘하면 이 나라 불교계에 거목이 될 것으로 석우 스님은 기대하고 있었다.

영원암에 함께 있던 사제 상월 스님도 석우 스님의 두 상좌를 몹시 좋아했다.

"스님, 스님께서는 참으로 복도 많으십니다."

"내가 복이 많다니 그건 또 무슨 말씀이신가?"

"스님의 상좌들 말씀입니다. 가희는 공경 제일이지, 우봉은 사리분별 제일에다 박학다식 제일에다, 걸출한 풍모에다 어디 흠 잡을 데가 없지 않습니까?"

"글쎄, 사람은 너무 잘나도 그게 오히려 탈이 되는 수도 있으니, 그것이 걱정일세."

"아 인물로 보아서야 재상 자리를 맡겨도 아깝지 않지요, 우봉 말입니다요."

"아 인물로만 따진다면야 임금 자리엔들 못 앉히겠는가. 아무튼 저 사람 매사에 조심, 또 조심을 해야 할 것인데…."

"너무 염려 마십시오. 우봉은 사리 판단이 명석한 사람이니 별일 없을 것이옵니다."

"여보시게, 상월."

"예, 스님."

"우리가 천하의 명당 금강산 마하연에서 함께 수행했고, 지금은 또 천하 제일의 기도처 영원암에서 수행하고 있으니 이 또한 복이 아니겠는가."

"그렇습니다 스님. 더구나 소승은 스님을 곁에서 사형으로 모시는 복까지 누리고 있으니 참으로 기쁩니다."

"무슨 말씀이신가. 나야말로 석하, 상월, 두 도반을 아우로 두었으니 분에 넘치는 복을 누리고 있네."

"원 스님두, 무슨 그런 말씀을 다 하십니까?"

이렇듯 석우 스님과 석하, 상월 삼형제는 서로 깍듯이 모시고 깍듯이 아끼며 법형제(法兄弟)의 우애를 쌓아가고 있었다.

그해 가을이었다.

서울 선학원에 가 있던 사제 석하 스님으로부터 선학원이 제대로 활기있게 잘 운영되고 있고 재가불자들까지 선우회(禪友會)를 결성하여 선불교 중흥을 이루고자 하니 설석우 스님께서 부디 선학원으로 오시어 설법도 해주시고 지도해 달라는 기별이 왔다.

석우 스님은 선불교 중흥을 위해 서울 선학원으로 가기로 했다.

그러나 금강산을 떠나기가 왠지 섭섭했다. 석우 스님은 부랴부랴 행장을 꾸려 외금강 용공사에 가서 어머니 경담 노스님께 작별 인사를 드리기로 했다. 그런데 작별 인사를 드리려고 찾아간 용공사에 어머니 경담 스님은 이미 안 계셨다.

"허면 경담 노스님은 어느 암자로 가셨다는 말씀이신가?"

"그건 저희도 모르옵니다. 내금강 어느 비구니 암자로 가셨는데, 피차 수행에 방해가 되니 어느 누구에게도 행방을 발설치 말라 하셨습니다."

젊은 비구니는 그렇게 말할 뿐, 어머니 경담 스님의 행방에 대해서는 더 이상 아는 것이 없다는 것이었다.

석우 스님은 하는 수 없이 어머니 경담 스님의 행방도 알아보지 못한 채 발걸음을 되돌려야 했다. 석우 스님은 그 길로 영원암으로 되돌아와 상좌 가희만을 데리고 서울 선학원으로 향했다.

서울 선학원에서 스님의 사제 석하는 입승(立繩)의 소임을 맡고 있을 만큼 주요 선객으로 인정받고 있었다.

선불교의 중흥을 위해 선학원에서는 한용운(韓龍雲) 스님이 중심이 되어 1931년 10월 6일 《선원(禪苑)》이라는 잡지를 창간·발행했는데, 이 잡지 《선원》의 기록에는 〈선학원일기초요(禪學院日記初要)〉라는 제하(題下)에 다음과 같은 소식을 싣고 있다.

> 6월 1일(음 4월 15일) 결제, 한용운 화상의 결제에 대한 강연이 유(有)하다. 입승 김석하, 선덕 한용운, 지객 도진호, 회주 김적음 등 십여 인이요, 신도 합하야 삼십여 명.

이 《선원》의 기록을 보아도 알 수 있듯이 석하 스님은 영원암에서 선학원으로 오자마자 그해 하안거 결제 때 이미 입승의 소임을 맡을 만큼, 당시 이 나라 주요 선객으로 그 명성을 드날리고 있었다.

그리고 설석우 스님이 그해 가을에 상좌 가희와 함께 선학원으로 왔는데, 다음 해인 1932년 2월 1일에 발행된 《선원》 잡지 제 2호의 기록에 의하면 설석우 스님과 상좌 가희가 선학원에 오자마자 곧 그해 동안거 결제를 하게 되었는데, 이 동안거 용상방(龍象榜)에는 다음과 같이 그 명단이 게재되어 있다.

> 11월 24일(음 10월 15일) 지장기도가 회향되고 동기결제불공을 겸행하고, 오후 7시에 수좌로부터 차례 법문이 유(有)하다.

결제대중 방함록 : 주실(籌室) 백용성, 입승 김석하, 선덕 신법해, 설교 김대은, 지전 김종협, 병법 윤관하, 헌식 전덕진, 지객 윤대후, 간병 박가희, 종두 이철오, 다각 유보하.

그 다음에 나열된 소임 명단은 생략키로 하지만 이《선원》잡지 제 2호의 기록에 의하면 설석우 스님의 시봉으로 따라온 상좌 박가희가 오자마자 그해 선학원의 동안거 용상방에 '간병(看病)'의 소임을 맡은 것을 보더라도 석우 스님의 상좌 가희가 어른들 공경에 어느 정도 지극 정성을 기울였으면 오자마자 간병 소임을 맡겼겠는가 하는 점이다. 이 당시 선학원의 회계(會計) 소임을 맡으셨던 강석주 노스님께서도 "그때 설석우 스님의 시봉을 박가희가 맡았는데 어른 공경하는 데는 참으로 지극 정성이었어" 라고 회상하셨다.

그리고 바로 이《선원》잡지 제 2호에 석우 스님은 금강산인(金剛山人)이라는 필명(筆名)으로 시 한 수를 기고하셨는데,《선원》제 2호 51페이지에 실렸던 설석우 스님의 시는 다음과 같다.

自 樂

金剛山人

心田에 띄끌 멀고 性天에 구름 개니
春山에 花笑鳥語하고
秋夜에 月白淸風이로다
아마도 無位眞人은
이밖에 다시 업서라

또한 《선원》 잡지의 기록에 의하면 이때 선학원에서는 7일에 걸친 지장기도, 김태흡 스님의 《열반경》 설법이 있었고, 백용성, 설석우, 기석호 스님 등이 각종 법회에서 수시로 설법하였다고 전하고 있다. 뿐만 아니라 이 무렵 선학원에서는 2백여 명의 대중이 모여 7일 동안 불면가행용맹정진(不眠加行勇猛精進)을 했다고 기록하고 있다. 아무튼, 설석우 스님은 사제 석하 스님과 상좌 가희와 함께 선학원에 주석하며 선불교 중흥을 위해 진력하고 있었다. 이때 선학원에 모여들었던 수좌들 사이에서는 "절 집안의 재상(宰相)은 설석우 스님"이라는 말이 이구동성으로 나올 만큼 모든 사람들로부터 존경을 받았었다고, 강석주 노스님은 회상해주었다. 그러던 1934년 어느 가을날이었다. 선학원에 웬 처자(處子)가 찾아왔다. 마침 김대은(金大隱) 스님이 마당에 있다가 이 처자를 만나게 되었다. 얼핏 보기에 나이는 스무 살이 되었을까 말까 한 이 낯선 처자는 대은 스님을 보자 합장 반배하며 입을 열었다.

"저 여기가 선학원이라는 절 맞습니까?"

"응 그래. 여기가 선학원인데 무슨 일로 오셨수?"

"예, 저 이 절에 설석우 스님께서 계신다는 소문을 듣고 왔는데요…."

"설석우 스님?"

"예…"

"그 스님은 왜 찾누?"

"사실은 제가 설석우 스님 딸이 됩니다."

"으응? 처, 처자가 설석우 스님 딸?"

"예 그렇습니다."

"가 가만… 스님이 지금 계신지 모르겠구먼…."

대은 스님이 석우 스님의 방문 앞에 가서 기침 소리를 냈다.

"스님 안에 계십니까?"

"예, 들어오시오."

석우 스님이 방문을 열어주었다.

"저 사실은 스님, 저기 저 처자가 스님의 딸이라면서 찾아왔소이다."

"무어라? 딸?"

"한번 만나 보시지요."

대은 스님이 처자를 방 안으로 들여보냈다. 처자는 석우 스님께 큰절부터 올렸다. 석우 스님은 영문을 모른 채 두 눈을 크게 뜨고 처자를 살펴보았다.

"어디서 온 누구라고 했느냐?"

"김해에서 올라 왔습니다."

"허, 허면 이름은 무엇이던고?"

"예, 설갑순이라 하옵니다."

"설갑순이라구?"

"예."

석우 스님은 순간 크게 놀랐다. 갑순이라면 무남독녀 외딸의 이름이었다. 세 살 된 갑순이를 김해 속가에 아내와 놓아둔 채 근 이십 년 소식을 끊고 살아온 터였다.

"네 이름이 정녕 갑순이라고 그랬느냐?"

"예, 틀림없는 설갑순이옵니다."

"허, 허면 어머니 성씨는 무엇이던고?"

"예, 정씨이옵니다."
처자는 하염없이 눈물을 흘리고 있었다.
"어머니 성이 정씨라고 그랬느냐?"
"예."
석우 스님의 속가 부인은 정보애였고 하동 정(鄭)씨였다.
"그, 그러면 작은 아버지 이름은 어찌 되는지 알고 있느냐?"
"예, 작은 아버님은 '태' 자 '현' 자이시옵니다."
석우 스님은 여기서 그만 눈을 감았다. 태현은 바로 스님의 남동생이었다.
"그, 그러면 고모 이름은 알고 있느냐?"
"예, 성초 고모님께서는 부곡에서 살고 계셨는데 작년에 이혼하시고 여승이 되어 금강산으로 들어가셨습니다."
"무, 무엇이? 서, 성초가 여승이 되어 금강산으로 들어갔다고?"
"예, 어머니한테서 그렇게 들었습니다."
석우 스님은 더 이상 물어볼 말이 없었다. 지금 바로 눈앞에 앉아 있는 바로 이 처자가 이십여 년 전 버려두고 온 딸 갑순이가 분명했다.
"나무아미타불 관세음보살… 나무아미타불 관세음보살…."
석우 스님은 두 눈을 지그시 감은 채 더 이상 할 말을 잃고 염주알만 굴리고 있었다. 스님의 딸 갑순은 하염없는 눈물만 흘리고 있었다. 방 안에는 무거운 침묵만 흐르고 있었다. 얼마나 지났을까. 석우 스님이 조용히 자리에서 일어났다.
"내 잠시 볼일이 있어 나갔다 오마."
석우 스님은 그 길로 선학원을 나섰다. 그리고는 그날 밤 석우 스님은 선학원에 돌아오지 않았다. 아버지 석우 스님을 밤새워 기다리던 딸 갑순은 다음날 하는 수 없이 눈물을 뿌리며 김해로 내려갔다고 하는데, 이 이야기는 그동안 누구에게도 알려지지 않았었다. 설석우 스님의 행장을 낱낱이 추적하던 중 부산에 계신 석정 스님이 김대은 스님으로부터 이 이야기를 직접 듣고 마음속에 간직하고 있다가 이번에야 전해주었다.

설석우 스님의 옛날 호적을 추적해 보니, 스님의 외딸 설갑순은 아버지 설석우 스님을 찾아왔다가 김해로 내려간 뒤, 그 이듬해인 1935년 1월 12일, 김해군 진영면 진영리 148번지에 사는 박기성(朴棋性)과 혼인한 것으로 기록되어 있다. 아마도 딸 갑순은 혼사를 앞두고 아버지께 말씀드리고 의논하려고 찾아왔던 것이었으리라 짐작된다.

그러나 설석우 스님은 질기고 질긴 속세와의 인연을 결단코 끊고자 결국은 딸을 두 번 버리는 칼날 같은 무서운 결단을 내린 셈이었다. 그리고 설석우 스님은 그 길로 아무 일도 없었다는 듯, 세상만사 온갖 번뇌 훌훌 털어버리고 다시 금강산 내금강 영원암으로 들어갔다.

저 옛날 신라시대 원효 대사가 뭐라고 이르셨던가.

"마음속의 애욕을 버린 이를 사문이라 하고, 세상 일을 그리워하지 않는 것을 출가라 한다."

석우 스님의 안중에는 이제 세속도 애욕도, 미련도 아쉬움도 사라지고 없었다.

한용운, 백성욱과 함께 여름 한 철

석우 스님이 다시 금강산 장안사의 말사인 영원암으로 돌아와 사제 상월과 상좌 우봉과 함께 수행하고 있던 이듬해 봄이었다.

하루는 예배당의 목사라는 사람이 영원암을 찾아와서 설석우 스님을 찾았다. 그는 금강산 유람차 내금강에 왔다가 영원암에 금강산 도인 스님이 계신다는 말을 얻어듣고 심통이 꼬였던 모양이었다. 그는 산속에 사는 구식(舊式) 케케묵은 중이 알면 얼마나 알아서 도인이란 말이냐 하는 심사로 영원암을 일부러 찾아왔던 모양이었다.

그는 이런저런 이야기 끝에 석우 스님께 묻는 것이었다.

"우리 예수교에서는 하늘에 계신 신(神)을 믿고 있습니다."

"……."

"아니 스님은 어찌 대꾸도 없으십니까?"

"……."

그래도 석우 스님은 한마디 대꾸도 하지 않았다. 목사가 다시 물었다.

"왜 통 대꾸도 않으십니까?"

"하실 말씀 있으시거든 해 보시지요."

"예 좋습니다. 그런데, 어찌하여 불교에서는 하늘에 대해서 가르침도 없고 이야기도 없는 것인가요?"

아직 마흔이 안 된 것 같은 이 목사라는 사람은 참으로 오만방자하기 짝이 없었다.

"허면 댁께서는 불교경전을 한 번이라도 보셨는지요?"

"불교경전이라니요? 아니 그럼 불교에도 경전이 있습니까?"

"팔만대장경이라는 말도 못 들어 보셨소이까?"

"팔만… 대장경, 그거야 말은 들어 봤지만 보지는 못했습니다."

"이 중은 몇 년 서울에 머무는 동안 예배당에서 가르친다는 성경책이라는 걸 구해다 보았소이다. 이만큼 두꺼운 성경책이 구약이다 신약이다 해서 나와 있습디다 그려."

"아니 그럼 불교의 중께서 우리 성경책을 보았단 말이십니까?"

"아 야소님이신가 예수님이신가 하는 그분도 세계의 성인이시라는데, 그분의 가르침이 어떤 것인지 마땅히 보아야지요."

"하 그러셨습니까?"

"헌데 목사라는 분께서는 우리 불교경전을 한 권도 보시지 아니하고, 감히 어찌 불교에는 하늘이 없다고 하시는 겁니까?"

"예에? 아니 그럼 불교에도 하늘 이야기가 있다는 말이신가요?"

"내 한 가지 여쭙겠소이다."

"예, 물어 보시오."

"감나무에 달린 감을 한 번도 먹어 본 적이 없는 사람이, 저 감은 쓰다고 우긴다면 그 사람은 온전한 사람이겠습니까, 미친 사람이겠습니까?"

"그 그야 물론…."

그 목사는 졸지에 미친 사람이 되고 말았으니 대답을 하지 못한 채 얼굴이 벌겋게 달아 올랐다.

"허면 내가 하늘에 대해서 말씀을 드릴 것이니 자세히 들어 보십시오."

"그, 그러십시오."

"내가 보니 예수교는 신천(信天)이 의천(依天)이요, 유교는 경천(敬天)이 여천(如天)이요, 불교는 투천(透天)이 용천(用天)인데, 그걸 아시겠습니까?"

"무… 무슨 뜻인지 나는 도통 짐작도 못하겠습니다."

"허허 그만한 것도 모르시면서 감히 어찌 다른 종교를 이렇다 저렇다 함부로 말한단 말이십니까?"

"아 그, 그거야, 내가 함부로 어쩐 게 아니라 그냥 한번 물어 보았을 뿐입니다요."

"다시 한 번 말씀해 드릴 것이니, 이 말이 무슨 뜻인지 십 년이 걸리든 이십 년이 걸리든 그 뜻을 알고 나서 다시 오도록 하십시오."

"아 예, 아 알겠습니다. 뜻을 알아본 후에, 다시 오겠습니다."

목사는 그만 망신만 당하고 혼비백산해서 허겁지겁 영원암을 떠났다.

곁에서 자초지종을 지켜보고 있던 우봉이 속으로 얼마나 통쾌했던지 도망치듯 내려가는 목사의 등 뒤에다 대고 크게 소리쳤다.

"목사님네, 잊어버리지 마시오. 신천이 의천이요, 경천이 여천이요, 투천이 용천입니다! 아시겠소? 하하하."

"허허 저런! 사람을 그렇게 놀리면 못 쓰는 게야!"

"아이구 참 스님, 십년 묵은 체증이 확 뚫린 것처럼 제 속이 다 후련합니다요, 스님."

1935년, 세상은 이제 완전히 왜놈들의 세상이 되어버렸다. 금강산만 해도 외금강 내금강 가릴 것 없이 장사가 될 만한 길목에는 이미 왜놈들이 점방(店房)을 차리고 술이며 과자며 빵을 팔기 시작했고, 곳곳의 요지에 왜놈들이 들어와서 여관을 차렸다. 뿐만 아니라 불교계도 조선 팔도의 사찰 거의 대부분을 취처 육식하는 왜색 승려들이 장악하였다.

그러나 서울 안국동의 선학원에서는 조선불교다운 선불교를 부흥시키고자 1935년 3월 7일에서 8일 이틀에 걸쳐 '조선불교수좌대회'를 열고 선학원을 〈재단법인 조선불교선리 참구원〉으로 개편하는 한편 조직을 강화했다.

이때 열린 조선불교수좌대회에서는 조선불교선종(朝鮮佛敎禪宗) 종무원원규(宗務院院規)를 통과시키고 새 임원진을 뽑는 선거를 실시했는데 종정(宗正)에는 신혜월(申慧月), 송만공(宋滿空), 방한암(方漢岩) 세 분을 공동 종정으로 모셨다. 그리고 종무원 원장에는 오성월(吳惺月), 부원장에는 설석우(薛石友) 스님을 모셨고, 이사에는 김적음, 정운택, 이올연, 선의원(禪議員)에는 기석호, 하용택, 황용음 등 열다섯 분의 스님을 뽑았다.

그리고 이때 선학원의 원주(院主)는 석우 스님의 사제인 김석하(金石下) 스님이 맡게 되었다.

한동안 재정적인 뒷받침이 빈약하여 발행되지 못했던 《선원》 잡지

4호는 2년 만인 1935년 10월 15일에야 발행되었는데 이《선원》제 4호는 이때의 상황을 다음과 같이 보도하고 있다.

아직은 창설기이므로 완전한 활동에 들지 못하였으나 현재 주로 하는 사업은 지방 각 선원의 연락과 통제, 본 기관지를 통하야 선리를 참구하는 건전한 신앙의 확립, 법의 포양, 각 본산을 권면하야 선방 증설 및 수좌 대우 개선, 행방 포교사를 각 지방에 보내어 설법포교를 하는 등 선종의 독립 발전을 적극적으로 확장하고 있습니다. 직원은 원장에 오성월 화상, 부원장에 설석우 화상, 서무이사에 이올연 화상, 재무이사에 정운봉 화상, 교화부이사에 김적음 화상.

이《선원》잡지 4호의 기록으로 보아도, 이 당시 불교계에서 설석우 스님과 김석하, 김상월 삼형제가 얼마나 중요한 위치를 차지하고 있었는지 짐작할 수 있을 것이다.

그러나 조선불교선종 부원장으로 선출된 설석우 스님은 이 당시 서울 안국동의 선학원에서 상주한 것은 아니었고, 여전히 영원암에서 정진에 정진을 거듭하고 있었고, 1936년 하안거에는 영원암에 설석우 스님 혼자 계셨다고 원효종 종정 법홍 스님이 증언하고 있다.

당시 법홍은 약관 스물한 살의 눈푸른 납자였다. 유점사에서 수행하고 있던 법홍은 '금강산 도인 스님'으로 알려진 설석우 스님을 모시고 여름 한 철 수행하기 위해 영원암으로 갔다. 하안거 결제일을 며칠 앞두고 찾아간 영원암에는 어쩐 일인지 설석우 스님 혼자 계셨다. 마하연에 계실 때 한 철 모신 적이 있었던 사이다.

"스님, 사제 스님들은 다 어디 가셨습니까?"

"다른 절에 가서 수행하고 오라고 보냈지."

"상좌 스님두요?"

"우물 안 개구리가 되면 안 되는 게야. 수행자는 모름지기 세상 넓은 줄도 알아야 하고, 하늘 높은 줄도 알아야 하는 법이거든."

"소승, 스님 모시고 한 철 지내고자 하오니 허락하여주십시오."

"오는 사람 막지 아니하고, 가는 사람 붙잡지 말라고 하셨으니 네 마음대로 하거라."

"허락해주셔서 감사합니다, 스님. 하온데 소승 어떻게 하면 정진을 제대로 할 수 있을지 하교해주십시오."

"중노릇 제대로 하려면 무엇보다도 첫째 주관처가 있어야 하는데, 그것이 바로 계(戒)·정(定)·혜(慧) 삼학이니, 계·정·혜 이 세 가지만 잘 지키고 닦으면 일생을 정진하고 살아가는 데 큰 마장이 없을 것이다."

"감사합니다, 스님. 하오면 기도는 어떤 기도를 올리면 좋겠사옵니까?"

"전생으로부터 지은 죄, 그리고 금생에 자기도 모르게 지은 죄업이 수없이 많을 것이니, 이 크고 작은 죄업을 참회하는 데는 지장보살 기도를 올리는 게 좋을 것이다. 특히나 이 영원암은 지장도량이니, 옛날 영원 조사께서 후언 조사를 지도하실 적에도 '항상 바늘 구멍을 들여다보며 지장보살을 불러 지장삼매에 들면 아는 소식이 있을 것이다' 하셨다. 그러니 법홍 너도 지극 정성으로 지장기도를 올리도록 해라."

"예, 스님. 명심 또 명심하여 지극 정성 지장기도를 올리도록 하겠습니다."

젊은 법홍은 금강산 도인 설석우 스님을 단독으로 모시고 여름 한 철 수행하게 된 것이 너무도 흐뭇했다. 그런데, 다음날 영원암에는 참으로 뜻밖에도 한용운 스님이 찾아오셨다. 만해 한용운 스님은 설석우 스님보다는 나이가 네 살 연하였지만 석우 스님께서는 연하라 하여 하대하지 않으시고 서로 양존하셨다.

"허허, 이 첩첩산중에 만해께서 어쩐 일이시오?"

"금강산을 통째로 삼키고 계신 설석우 선사님께 한 수 배우러 왔지요, 스님."

"허허 아니 그러시면 지나가던 나그네 길이 아니시더란 말이시오?"

"스님 문하에서 한 철 뒹굴다 갈까 하오니 스님께서는 허락해주십시오."

"허허 천하의 만해이시거늘 오고 싶으면 오고 가고 싶으면 가실 것이지, 어느 누가 막고 붙잡으리오."

"하하하. 스님께서는 참으로 여여하십니다 그려… 하하하 …."

설석우 스님과 한용운 스님은 이미 선학원에서도 함께 계시던 사이라 흉허물 없이 가까운 사이였다. 그런데 이 영원암에서 설석우 스님과 한용운 스님과 법홍, 셋이 하안거 결제를 하고 수행하고 있는데, 사흘 후 백성욱 스님이 찾아왔다.

백성욱 스님은 1897년생이니 설석우 스님보다 22세 연하였고 한용운 스님보다는 18세 연하였다. 백성욱 스님은 서울 연화방에서 태어나 14세 때 봉국사에서 하옹(荷翁) 스님을 은사로 출가 득도하고 6년 간

불교전문강원에서 수학한 뒤, 3·1운동 때에는 상해 임시정부에서 활약했고, 그 후에 프랑스로 유학, 독일에서 박사 학위를 얻고 돌아와 중앙불교전문학교 교수를 거쳐 1931년에는 조선불교총연맹을 조직하여 청년들을 지도하고 있던 당시 불교계의 유명인사였다.

"허허 이거 백 박사께서 어쩐 일이신고?"

"예, 마침 지장암에 머물고 있었사온데, 두 분 큰스님들께서 영원암에 계신다기에 말석에라도 좀 앉아 볼까 해서 찾아왔사옵니다."

구척 장신에 훤한 얼굴, 꼭 부처님처럼 양쪽 눈썹 위 이마 한복판에 둥그런 혹까지 나 있는 백성욱 스님은 스님으로보다는 '백 박사'로 통했다. 당시 이 나라 불교계의 세 거봉들이 금강산 내금강 영원암에서 만났으니 적막하고 교교했던 영원암은 갑자기 활기를 찾고 허허허, 하하하, 호탕한 웃음소리가 온 골짜기를 뒤흔들었다.

백성욱 박사는 지장암에서 수행 정진하고 있는 젊은이들을 지도하고 있었으므로 영원암에서 정진하지는 않았으나 지장암에서 영원암까지 왕복 이십 리가 넘는 산길을 마다하지 않고 2, 3일에 한 번은 꼭꼭 영원암으로 올라와 설석우 스님과 한용운 스님과 세 분이 모여 앉아 끝없는 법담을 나누었다.

그해 하안거 결제를 한 지 어느덧 삼칠 일이 지나고 있었다. 영원암에서 큰스님들의 시봉도 들고 공양주 노릇도 하면서 지극 정성으로 지장기도를 올리고 있던 법홍은 어느날 지장기도를 올리다가 기이한 일을 겪게 되었다.

길고 긴 머리카락이 눈 앞에 치렁치렁 늘어져 있어서 손으로 그 머리카락을 잡아당겼다. 그런데 정신을 차리고 다시 보면 눈앞에 머리카락은 없고, 한 손에는 목탁, 또 한 손에는 목탁채가 쥐어져 있을 뿐 머리카락은 없었다. 법홍은 지장기도를 올리면서 똑같은 기이한 일을 여러 날 겪었다. 이상한 생각이 든 법홍은 자초지종을 설석우 스님께 말씀드렸다.

"스님, 이게 과연 무슨 징조이옵니까?"
"지장기도를 드리는데 눈앞에 머리카락이 보이더란 말이더냐?"
"예, 스님. 그것도 한 번 두 번이 아니라 여러 번이었습니다."
"네가 전생에 업장이 두터워서, 그 업장이 녹아나느라고 그런 게야. 법홍, 너는 이제 기도를 성취했느니라."
"정말이시옵니까요, 스님?"

기도를 성취했다는 큰스님의 말씀에 법홍은 뛸듯이 기뻐하였다.

그리고 그 다음날이었다. 깊고 깊은 산골 영원암에 장안사로부터 전보 한 장이 전해져 왔다. 법홍에게 날아온 전보였다. 법홍의 아버님이 아들의 권유로 불교에 귀의하여 건봉사에서 만일회 염불을 하시다가 발병하여 병원으로 실려가 수술을 받고 세상을 떠났다는 전보였다.

"스님, 기도를 하는 도중에 이런 일을 당했는데 과연 기도를 계속하는 게 도리이겠습니까, 아니면 아버님 상을 치러 드리는 게 도리이겠습니까?"

설석우 스님은 법홍에게 말씀하셨다.

"비록 출가 수행자라 하더라도 아버님의 친상을 당했다는 것을 알았으면 마땅히 가서 정중히 다비를 모시는 게 도리이니라. 항상 기도를 하면서 아버님의 다비를 잘 모시고 오너라."

"하오면 소승, 스님의 말씀을 따르겠습니다."

법홍은 그 길로 백마봉, 죽내원을 거쳐 유점사에 들러 은사 스님께 사실을 고하고 개자령으로 올라갔다. 개자령 아흔아홉 고개를 내려가자면 몇 시간이 걸릴 것이었다. 법홍은 개자령에서 박달나무를 베어 산 아래로 내려보내던 삭도를 얻어 타고 그날로 건봉사에 당도했다.

그런데 아버님의 장례를 치르기 위해 건봉사로 달려갔던 법홍이 뜻밖에도 다음날 밤 영원암으로 돌아왔다. 때마침 석우 스님은 한용운 스님과 백성욱 박사와 함께 영원암 옆을 흐르는 냇가에 앉아 환한 달빛 아래 맥다(麥茶)를 마시고 있었다. 이 무렵 스님들 사이에서는 맥주를 맥다로 부르고 있었다.

"아니 법홍이 너, 아버님 장례는 어찌하고 하루 만에 왔느냐?"

"건봉사에 갔더니 아버님이 살아계셨습니다."

"무어라? 돌아가셨다던 아버님이 살아계시더라니?"

"병원에서 돌아가셔서 건봉사로 시신을 옮기기로 했는데, 건봉사로 시신을 모시는 중에 다시 소생하셨답니다."

"허허 거참, 별 희한한 일도 다 있구먼 그래. 그동안 법홍이 네가 지극 정성으로 지장기도를 올리더니 지장보살이 감응하셨구나."

"제 생각에도 그런 것 같습니다 스님."

밤 9시가 넘은 시각이었는데, 석우 스님과 한용운 스님, 그리고 백성욱 박사가 함께 나눠 마시고 있던 맥다가 바닥이 났다. 빈 병을 들었다 놓으며 석우 스님이 법홍을 불렀다.

"이보게 법홍!"

"예, 스님."

"보다시피 맥다가 떨어졌다. 이거 떨어지지 않는 법이 없겠느냐?"

"그야 제가 갖다 드리면 떨어지지 않겠습지요."
"허면 너, 맥다를 가져올 재주는 있겠느냐?"
"예, 제가 망군대 입구 점방에 다녀오겠습니다."
"허허 아, 이 밤중에 그 먼 데까지 어찌 간다고 그러는가, 필시 점방도 문을 걸어 잠궜을 것이야."
 백성욱 박사가 말렸으나 법홍은 큰소리를 쳤다.
"염려 마십시오. 소승이 번갯불처럼 다녀오겠습니다."
 법홍이 망군대 입구 점방으로 달려가서 문을 두드려 맥주 열두 병을 사가지고 올 때까지 세 스님들은 냇가에 앉은 채 통쾌하게 웃어가며 법담을 나누고 있었다. 법홍이 맥주 열두 병을 스님들 앞에 내밀자 석우 스님이 어린아이처럼 좋아하셨다.
"과연 법홍이가 물건은 물건이다. 이제 떨어진 것이 없구나. 그러면 붙들 건 무엇이겠느냐?"
"떨어질 것이 없는 데 붙들 건 또 어디 있겠습니까?"
"허허 이 녀석이 제법이네, 응 허허허. 자 그럼 우리 맥다 한잔씩 더 하십시다."
 세 스님들은 유쾌하게 웃으며 맥주를 마셨다. 석우 스님이 흥이 나셨던지 시 한 수를 읊었다.
"구름이 가고 구름이 오는데 / 산은 그 자리에 그대로 있고 / 가까이 들으니 물소리 들리는데 / 물은 보이지 않고 / 꽃이 피고 꽃이 떨어져도 / 그 움직임은 무심하구나."
"허허 스님께선 이미 신선이 되셨습니다 그려, 응 허허허…."
"그럼 이번에는 내가 한 수 읊으리다."

만해 한용운 스님이 달 밝은 하늘을 향해 한 수 읊었다.

"사랑의 속박이 꿈이라면 / 출세의 해탈도 꿈입니다 / 울음과 눈물이 꿈이라면 / 무심(無心)의 광명도 꿈입니다 / 일체 만법이 꿈이라면 / 사랑의 꿈에서 불멸을 얻겠소."

"하하하하 …."

"허허허허 …."

세 스님들은 박장대소하면서 밤이 이슥하도록 냇가에 앉아 있었다. 휘영청 밝은 달빛 아래 세 스님들의 모습은 마치 신선들이 금강산 영원동에 내려와 노는 것만 같았다.

금강산을 떠나 남쪽으로

그해 음력 칠월 보름, 하안거 해제일이 되자 만해 한용운 스님도 백성욱 박사도 금강산을 떠났다. 그리고 설석우 스님을 모시고 여름 한 철 지극 정성으로 지장기도를 올렸던 법홍도 걸망을 챙겨 유점사로 돌아갔다.

이제 영원암에는 설석우 스님 혼자만 남게 되었는데, 뒤이어 다른 선방에 가서 한 철 공부를 마친 사제 상월이 영원암으로 돌아왔고, 연이어 상좌 가희와 우봉도 영원암으로 돌아왔다. 사제 석하는 여전히 서울 선학원의 원주 소임을 맡고 있었다.

설석우 스님은 이제 신선이라도 된 듯 하루하루를 다 놓아버리고 걸림 없는 경지를 거닐고 있었다.

스님은 이때의 심경을 시로 읊었다.

봉래산 기암들은 하늘을 찌를 듯 한데
흰구름 깊은 곳에 옛 소가 졸고 있네.

어느날 능히 저 소 코를 뚫어서
소를 타고 젓대 불며 달가에 놀아 볼까

망망고해에도 한 도(道)가 있어
부귀빈천이 업 따라 자재해도
그 가운데 하염없는 낙을 얻으면
싫어할 것, 취할 것이
어디 따로 있겠는가

 설석우 스님은 이미 세속의 부귀영화는 안중에도 없었고, 세속의 시비 곡절도 초탈한 경지였다. 이제 석우 스님은 행방을 알 수 없는 어머니 경담 스님의 행적에도 연연해하지 않고, 묘정(妙淨)이라는 법명으로 비구니가 되었다는 누이동생 소문에도 매달리지 않았다.
 구름은 구름대로 흘러가게 놓아두고, 산은 산대로 푸르르게 버려두고, 바람은 바람대로 지나가게 놓아두고, 물은 물대로 흘러가게 하였다. 석우 스님이 꿈꾸는 것은 오직 한 가지, 흰 구름 깊은 곳에 졸고 있는 옛 소, 그 소 위에 올라 앉아 젓대 불며 달가를 거니는 것이었다.
 그런데 세상은 이런 석우 스님을 그냥 그대로 놓아두질 않았다. 장안사로 양식을 얻으러 갔던 가희와 우봉이 빈손으로 돌아왔다.
 "양식은 어찌 했는고?"
 "예, 스님. 장안사도 이제 왜색승들이 차지해버렸습니다."
 "무어라? 장안사도?"
 "예, 스님. 더 이상 수좌들 양식을 대줄 수 없으니 탁발을 해다 먹고 살라는 대답이었습니다."

"무어라? 탁발을 해다 먹고 살아라?"

"세상에, 사람 사는 마을도 없는 금강산 산속에서 어디 가서 탁발을 해다 살라는 건지, 이게 어디 말이나 되는 소립니까요, 스님?"

석우 스님은 고개를 들어 아무 말 없이 멀리 지장봉을 바라보고만 계셨다. 얼마나 시간이 흘렀을까. 석우 스님은 천천히 걸음을 옮겨 사체 상월을 불렀다.

"여보시게 상월."

"예, 스님."

"이제 우리가 금강산을 떠날 때가 된 모양일세."

"무슨… 말씀이신지요 스님?"

"왜놈들이 만주까지 집어삼킨 것도 그렇고, 중일전쟁이 일어난 것도 그렇고, 세상사 돌아가는 게 심상치 않으이…."

"하오시면 스님께서는 이 금강산을 떠나자는 말씀이시옵니까?"

"지장보살께서 우리의 등을 떠밀고 계시네. 어서 금강산을 떠나라고 말일세."

설석우 스님은 이미 근 이십여 년 몸 담아왔던 금강산을 떠나기로 작심한 듯 스스로 걸망을 챙기기 시작했다. 상월도 걸망을 챙기고 제자 가희와 우봉도 떠날 준비를 했다.

"하오시면 스님 행처(行處)는 어디로 정해 놓으셨습니까?"

"중이 무슨 정해진 행처가 따로 있겠는가. 겨울에 덜 추울 것이니 남행(南行)하기로 하세."

걸망을 챙겨 놓고 나서 석우 스님은 사방을 멀리 한 바퀴 바라다보았다. 지장봉, 관음봉, 우두봉, 석가봉이 언제나처럼 영원암을 내려다 보고 있었다. 석우 스님은 이윽고 걸망을 짊어지고 삿갓을 쓴 채 주장자를 집어 들었다. 영원암과의 영원한 작별이었다. 이때가 1937년 가을이었다.

석우 스님은 그 길로 기차를 타고 일단 서울 안국동 선학원으로 와서 며칠 쉬었다. 그리고 제자 박가희와 이우봉에게 어디든 가고 싶은 선원이 있거든 마음대로 가서 수행하도록 놓아주었다.

가희는 이때 강원도 오대산 상원암의 방한암 스님이 주석하고 있던 청량선원으로 갔고, 우봉은 충청도로 갔다. 가희는 강원도 홍천이 고향이었고, 우봉은 충청도 서산군 원북면 장자리가 고향이었다. 이때 우봉은 낙향한 속가 가족들을 만나 가족들을 설득시켜 전 가족이 모두 다 출가하게 하였다. 참으로 우봉은 당시 '스탈린'이라는 별명을 얻을 정도로 풍채도 좋았지만 사람을 설복시키고 사로잡는 위풍과 함께 뛰어난 설득력을 지니고 있어서 누구든 한 번 만나기만 하면 그 사람을 휘어잡는 마력이 있었다.

석우 스님이 사제 상월과 함께 서울을 떠나 충청도, 전라도, 경상도 삼남 지방을 두루두루 돌아다니다가 발길을 멈춘 곳은 지리산 칠불암(七佛庵)이었다.

칠불암은 경상도 하동군 범왕리 지리산 기슭에 있는 쌍계사의 부속 암자인데 아자방(亞字房)으로 유명한 선방이었고, 옛날 김수로왕의 넷째 왕자부터 열째 왕자까지 일곱 명의 왕자가 삭발 출가하여 바로 이 암자에서 성불했다 하여 칠불암이 되었다는 전설이 깃들어 있었다.

그리고 이 칠불암의 아자방은 방바닥 구들 구조가 아(亞)자 모양으로 되어 있어서 한 번 아궁이에 불을 지피면 장장 49일 동안 일정한 온도로 따뜻했으므로 너무 춥지도 않고, 덥지도 않아서 아(亞)자 형태로 수좌들이 앉아 참선 수행하기에 아주 편리한 선방이었으니, 이 아자방을 만든 옛 스님의 지혜가 놀라울 뿐이었다.

석우 스님은 이 유서 깊은 칠불암에서 사제 상월과 함께 무려 7년 동안이나 주석하면서 모여드는 눈푸른 납자들을 지도하고 있었다.

석우 스님이 지리산 칠불암에 머물며 수행하고 계신다는 소식을 전해들은 제자 우봉은 큰 아들 종관을 데리고 칠불암으로 와서 삭발 출가시켰고, 둘째 종산은 향곡 스님 밑으로 출가시켰다.

"아들들까지 출가를 시켰단 말인가?"

"예, 스님. 불난 집에 들어앉아 부귀영화를 꿈꾼들 얼마나 부질없고 허망한 짓이겠습니까. 그래서 온 식구가 다 출가하기로 뜻을 모았습니다."

"아니 그러면 보살님까지도 출가를 시켰단 말이신가?"

"예, 스님. 내자도 딸과 함께 충청도 제천에 있는 비구니 암자로 들어갔습니다. 막내 아들 녀석은 아직 어리니 근처 어느 절에다 맡기겠다고 내자가 데리고 갔지요."

"온 가족이 다 출가를 했다면 홀가분하긴 하겠네만…."

석우 스님은 더 이상 말을 잇지 않으셨다. 우봉이라면 열 식구면 열, 스무 식구면 스물, 모두 다 설득시켜 출가시키고도 남을 인물이 아니던가.

그런데 제자 우봉은 괴팍한 점도 아울러 지니고 있었다. 우선 우봉은 차라리 굶으면 굶었지 죽을 먹지 않았고, 누룽지 끓인 것을 먹지 않왔고, 된밥을 결코 먹는 일이 없었다. 뿐만 아니라 우봉은 여벌 옷이 있으면 껴입고 다녔으면 다녔지 절대로 걸망에 담아가지고 다니는 법이 없었고, 한사코 걸망 메고 다니는 것을 싫어하였다. 그래도 우봉은 은사이신 설석우 스님에게만은 지극 정성으로 시봉하였고 끔찍히도 존경하고 위했다. 칠불암에서 석우 스님을 극진히 모신 사람도 바로 우봉이었다.

설석우 스님은 그 후 대지(大智), 의운(義雲), 혜종(慧宗), 혜원(慧源), 응연(應衍) 등을 제자로 두게 되었고, 우봉은 아들을 데리고 경상북도 문경 사불산에 있는 대승사 선방으로 참선 수행을 하러 갔다. 당시 대승사에서는 청담, 성철, 자운, 홍경, 향곡 스님 등이 불철 주야 참선 수행을 하고 있었다.

설석우 스님은 1945년 봄 어느날 아침 제자들에게 걸망을 챙길 것을 분부했다.

"어디 다녀오시게요 스님?"

"아니다. 어디 다녀올 것이 아니라 이젠 이 칠불암을 떠날 때가 되었다."

"예에? 아니 그러시면 어디로 옮기시게요?"

"그래, 이번에는 경상도 사천에 있는 다솔사로 가고 싶구나."

설석우 스님은 이때 이미 세수 일흔하나였다.

다솔사(多率寺)는 경상남도 사천군 곤명면 용산리 지리산 기슭에 있는 고찰이었는데, 이 절에는 마침 독립운동을 하다가 세 차례나 옥고를 치룬 효당(曉堂) 최범술(崔凡述) 스님이 주지를 맡고 있었다. 효당 최범술 스님은 이미 1930년 김법린 등과 비밀결사인 만당(卍堂)을 조직했고, 1934년에는 사천에 광명학원을 설립했고, 1936년에는 다솔사에 불교전수강원을 세워 김법린의 형 김범부와 함께 젊은이들을 가르치며 은밀히 독립사상을 고취하고 독립운동을 하다가 1937년 9월에 일본 경찰에 체포되어 13개월 동안 옥고를 치르고 나와 있었다.

그동안 설석우 스님이 칠불암에 계실 때 은밀히 연락을 주고받으며 독립운동을 도모하던 사이였으므로 설석우 스님이 다솔사로 찾아가자 최범술 스님은 마치 은사 스님을 모시듯 예를 다해 극진히 모셨다. 최범술 스님은 다솔사 노전에다 석우 스님을 모시고 효자가 아버님 모시듯이 조석으로 문안을 올리는가 하면 수시로 차를 달여 손수 대접하며 법담을 나누었다.

그러던 어느날 어느 보살이 열다섯 살짜리 아들을 데리고 석우 스님을 찾아뵈었다. 다솔사 근처 초량리에 산다는데 다솔사 위에 있는 미륵암에 아이의 고모가 살고 있다고 했다. 그래서 오다가다 다솔사를 들르게 되었는데 듣자하니 고명하신 스님께서 와 계신다고 하니 스님 밑으로 출가를 시켰으면 한다는 것이었다.

"스님요, 한 번만 은혜를 베풀어주이소. 이 아 형제들이 다 죽고 이 아도 몸이 안 좋십니다. 그런데 마 이 아를 절에 보내면 오래 산다고 하니 우짤깁니까, 이 아 살려주시는 셈 치시고 받아주이소."

이렇게 간절히 애원을 하니, 인정에 약한 석우 스님은 차마 거절하지 못하고 허락하는 수밖에 없었다.

"그 대신 다른 스님 밑으로 올리거라. 내 상좌 중에 박가희가 있으니 그 가희 밑으로 올려."

석우 스님은 열다섯 살짜리 아이 박재동에게 원현(元玄)이라는 법명을 손수 지어 내려주셨다.

　이렇게 해서 열다섯 살짜리 소년은 다솔사에서 삭발하고 출가하게 되었는데 석우 스님은 원현에게 《초발심자경문》 한 권을 친히 내려주시고 머리를 쓰다듬어주었다.

　"이거 한 가지만 제대로 배우고, 제대로 실행하면 앞으로 중노릇 하는 데 아무 지장이 없을 것이다. 그러니 열심히 배우고 열심히 외워서 중노릇 잘 해야 한다."

　"예, 스님."

　이날부터 원현은 석우 스님을 모시고 시봉하면서 2년여 동안 다솔사에서 수행했다. 석우 스님은 참으로 포근하고 자상하게 원현을 대해 주셨다.

　"이것 보아라, 원현아."

　"예, 스님."

　"보아하니 원현이 네 손이 기생 손처럼 곱고 예쁘구나."

　"제 손이요?"

　"그래. 헌데 수좌 손은 그래서는 못 쓴다. 수좌 손은 곰 발바닥같아야 하는 것이니, 원현이 너는 놀고 먹을 생각을 해서는 안 된다."

　"예, 스님."

　"그리고 부지런히 공부할 생각은 아니하고 놀 생각만 하면 결국은 속한이가 되고 마는 게야. 알겠느냐?"

　"예, 스님. 부지런히 공부하겠습니다."

　"그리고 원현아."

　"예, 스님."

"이 다음에 네가 나이 들어 중이 되더라도 대중공사 할 적에는 나서지 말아라. 수좌는 그저 멍청한 듯 대중 하는 대로 따라야지 똑똑한 척 쏙쏙 나서면 못 쓰느니라."

"예, 스님. 명심하겠습니다."

설석우 스님이 다솔사에 계시는 동안 다솔사에는 바다 건너 남해에 사신다는 이상태 거사가 설석우 스님을 뵙기 위해 자주 찾아왔다. 이상태 거사는 남해에서 어장을 하는 유지인데, 설석우 스님이 칠불암에 계실 때부터 내왕이 있었다. 이상태 거사는 열흘이 멀다 하고 석우 스님을 찾아 뵙고 최범술 스님과 함께 차를 드시면서 석우 스님의 가르침을 받곤 했다.

석우 스님은 당신의 세수가 일흔을 넘으셨는 데도 나이 어린 사미와 있을 적에는 꼭 어린애처럼 꾸밈없이 함께 놀아주셨다. 한 번은 원현이 한 쪽 주먹을 석우 스님 앞에 불쑥 내밀며 물었다.

"스님, 이 주먹 안에 뭐가 들었게요?"

"네 주먹 안에 무엇이 들었느냐?"

"예, 스님. 어디 한번 알아맞혀 보이소."

"글쎄다… 그 안에 무엇이 들었을꼬…."

석우 스님은 짐짓 무엇이 들었을까 열심히 궁리하시는 척하시고는 재미있어 하는 원현의 얼굴을 들여다보시며 말했다.

"색깔이 노리끼리하고 모양이 동글동글하고 만져 보면 말랑말랑하고…."

"퍼뜩 맞혀 보이소."

"망개다!'

"와! 정말 알아 맞히셨네…."

원현은 놀라서 벌린 입을 다물지 못했다. 석우 스님은 때때로 원현을 데리고 다솔사 뒷산으로 나무를 하러 가시기도 했는데, 원현이 나무를 한 짐 잔뜩 지게에 짊어지고 내려올 때면 지나가던 동네 어른이 석우 스님께 한마디씩 했다.

"허허, 거 동자승이 장군입니다요."

"그럼요. 장군이구 말구요."

석우 스님은 기골이 크고 잘 생긴 원현을 무척 예뻐하고 사랑하셨다. 이때의 원현이 바로 영봉(永峰) 스님이다.

설석우 스님이 다솔사에 계시던 1945년 초여름, 스물세 살 약관의 젊은이가 다솔사로 찾아왔다. 이 젊은이는 원래 경상북도 성주가 속가였는데 열세 살에 해인사 보경 스님 문하로 들어갔다가 퇴속하여 대구 기관차정비창 보조원으로 근무하고 있었다. 그런데 어느날 이 젊은이는 일을 잘못하지도 않았는데 공연히 일본인 상사가 트집을 잡아 뺨을 갈기는 바람에 너무나 분하고 억울해서 견딜 수가 없었다. 그래서 홧김에 기관차정비창을 그만두고, 해인사 시절 알고 지내던 스님들이 사천 다솔사에 계신다는 말만 듣고 무작정 다솔사로 찾아왔던 것이었다. 그런데 뜻밖에도 다솔사에 그 유명한 설석우 스님이 와 계신 것이 아닌가.

이 젊은이는 다솔사에서 설석우 스님을 뵙고 크게 감명을 받아 다시 삭발 출가하기로 재발심(再發心), 설석우 스님으로부터 사미계를 다시 받고 출가 수행자가 되었다. 이때 설석우 스님이 이 젊은이에게 지어 내려주신 법명은 경원(景元)이었다.

"보아하니 경원이 너는 평생 중노릇을 잘할 것이다. 부지런히 닦도록 해라."

"예, 스님. 명심하겠습니다."

"이것 보아라, 경원아."

"예, 스님."

"네가 해인사에 있다가 한 번 속퇴를 했었다고 그랬지?"

"예, 스님."

"그것 보아라. 중노릇 그만두려고 속퇴를 했다가도 결국은 다시 이렇게 돌아오게 된 것을 어찌 생각하는고?"

"전생의 인연인가 하옵니다 스님."

"그래. 보아하니 경원이 너는 타고난 중이다. 전생에 복을 많이 지어 중이 되었으니 부지런히 닦아서 성불해야 할 것이야."

"예, 스님. 명심하겠습니다."

경원과 원현, 돈연, 가현 등이 함께 모시며 다솔사에서 그해 여름을 보내는 중, 설석우 스님은 바로 이 다솔사에서 8·15 해방을 맞게 되었다.

장장 36년간에 걸친 왜놈들의 식민지 통치에서 벗어나게 되었으니 그 기쁨, 그 감격을 감히 어찌 필설로 다 표현할 수 있었을 것인가. 그러나 해방의 기쁨과 감격도 잠시, 나라 안은 찬탁이다 반탁이다 둘로 갈라져서 다투기 시작했고, 남쪽에는 미군이, 북쪽에는 소련군이 진주하여 북위 38도선이 사실상의 남북 분단선이 되고 말았다.

남해로 건너가 해관암 창건

　설석우 스님은 시끄럽고 번잡한 세상사에는 아예 관심조차 기울이지 않으셨으나 세상이 하도 뒤죽박죽으로 시끄러워지자, 이제 그만 다솔사를 떠나 더 한적한 곳으로 떠나고자 하였다.
　때마침 남해에서 어장을 하고 있던 이상태 거사가 다솔사로 석우 스님을 찾아왔다. 석우 스님은 이상태 거사와 차를 마시면서 지나가는 말로 어디 좀 더 한적한 곳으로 옮겼으면 좋겠다는 뜻을 피력하셨다. 그랬더니 이상태 거사가 마치 그 말씀을 기다리기라도 했다는 듯이 반색을 하며 나섰다.
　"스님, 그러시면 좋은 수가 있습니다."
　"좋은 수라니?"
　"아 예, 스님. 제가 살고 있는 남해로 건너가입시다."
　"남해섬으로 건너가자구?"
　"예, 스님. 마침 제가 가지고 있는 땅이 아주 조용하고 한적한 데가 있습니다. 거기다 아예 스님을 위해 절 한 칸 지어드릴 것이니 배 타고 건너가입시다."

"허허, 아니 그러면 이 거사께서 절까지 지어주시겠단 말이신가?"

"아 지어드리다마요. 아, 내 땅에다 내가 절 지어서 스님 모시겠다는데 어느 누가 뭐라 하겠습니까. 그리 하입시다, 스님."

"글쎄…배를 타고 바다 건너 남해섬으로 들어간다…?"

석우 스님은 잠시 눈을 지그시 감고 생각에 잠기셨다. 장차 일어날 일을 훤히 내다보는 혜안(慧眼)을 지니신 데다가 천문, 지리에 풍수까지 달통하신 석우 스님이셨으니 무작정 누가 가자고 한다고 해서 그냥 따라 나설 분이 아니셨다. 석우 스님은 여전히 두 눈을 감으신 채 무엇인가 골똘히 생각하시면서 이상태 거사에게 나지막이 물었다.

"이 거사가 가자는 곳이 방위(方位)가 어떻게 되는고?"

"방위라고 하시면?"

"여기서 동쪽인가 서쪽인가 남쪽인가?"

"아 예, 그야 이 다솔사에서 바라보자면 남쪽이 됩지요, 스님."

"정남(正南)쪽인가?"

"정남쪽은 아니구요 스님, 약간 서남쪽이라고 할 수 있을 것입니다, 스님."

"서남이라…."

"예, 그렇습니다 스님."

"거기가 참으로 한적한 곳이던가?"

"그럼요, 스님. 세상이 시끄러워도 육지 세상이 시끄럽지, 바다 건너 섬에 들어가면 조용하고 한적하고 그렇습니다. 더구나 제가 스님을 모시려고 하는 이동면 동천리라는 곳은 아주 한적하고 조용한 곳입니다."

"허면, 이 거사 말씀대로 남해섬으로 들어가기루 하세나."

"그러면 되었습니다, 스님. 저는 그러면 남해로 건너 가서 스님 모실 절 지을 준비부터 서두르겠습니다."

이상태 거사는 석우 스님을 남해로 모실 수 있게 된 것이 그렇게도 즐거운지 몹시도 기뻐하며 하루라도 빨리 절을 짓기 위해 그 길로 남해로 돌아갔다.

그로부터 두 달 후, 설석우 스님은 남해로 건너가시게 되었는데, 원현·돈연 등이 스님을 모시고, 지금 남해대교가 서 있는 곳에서 이상태 거사의 어선을 타고 떠났다. 이때 경원은 다솔사에 남았다. 경원은 설석우 스님으로부터 사미계를 받고 스님을 모시면서 진주에 있던 해인대학(海印大學)을 다니며 철학공부를 하고 있던 터였다. 그래서 석우 스님은 경원이 다솔사에 남아 있도록 각별히 허락해주셨다.

"그래, 나도 경원이 너를 남해로 데리고 가고 싶다마는 하던 공부는 마저 마쳐야 할 것이니 다솔사에 남도록 해라."

"예, 스님. 참으로 감사합니다."

"어디에 있건 중노릇도 잘해야 하고 공부도 부지런히 잘해야 한다."

"예, 스님. 명심하겠습니다."

이때의 경원은 오늘의 벽봉(碧峯) 스님인데, 벽봉 스님은 그 후 오늘의 경남대학교 전신인 해인대학을 마치고 대구로 나와 경북대학교 철학과에 편입, 졸업한 뒤, 오늘까지도 철저한 수행자로 정진에 정진을 거듭하고 있다. 스물세 살 먹었을 적에 설석우 스님이 다솔사에서 처음 보시고 "너는 한평생 중노릇을 착실하게 잘 할 것이다"라고 예견한 그대로 과연 벽봉 스님은 세수 팔십이 넘도록 여법하게 중노릇을 잘하고 있다.

　아무튼, 설석우 스님이 제자들과 함께 다솔사에서 남해로 건너가신 것은 1947년 여름이었는데, 이상태 거사가 절을 짓고 있는 현장에 가 보니, 절은 세 칸으로 짓고 있었으나 아직 완공은 되지 않은 상태였다. 남해군 이동면 동천리, 절이 새로 들어설 바로 그곳은 이 거사가 말한 그대로 한적하고 조용하기 그지없어서 석우 스님의 마음에 들었다. 그런데 당장 거처할 곳이 걱정이었다.

　"스님, 조금도 걱정하지 마십시오. 보시다시피 절이 거의 다 지어졌으니, 당분간만 용문사 백련암에 계시도록 방을 비워 두었습니다."

　이상태 거사는 참으로 빈틈이 없는 분이었다. 이 거사는 일찍이 남해에 수산고등학교를 창설한 남해의 유지였고, 이 거사의 친구 소강 윤도천 씨도 남해에서는 손꼽히는 유지였는데, 이 두 분의 거사가 사재를 털어 새 절을 짓고 있는 중이었다.

　설석우 스님은 새 절이 완공될 때까지 이십여 일을 백련암에서 쉬고 계셨다.

　"스님, 절 이름을 지어주십시오. 그래야 현판을 걸지요."

　"절 이름이라…."

　"스님께서 계실 절이니 멋지게 지으십시오, 스님."

　이상태 거사가 스님께서 절 이름을 지어주시기를 간청했다.

　"바다 '해(海)' 자에 볼 '관(觀)' 자, 해관암으로 하세나."

　"해관암요? 죄송하오나…여기서는 바다가 보이질 않사옵니다만…."

　"허허허, 내 그 말 나올 줄 알았네. 허나, 육안으로 보면 바다가 보이지 아니하지만, 마음의 눈으로 보면 여기서도 바다가 보이는 법일세."

"아이구 예, 스님. 허기야 섬 전체가 바다 가운데 떠 있으니 지척이 바로 바다입지요."

이렇게 해서 남해의 이상태 거사가 새로 지어 설석우 스님께 시주한 해관암은 창건되었다.

비록 드높은 산속에 있는 절도 아니요, 우람한 전각이 솟아 있는 큰 절도 아니었지만, 세 칸짜리 아담한 해관암은 이미 일대사(一大事)를 요달해버린 설석우 스님에게 말 그대로 극락세계나 마찬가지였다.

'금강산에서 도를 깨치신 금강산 도인 스님께서 칠불암, 다솔사에 계시다가 남해 해관암으로 오셨다더라.' 이런 소문이 남해섬 전체에 입에서 입으로 퍼져 나가니, 남해에서 행세깨나 한다는 사람은 물론이요, 부처님을 믿어 왔던 보살들이 도인 스님을 친견하고자 해관암으로 줄을 이었다. 뿐만 아니라 이 절 저 절에서 도를 닦던 수행자들도 설석우 대선사를 친견하고 가르침을 받고자 배를 타고 바다를 건너 해관암으로 찾아오는 일이 많았다.

설석우 스님은 비록 바다 건너 남해섬, 섬 안에서도 아주 한적하고 외딴 해관암에 계시면서도 결코 수행자의 자세를 흐트러뜨리는 일이 없었다. 때 아닌 적에 먹거나, 때 아닌 적에 등을 기대거나 눕는 일은 결코 단 한 번도 없었고, 제자들에게도 엄히 금했다.

어쩌다 어떤 제자가 스님 모르게 숨어서 낮잠이라도 자다가 들키면 석우 스님은 못 본 척 하거나 용서하는 일이 없이 두 다리를 질질 끌어서라도 밖으로 끌어내며 호통을 치셨다.

"이놈아, 콩 '태(太)' 자 해 가지고 뭐 하고 자빠졌노? 썩을 나무는 쓸 곳이 없다! 여기는 이놈아, 무용지물 밥 먹여서 기르는 곳이 아니야!

그렇게 자빠져서 낮잠이나 자려거든 어서 썩 나가거라!"

석우 스님은 특히 낮잠 자는 것은 추호도 용서하지 않았다. 누구든 낮잠 자는 것을 보면 호통을 쳐서 깨웠지만, 호통을 쳐도 일어나지 않으면 주장자로 엉덩이를 사정없이 후려쳐서라도 기어이 깨우는 스님이셨다.

언젠가는 옆에서 보다 못한 제자 혜종(慧宗)이 스님께 한 말씀 올렸다.

"스님, 오죽 고단하면 낮잠이 들었겠습니까. 가끔 한 번씩은 못 보신 척하고 눈감아주이소."

"무어라? 못 본 척 눈감아주라고?"

"예, 스님."

"이봐라, 혜종이 너, 인생 백년이라고 해도 잠자는 시간 빼면 불과 30년이라. 거기다 낮잠까지 자면 도대체 어느 세월에 도를 닦겠는고?"

어떤 이유, 어떤 핑계가 있어도 낮잠을 자는 것만은 절대로 안 된다고 석우 스님은 다짐을 주었다. 그리고 이 엄명은 의운(義雲)에게도, 혜종에게도, 혜원(慧源)에게도, 응연(應衍)에게도 성우(性又)와 보공(普空)에게도, 도봉(道峰)에게도, 종준에게도 예외 없이 어김없이 내려졌고 또 지키지 않으면 안 되는 것이었다.

"이 고연 놈들아, 잠은 이 다음에 죽으면 끝도 없이 한도 없이 실컷 자게 되는 것이야. 출가 수행자가 밤에 잠을 자는 것도 시간이 아까울 일인데 하물며 낮잠을 자는 게 말이나 되겠느냐!"

그러니 석우 스님 문하에서 수행하는 수행자에게 첫 번째 금기사항은 단연 '낮잠 자지 말 것'이었다. 오죽했으면 석우 스님은 좌선할 때

갈고 앉은 좌복에다 '시여 시호 부재래(時如 時好 不再來), 때는 결코 다시 오지 않는다' 고 새겨 놓으셨다고 도봉(道峰) 스님은 회상하고 있다.

뿐만 아니라 석우 스님이 문하의 제자들에게 두 번째로 다짐한 것은 '여자를 가까이 하지 말라' 였다.

석우 스님은 해관암에 여자 보살들이 오면 별로 반갑게 여기시지 않았다. 더구나 젊고 예쁜 여자라도 절에 오는 날이면 스님은 제자들에게 당부하는 것이었다.

"너희들 저기 저 물까마귀들을 조심해야 한다. 독사한테 물려도 사는 수가 있지만, 저 물까마귀들한테 물리면 일생을 망치고 중 신세 끝이다. 내 말을 명심하거라."

나이 어린 제자가 모르는 척 시치미를 떼고 스님께 여쭈었다.

"스님요, 물까마귀가 어떻게 생겼는데 그리 무섭습니까?"

"에이끼 이런, 구신방구같은 놈아, 아 저기 와 있는 저 여자들이 물까마귀란 말이다."

석우 스님은 늘 여자 보살들을 물까마귀라고 불렀다. 석우 스님은 또 해관암에 있던 제자들에게 예외 없이 탁발을 시켰다. 해관암에 머물고 있으려면 누구나 의무적으로 일 년에 두 차례 탁발을 해 와야 했는데, 봄에는 보리 한 가마, 가을에는 쌀 한 가마씩 목표를 정해주었다.

"스님요, 길도 잘 모르고 아는 집도 별로 없는데 무슨 수로 탁발을 해 오라는 말씀이십니까?"

나이 어린 제자가 이렇게 투정이라도 부리면 석우 스님은 여지없이 호통을 치셨다.

"이 구신방구같은 놈아, 옛날 부처님께서도 탁발을 하셨는데, 네깟 놈이 못하겠단 말이냐? 좌선하고 염불하는 것만 수행이 아니다. 탁발 나가는 것도 바로 수행인 게야. 아만심을 버리고 자기를 낮추는 수행 없이는 탁발도 못 하는 게야."

이렇게 한바탕 호통을 치시고 나서 설석우 스님은 나이 어린 제자에게 귀띔해주시는 것이었다.

"탁발을 하다가 날이 저물거든 삼동면 지족리에 가면 이거사 집이 거기요, 설천면에 가면 소강 윤도천 거사를 물으면 모르는 사람 없을 게다. 정 급하면 그 집을 찾아가 봐."

원현과 돈연이 해관암에서 석우 스님을 모시고 있던 어느날, 해관암에 웬 초라한 행색의 한 영감님이 찾아 왔다. 돈연이 영감님을 만나 찾아온 사연을 물었다. 노스님을 만나러 왔다는 것이었다. 이번에는 원현이 가로막고 나섰다.

"무슨 일로 우리 노스님을 만나려 하십니까?"

그 영감님은 밀짚모자를 쓰고 있었는데 행색이 너무 초라해서 걸인으로 착각할 정도였다.

"아 나로 말할 것 같으면 바로 내 친조카가 부산에서 여수를 오고가는 여객선 선주인기라."

"아 예, 그, 그러신데요?"

"내 조카는 고성 운흥사 신도인데, 듣자 하니 이 절에 유명한 도인 스님이 와 계신다 하니, 선조님들을 위해 기왕이면 도인 스님이 계신다는 이 절에서 크게 재를 올리고 싶다고 해서, 그래서 내가 재 지낼 의논을 하러 왔는기라."

"우리 절에서 큰 재를 올리고 싶으시다구요?"

돈연이 솔깃해 하며 그렇게 물었다.

"큰 재를 한 번 올리자면 비용이 과연 몇 푼이나 들 것인지…."

그 영감님은 거드름을 피우며 그렇게 한 번 으스댔다. 그 당시 웬만한 절들은 다 양식을 걱정할 정도로 가난했으므로 부잣집에서 큰 재를 올리겠다고 하면 그야말로 감지덕지 융숭한 대접을 하던 시절이었다. 원현은 으스대는 그 영감님의 말투에 이미 속이 뒤집어져 있었다.

"이것 보시오 영감님. 우리 절은 재나 올려주는 그런 절이 아니라, 동냥질을 해다가 먹고 살지언정 수행만 하는 절이라 큰 돈은 필요 없습니다."

"아니 그러면 부잣집 큰 재도 안 올려주겠다는 말인가…?"

"그렇게 큰 부자라면서 저희 작은 아버님을 이렇게 버릇없이 잔 심부름이나 시켜 먹는 걸 보니, 그 부자 아주 후레자식 아닙니까?"

"무, 무엇이라, 후레자식이라니?"

"우린 그런 후레자식 재는 안 지낼 테니 다른 데나 가서 알아보시오!"

원현은 그 영감님을 쫓아내버렸다. 방 안에서 원현과 돈연이 하는 모양을 지켜보고 있던 석우 스님이 밖으로 나오셨다.

"그 녀석들 참! 돈연이는 천치보살하고, 원현이는 형사보살하고, 오늘 너희들 연극 한번 잘 했다."

석우 스님은 그렇게 한 마디 하시고 더 이상 말씀은 하지 않았다.

남의 집 재나 지내주고 얻어먹고 사는 것보다는 차라리 탁발을 해서 사는 것이 떳떳한 중노릇이라 생각하셨던 것이었다.
　해제철이 되면 다른 절에 들어가서 한 철 수행을 마친 제자들이 은사인 석우 스님께 인사를 드리기 위해 해관암으로 모여들었다.
　"어디, 한 철 수행을 얼마나 짬지게 잘 했는지 그동안 닦은 바를 내 앞에 내놓아 보아라."
　제자들의 수행이 시원치 않다고 생각되면 석우 스님은 사정없이 호통을 쳤다.
　"내 그동안 너희들에게 선방에 가거든 실참실오 하라고 그렇게도 일렀건만 좌선하는 시늉만 내다가 왔구나. 선방에 들어갔으면 진실로 참구하고 진실로 깨달아야지, 선방에서 허영된 미친 짓이나 하고, 주장자나 치고, 방망이나 치는 그런 짓을 하려거든 차라리 그런 선방, 방을 파뒤집는 게 나을 것이야."
　수행을 제대로 하지 않는 제자들에게는 이토록 추상같은 불호령을 내리시던 석우 스님은 제자 우봉이 해관암에 오면 무척 반기셨다.
　"우봉은 아주 정치가여, 앞으로 큰 일 한번 할 것이구먼."
　"아 아니옵니다, 스님.'
　"어디 있다 오시는 길인고?"
　"예, 김천 수도암에 있다 왔습니다 스님."
　"그래, 중은 어디 가나 수행이 제일이야. 너무 여기저기 돌아만 다니지 말고 부지런히 닦으시게."
　"예, 스님. 명심하겠습니다."
　우봉이 해관암에 오면 석우 스님은 공양주를 불러 분부를 내렸다.
　"우봉이 있는 동안은 죽 끓이지 말고 밥을 하도록 해라."

제자 우봉이 굶으면 굶었지 죽이나 누룽지 끓인 것을 결코 먹지 않는 괴팍한 성미라는 걸 스님은 잘 알고 계셨으므로 우봉을 위해 베푼 특별 배려였다.

석우 스님은 밥을 지을 적에는 반드시 보리를 섞도록 했고, 단 한 끼도 된장국 없이는 공양을 드시지 않았다. 김치는 시어도 안 되고 덜 익어도 안 되고, 밥은 된밥도 안 되고 진밥도 안 되었다.

"아 이 고연 놈아, 밥은 숟가락으로 떠서 물에 담으면 밥알이 확 풀어질 정도로 되지도 않고 질지도 않게 해야 하는 게야."

게다가 석우 스님은 시은(施恩) 입는 걸 끔찍이도 무섭게 여기셨으므로 참기름이며, 고춧가루며, 깨소금이나 김은 당신께서 벽장에 넣어 놓고 필요할 때 필요한 만큼씩만 직접 내주셨다.

"스님요, 그런 양념들은 모두 공양간에 내다 놓고 저희들이 알아서 쓰게 해주이소."

공양주가 이렇게 한마디 하면 석우 스님은 펄쩍 뛰었다.

"시은 입은 것을 함부로 마구 퍼 쓰면 죄를 짓는 게야. 너희들 죄 안 짓게 하려구 내가 간수하는 게다."

석우 스님은 심지어 불을 지필 때 성냥을 달라고 하면 성냥알 한 개만을 내어주셨다. 그러나 장마철이라도 되면 성냥이 눅눅해서 한 알로 불을 켜지 못할 때가 있었다.

"스님요, 성냥 알갱이 하나만 더 주이소."

"허허 이런 고연 놈을 봤나. 너 성냥 한 개피 버렸구나."

"눅눅해서 버렸습니다."

"그러길래 내가 불씨를 재에다 잘 묻어 살려 놓으라고 안 그랬더냐?

성냥 알갱이 한 개피라도 귀히 여기고 아낄 줄을 알란 말이다. 이 고연 놈아."

스님을 시봉했던 원현이도, 돈연이도, 상호도, 수혜도, 모두가 예외 없이 성냥 한 개피 때문에 혼쭐이 났었다. 스님은 그만큼 모든 시주물을 지극히 아끼고 귀하게 여기셨다.

우봉의 상좌였던 수혜(殊慧)는 역시 우봉의 상좌인 상호와 외사촌 간이었는데 김천 수도암에 있다가 우봉 스님의 분부에 따라 남해로 건너가 해관암에서 석우 스님을 시봉하게 되었는데, 이때가 1949년이었다.

"출가 수행자는 편히 지낼 생각을 하면 못 쓰는 법이다."

석우 스님은 이렇게 한마디 이르시고는 하루에 단 5분도 쉴 틈을 주시지 않았다. 풀을 베어다 말려서 땔감으로 사용하도록 했고, 큰 솥에 밥하고 국 끓여야 했고, 해관암 안팎 청소를 도맡아야 했고, 아궁이에서 재를 퍼다가 텃밭에 넣고 채소를 가꿔야 했고, 밤이 되면 자리 닦고 스님의 자리를 펴드린 후 스님이 자리에 엎드려 누우시면 한 시간이고 두 시간이고 두 팔이 늘어질 때까지 허리를 주물러 드려야 했다. 이처럼 혹독한 시봉살이를 통해 수혜는 '틀림없는 중노릇'을 몸에 익혔다.

그 다음 해인 1950년에 6·25동란이 일어나 인민군이 바다 건너 하동, 사천까지 밀려왔으나 남해섬 해관암은 별다른 피해를 입기는커녕 인민군을 구경조차 한 일이 없었다.

6·25동란이 일어나기 일년 전쯤 해관암에 들어온 아홉 살짜리 김재두라는 아이도 이때 해관암에서 6·25를 함께 겪고 있었는데, 석우 스님은 이 아이에게도 재도(在道)라는 법명을 내려 상좌인 혜원(慧源) 밑으로 출가를 시켰다. 아홉 살짜리 손상좌를 두게 된 셈이었다. 그런

데 나이 어린 재도는 아직 세상 물정을 모르는 때였으므로 석우 스님을 '할배 중'이라 불렀다.

"할배 중 밥 묵어라."

재도가 그렇게 소리치면 석우 스님은 빙긋이 웃으며 천연덕스럽게 대답하시는 것이었다.

"오냐, 알았느니라."

석우 스님은 이 어린 손상좌 재도를 곁에 데리고 주무셨는데, 재도는 두 다리를 석우 스님 목에다 얹고 자는 버릇이 있었다. 석우 스님은 이 버릇만은 고쳐줘야 한다고 생각하셨던지, 하루는 빗자루를 들고 재도를 불러 앉혔다.

"너 이 고연 놈, 잠을 잘 적에는 얌전히 자야할 것이지 할배 중 목에다 발을 얹고 자는 고연 놈이 어디 있노? 이 발이 그랬으니 매를 좀 맞아야겠다."

그러시고는 빗자루로 재도의 두 다리를 몇 차례 때리셨다. 어린 재도는 이때 큰 충격을 받았던지 두 번 다시 발을 스님의 목에다 얹는 일이 없게 되었다.

1953년 초가을, 설석우 스님은 남해 해관암에서 가슴 아픈 비보를 듣게 되었다. 그토록 믿었고, 그토록 기대했던 상좌 우봉이 9월 6일 진주 연화사에서 세상을 떠났다는 슬픈 소식이었다. 그렇지 않아도 석우 스님은, 우봉이 통도사에서 중풍으로 쓰러져 진주 응석사로 옮겨 수양을 하고 있다고 해서 이제 곧 회복되어 찾아오기만 기다리고 있었는데, 해관암을 떠나 스승의 병구완을 맡고 있던 수혜가 진주 연화사에서 전해온 소식은 우봉의 열반이었다.

"내가 전생에 복을 많이 짓지 못해서 우봉이 일찍 갔구나…."

석우 스님은 고개를 들어 먼 하늘만 바라보고 계셨다.

"큰 일 한번 할 사람인데… 아까운 사람인데…."

그동안 어떤 일을 당해도 평상심 그대로이셨던 석우 스님도 상좌 우봉의 열반 소식을 듣고는 허전하고 슬픈 얼굴을 감추지 않으셨다.

이듬해인 1954년 정월이었다. 평소 석우 스님을 자주 찾아뵙던 임(林) 거사가 웬 청년을 데리고 인사를 드리러 왔다.

"스님, 제 조카가 됩니다. 스님께 인사 올려라."

"예."

인사를 나누고 마주 앉고 보니, 청년은 얼굴이 아주 훤하고 밝아 보였다.

"이름이 어찌 되는고?"

"예, 진압할 진(鎭)에, 사이 제(際) 자, 진제라 하옵니다."

"올해 나이는 몇이나 되었던고?"

"예, 스물하나가 되었습니다."

"호 그래, 헌데 말일세, 사내 대장부로 태어나서 세속에 사는 것도 좋겠지만 그보다 더 값진 생활이 있으니, 그대가 한번 해보지 않겠는가?"

"값진 생활이라 하시면, 무엇이 그리 값진 생활인지요?"

"허허허. 무엇이 값진 생활이냐?"

"예, 스님."

"범부가 위대한 성인이 되는 법이 있다네."

"위대한 성인이 되는 법이요?"

"암. 어떤가, 이 세상에 한 번 태어나지 않은 셈 치고 수행의 길을 가보지 않으시겠는가?"

"그…글쎄 옳습니다요. 어머님께 말씀을 드려 보겠습니다."

"암, 그래야 하구 말구. 허면 어머님께 말씀드려서 허락을 하시거든 오도록 하시게."

"예, 스님."

스물한 살의 청년 임진제는 사흘 후 어머니의 허락을 얻고 해관암으로 다시 왔다. 청정한 수행자의 길을 가고 있는 스님들의 생활이, 어쩐지 청년 임진제의 마음을 이끌었던 것이었다.

석우 스님은 해관암에서 청년 임진제의 머리를 깎아주고 그날부터 행자로 삼았다. 석우 스님께서는 어인 일인지 임행자와 나이 어린 재도를 불러 앉히고는 전에 없이 한문을 가르쳐주었다.

그러나 행자 수업은 고달팠다. 노스님 시봉하랴, 공양주 하랴, 채소 가꾸랴, 땔나무 해오랴, 참으로 눈코 뜰 사이 없이 몇 달이 얼른 지나가곤 했다.

그해 음력 7월 보름 해제일이 지나자 바다 건너 선방에서 좌선하던 선객들이 남해 해관암으로 모여들었다. 설석우 큰스님께 인사를 드리기 위해서였다. 그날은 선객 대여섯 분이 석우 스님을 모시고 법담을 나누고 있었다.

석우 스님이 청중을 향해 말씀하셨다.

"오늘 내가 그대들에게 물을 것이니 대답해 보게. 옛날 중국의 삼한 시절에는 글자 운(韻)자 하나를 잘 놓아 과거에 급제했었네. 이것도 그 당시 과거에 나왔던 문제인데 '일출동방대소(日出東方大笑)'라, 즉

'해가 동쪽에 떠올라 크게 웃는 모습이 어떠하더라' 하는 이 글귀에 운 자 하나를 놓아 보게. 당시에 어떤 사람은 '나 아(我)' 자를 놓아서 재상이 되었다는데, 그대들은 과연 무슨 자를 놓겠는가?"

그러나 거기 앉아 있던 선객들은 서로 얼굴만 마주 볼 뿐 대답하는 사람이 아무도 없었다.

"임 행자!"

이때 석우 스님이 느닷없이 말석에 앉아 찻잔 심부름을 하고 있던 임 행자를 불렀다.

"임 행자 너도 다 들었으니 네가 한번 일러 보아라. 너 같으면 무슨 자를 놓겠는고?"

임 행자는 대뜸 망설이지 않고 대답해 올렸다.

"예, 저는 없을 무(無) 자를 놓겠습니다."

"무어라? 없을 무자?"

"예, 스님."

"허허. 이 행자가 장차 큰 일 한번 하겠구먼 그래. 응 허허허…."

이때부터 석우 스님은 임 행자가 장차 큰 그릇이 될 것이라 내다보시고 기대하기 시작했다.

그해 가을이었다. 가야산 해인사에서 수좌들이 해관암으로 설석우 스님을 찾아왔다. 전국의 수좌들이 모여 해인사에서 선불교를 다시 일으켜 세우고자 하니 설석우 스님께서는 부디 조실을 맡아달라는 것이었다.

석우 스님은 번잡한 일은 맡으려 하지 않으셨지만, 왜색불교를 씻어내고 선불교를 중흥시키겠다는 데는 어쩔 도리가 없어 수좌들의 간청을 수락하였다.

 "내 그럼, 그대들의 청을 받아들일 것이니 먼저들 돌아가시게. 나는 진주 응석사에 잠시 들렀다가 해인사로 가겠네."

만장일치로 추대된 초대 종정

 이제 또 남해 해관암과의 인연이 다했음을 아셨던 것일까. 석우 스님은 미련없이 걸망을 챙겨 남해 해관암을 떠나셨다. 이때가 1954년 가을이었다. 남해에서 배를 타고 육지로 건너오신 석우 스님은 경상남도 진양군 집현면 집현산에 있는 응석사(應石寺)로 가셨다.
 이 당시 응석사에는 스님의 상좌 배응연이 주지를 맡고 있었고, 해관암에서 시봉을 들었던 원현이 총무를 맡고 있었다. 이 시절, 원현이 석우 스님께 웬 젊은이를 데리고 와서 인사를 올리게 했다.
 "누구시던고?"
 "예, 스님. 저와는 속가 숙질간이 되옵니다. 스님 상좌가 되고 싶어 하오니 허락하여주십시오."
 "숙질간이라?"
 "예, 그러하옵니다 스님."
 "그래, 그렇게 하자."
 석우 스님은 웬일이신지 두말없이 당신의 상좌로 출가할 것을 허락하셨다.

이때 스님이 지어내리신 법명은 현부(玄夫)였다. 그리고 이때 현부와 함께 또 한 사람의 젊은이도 상좌로 삼으셨으니 성우(性又)였다.

석우 스님은 현부와 성우에게 사미계를 내려주시고 나직이 타이르셨다.

"중노릇 착실히 잘해야 하느니라."

"예, 스님. 명심하겠습니다."

석우 스님은 응석사에서 며칠 쉬시고, 새로 상좌로 삼은 현부와 성우를 응석사에 남겨둔 채 해인사 조실로 가셨다. 석우 스님은 해인사 퇴설당 밑에 있는 선열당에 주석하시며 전국 각지에서 모여든 눈푸른 납자들을 지도하셨다.

스님을 모시고 따라온 임 행자는 그해 겨울 해인사에서 석우 스님으로부터 법성(法晟)이라는 법명으로 사미계를 받았다. 그러나 1954년, 이 무렵의 우리나라 불교계는 참으로 시끄러웠다. 1954년은 이 땅에서 왜색불교를 씻어내고 불교다운 우리 불교를 다시 일으켜 세우자는 이른바 불교정화운동이 일어난 해였다.

1954년 8월 24일, 서울 안국동 선학원에서 전국비구승대표자대회가 열린 것을 신호탄으로 요원의 불길처럼 번지기 시작한 불교정화운동은 이효봉, 하동산, 이청담, 정금오, 박인곡, 김향곡, 윤월하, 김자운, 박금봉, 김적음, 김보경, 신보문, 김홍경, 문인조, 이석호 스님 등 기라성같은 대표적 선객들이 중심이 되었는데, 이승만 대통령의 계속된 유시로 활화산처럼 불타고 있었다. 그러나 이때까지만 해도 해인사를 비롯한 대부분의 사찰은 대처승들이 주지를 맡고 있었으므로 불교정화운동을 벌이는 비구측과 불교정화운동을 막으려는 대처측 간에 갈등과 대립이 갈수록 격화되고 있었다. 그러니 같은 해인사 안에서도 사찰 운영권을 틀어쥐고 있는 대처측과 청정 비구들인 해인사 선방 수좌들 간에 사이가 좋을 리 없었다. 사사건건 트집이요, 사사건건 충돌이었다.

설석우 스님은 미련없이 해인사를 떠났다. 1955년 엄동설한의 1월에 석우 스님은 상좌 법성을 해인사에 남겨둔 채 걸망을 챙겨 짊어지고 주장자를 집어 들었다.

"스님, 이 엄동설한에 어디로 가시려구요?"

"골골마다 암자가 있으니 어디인들 못 가겠느냐."

"하오시면 제가 따라가서 모시겠습니다."

"안 될 소리. 법성이 너는 이 해인사 강원에서 경전을 좀 익히도록 해. 나는 고성 옥천사 쪽으로 가봐야겠다."

그 길로 석우 스님은 경상남도 고성에 있는 옥천사 백련암으로 들어가셨다.

백련암은 고성군 개천면 북평리 연화산 깊숙이 자리잡고 있는 심심산골의 조그마한 암자라 도벌꾼들이 설치는 통에 어느 스님도 감히 들어가 살지 못하고 있었다. 본사인 옥천사에서 산감(山監)을 두어 도벌을 감시하게 했더니 도벌꾼들이 오히려 산감을 붙들어다가 나무에 묶어놓고 도벌을 해간다는 곳이었다.

이때 석우 스님은 제자 한 사람을 데리고 비어 있던 백련암으로 들어가셨던 것이었다. 아마도 석우 스님께서는 싸우고 다투고 시비하고 충돌하고 피를 흘리는 당시의 아귀다툼이 싫어 일부러 인적이 끊긴 백련암으로 들어가신 것 같았다.

 그런데 석우 스님이 백련암에 들어가신 지 얼마 되지 않아 스님을 시봉하던 제자가 온다 간다 말 한마디 없었는데 종적이 묘연했다. 도벌꾼들이 납치해 간 것인지, 산속에서 길을 잃은 것인지 하루가 지나고 이틀이 지나도 소식이 없었다. 이때 석우 스님의 세수는 이미 여든하나. 깊고 깊은 산속에서 스님 홀로 엄동설한을 견디시는 것은 불가능한 일이었다.

 그러나 부처님이 도우셨던 것일까. 문안 드리러 올라온 제자가 노스님 혼자 계시는 것을 보고 소스라치게 놀랐다. 정말이지 하마터면 큰일 날 뻔한 일이었다.

 응석사에서 수행하고 있던 제자 현부가 부랴부랴 백련암으로 달려와서 지극 정성으로 시봉을 들었다. 그리고 봄이 되자 진주 연화사에 있던 서의현 스님이 소식을 듣고 백련암으로 달려왔다.

 서의현 스님은 설석우 스님의 사제인 상월 스님의 맏상좌이니 설석우 스님의 조카 상좌였다. 서의현 스님은 종설이라는 사미를 데리고 와서 설석우 스님의 시봉을 들도록 당부하고 돌아갔다. 서의현 스님은 비록 설석우 스님과는 숙질간이었으나 친부모 공경하듯이 석우 스님을 극진하게 잘 모셨다. 이때부터 종설은 백련암에서 공양주를 맡고, 현부는 채공을 맡았다.

 그러던 어느날, 석우 스님께서 두부를 잡숫고 싶어 하셨다. 그러나 두부를 사려면 고성군 개천면 면소재지까지 가야 했으며 그 길은 왕복 30리 길이 넘었다.

 그래도 석우 노스님께서 잡숫고 싶어 하시니 종설이 두부를 사오겠다고 산을 내려갔다. 그런데 이제나 오나 저제나 오나 기다려도 종설은 돌아오지 않았다.

"이봐라, 종설이 왔나?"

"아직 안 왔습니다, 스님."

"허허 저런 고연 놈이 있나."

얼마나 더 기다렸을까, 석우 스님이 다시 물었다.

"종설이 아직 안 왔나?"

"예, 스님. 아직 안 왔습니다."

"허허, 거 필시 무슨 곡절이 생겼나 보구나…"

석우 스님은 불길한 예감이 드시는지 종설의 신변을 염려하고 계셨다. 아니나 다를까, 종설은 그날 밤이 되어서야 온몸이 피투성이가 되어 겨우겨우 백련암으로 돌아왔다.

두부를 사러 산을 내려가다가 도벌꾼들과 맞닥뜨리게 되어 그들과 싸우다가 만신창이가 되도록 두들겨 맞고 정신을 잃었다는 것이었다.

"허허, 저런 고연 놈들이 있나. 세상이 아주 무법천지가 되어버렸구나…"

석우 스님은 기가 막혀 장탄식을 하셨다.

그해 1955년 8월 12일.

이날은 대한불교조계종사(大韓佛敎曹溪宗史)에 참으로 역사적인 날이었다.

이날, 지금의 조계사에서는 전국 방방곡곡에서 모여든 비구 382명, 비구니 431명(위임장 제출 188명)이 전국승려대회를 합법적으로 개최

하고 새로운 종헌(宗憲) 개정안을 만장일치로 통과시키고 새로운 임원진과 종회의원을 선출함으로써 명실공히 불교정화운동의 대단원의 막을 내리고 사실상 새로운 청정교단인 오늘의 '대한불교조계종'을 적법하게 탄생시켰다.

이날 만장일치로 통합된 대한불교조계종 초대 종정으로 선출된 분은 바로 설석우 대선사였다. 그리고 이날 새로 선출된 집행부의 명단은 다음과 같았다.

총무원장 이청담, 총무부장 김서운, 교무부장 신소천, 재무부장 박기종, 감찰원장 정금오, 감찰부원장 김지효, 그리고 이날 종회의장은 이효봉 스님이 맡게 되었다.

이날, 청정교단인 대한불교조계종이 새롭게 탄생되었고, 새로운 종정에 설석우 대선사가 추대되었다는 소식은 신문 방송을 통해 전국에 대대적으로 보도되었다.

그러나 우리나라 불교계의 최고 어른이신 초대 종정으로 추대된 우리의 설석우 대선사는 세수 81세의 고령이심에도 불구하고 경남 고성 옥천사의 산내 암자인 백련암에서 고고한 자태의 학(鶴)처럼 여전히 수행 삼매에 들어 있었다.

설석우 대선사가 종정으로 추대되었다는 소식이 세상에 널리 알려지면서 제자들은 물론 기라성같은 불교계의 거물들이 스님을 친견하러 몰려들었다.

그러나 설석우 대선사는 초연했다. 종정이 되기 전에나, 종정이 된 후에나 석우 대선사는 여전히 평소 그대로 선승(禪僧)일 뿐이었다. 그리고 불교정화운동이 결실을 보아 새로운 청정교단 대한불교조계종

이 탄생했지만, 아직도 전국 대부분의 사찰은 대처승들이 차지하고 있었으므로, 종정 스님이 주석할 사찰도 마련되어 있지 않은 상태였다.

"스님, 이제 스님께서 종정 스님이 되셨으니 여기 이런 암자에 계셔서는 아니 되십니다. 큰 절로 내려가셔야지요."

"이런 고연 놈, 구신방구 같은 소리는 하지도 말어! 나는 그저 이런 산속이 좋다."

"아니 되십니다, 스님. 이젠 종정 어른이 되셨으니 큰 절에 계셔야 됩니다."

"중은 어디 있으나 중인 게야. 중은 산속에 있어야지, 큰절에 있다고 좋은 줄 아느냐?"

그 전 젊으셨을 적에도 석우 스님은 중 감투를 닭의 벼슬보다도 못한 것이라고 말씀하셨다. 어쩌다 석우 스님께 큰절 주지를 맡으라고 권하면 스님은 펄쩍 뛰셨다.

"뭐라? 날더러 큰절 주지를 해라? 내 차라리 봉투지를 하지 절 주지는 안 한다!"

스님은 정말 그런 분이셨다. 그러나 그해 겨울이 다가오자 조카상좌인 서의현 스님이 스님을 기어이 진양군 집현산에 있는 응석사로 모시고 지극한 정성으로 공경했다. 그러나 응석사도 그리 큰절은 아니었기에 제자들은 몸이 달아올랐다. 또 이 깊은 산중에서 겨울 한 철을 어떻게 모셔야 할지 그것도 걱정이었지만, 이제 종정 스님이 되셨으니 총무원 간부들이 허락받을 일로 찾아올 일도 많아질 것인데, 이 깊은 산속까지 오라고 할 수도 없는 일이라 여간 걱정이 아니었던 것이다.

그런데 대구에서 보문 스님이 달려왔다. 보문 스님은 옛날 금강산 마하연에서 설석우 스님의 상좌가 되려고 겨울 한 철 스님을 모시고 그 험한 빙판을 헤치며 장안사에서 마하연까지 목숨을 걸고 양식을 짊어져 나르던 바로 그 수좌였다.

보문 스님은 그 당시 불교계에서 손꼽히는 유명한 선객이 되어 있었는데, 그 보문 스님이 대구 한복판에 보현사를 창건하고 거기 머물면서 참선 지도를 하는 한편, 팔공산 서봉(西峯) 밑에 삼성암이라는 토굴까지 만들어 놓고 수행하고 있었다. 설석우 스님은 이 보문 스님을 상좌처럼 아끼고 좋아하셨다.

"허허 보문이 어쩐 일로 여기까지 오셨는가?"

"제가 스님을 모시러 왔습니다."

"그건 또 무슨 소리신가?"

"대구로 가십시다. 제가 보현사에 모시겠습니다."

"대구라?"

"예, 스님. 스님께서는 금강산 마하연에서 상좌가 되게 해 달라는 소승의 간청을 거절하셨습니다만, 대구로 모시고자 하는 소승의 간청을 이번에도 또 거절하시렵니까?"

설석우 스님은 보문 스님의 그 말에는 대답할 말이 없으셨다. 상좌가 되게 해 달라고 목숨을 걸고 마하연에서 장안사까지 양식을 짊어져 날랐건만, 그때 스님은 보문의 간절한 청을 물리치고 말았으니, 그것은 늘 석우 스님의 마음속에 빚으로 남아 있었던 것이었다.

"스님, 소승의 소원을 들어주십시오. 저는 늘 스님을 모시기가 소원이었습니다."

"…알았네. 내 이번에는 자네한테 져야지."

"감사합니다, 스님. 내일이라도 당장 모시도록 하겠습니다."

"아 아닐세. 자네는 먼저 대구로 돌아가시게. 난 치워줄 건 치워주고… 사흘 후 진주에서 대구 가는 첫 차를 타겠네."

"예, 그럼 그렇게 하시지요, 스님."

그로부터 사흘 후, 현부가 스님을 모시고 대구행 버스에 올랐다.

대구 대신동 시외버스 종점에 내리니 캄캄한 밤이었다. 현부가 스님을 모시고 버스에서 내리니 대구는 이미 겨울이라 몹시 추웠다.

보문 스님의 시봉 희섭이 지프차까지 빌려가지고 와서 스님을 모셨다. 설석우 스님과 대구와의 인연은 이렇게 해서 시작되었다.

이 무렵 새로 출범한 종단에서는 대처승들이 차지하고 있던 사찰을 하나하나 접수하기 시작했다. 종정이신 설석우 스님이 대구 보현사에 머물게 되자 스님의 제자들도 대구로 속속 모여들었다.

월하 스님이 통도사를 접수한 데 이어 홍천 수타사를 원현이 접수하여 혜종에게 인수했고, 팔공산 동화사는 불교정화운동에 비구니 스님들도 공이 많았다 하여 비구니 스님들이 들어가 있었다. 설석우 스님의 제자 박가희는 이때 한운(漢雲) 스님이 되어 울산 옥천사로 들어갔고, 기장 안적사에는 혜원 스님이 들어가 있었다.

종정이신 설석우 스님은 이때 대구 보현사에 머무시며 보문 스님의 극진한 공경을 받고 계셨지만, 한국 불교계 최고의 어른이신 종정 스님을 언제까지 이렇게 보문 스님의 절에 얹혀 계시게 할 수는 없는 노릇이라, 제자들은 종정 스님을 과연 어디로 모셔야 할까 의논에 의논을 거듭하고 있었다.

혜원은 혜원대로 종정 스님을 기장 안적사로 모시고자 하였고, 혜종은 종정 스님을 수타사로 모시고 싶어 하였으며, 원현은 대구에서 가까운 동화사로 모셨으면 했다. 이렇게 제자들이 의논에 의논을 거듭한 끝에 결국 종정 스님을 혜원이 맡고 있던 기장 안적사에 모시기로 하고 그 준비를 위해 현부를 먼저 안적사로 보냈다.

이때가 1956년 음력 3월 그믐께였다. 그런데 그해 4월 초파일을 이틀 앞둔 음력 4월 초엿새 날, 종정 스님을 모시고 있던 보현사의 보문 스님이 뜻밖에도 열반에 들고 말았다.

설석우 스님의 상좌가 되기를 그토록 열망했던 보문 스님, 대구 불교계에서 으뜸 선객으로 꼽혔던 보문 스님, 서문시장을 돌며 그 청아한 목소리로 반야심경을 독경하면 상인들은 물론이요, 걸인까지도 앞다투어 아낌없이 시주했던 대중포교의 선구자 보문 스님은 그동안 앓고 있던 폐결핵으로 그만 덜컥 세상과의 인연을 끊고 말았다.

이때 세수 이미 82세이셨던 설석우 종정 스님은 또 한번 인생 무상을 크게 절감하셨다.

보문 스님의 다비는 4월 초파일을 넘기고 나서야 모셨지만 설석우 종정 스님은 한동안 말을 잃고 계셨다.

뒤이어 반갑지 않은 소식이 또 한 가지 전해졌다. 금강산 시절 상좌가 되었던 한운(가희)은 울산 옥천사에 들어가 있었는데, 속가의 노모가 절로 찾아와 가문이 끊어지게 되었다고 눈물로 애원하니, 한운은 그만 속퇴하여 가문의 대(代)를 잇겠다고 경남 하동군 복천면 상촌리 속가로 가버렸던 것이었다. 한운의 원래 속가는 강원도 홍천이었는데 그동안 음양오행을 공부하고 주역·풍수지리를 석우 스님 모르게 공부하더니 그만 결국은 하동에 명당을 잡았다면서 속가 가족들까지 하동으로 이사 오게 해서 환속해버린 것이었다.

금강산에서 상좌로 삼은 우봉은 몇 년 전에 이미 세상을 떠났고, 한운마저 속퇴해 버리니 설석우 스님은 참으로 허전해하셨다.

이 무렵, 서울의 조계종 총무원에서는 종정 스님이 주석하실 사찰이 없다는 게 도리가 아닌지라 부랴부랴 동화사에 있던 비구니 스님들을 청도 운문사로 옮기게 하고 설석우 종정 스님을 팔공산 동화사에 주석토록 하였다.

이때 동화사 주지는 배응연이 맡게 되었고 총무 소임은 영봉(원현)이 맡았는데, 제자 현부와 조카 서의현 등이 함께 모시고 동화사로 들어가 설석우 종정 스님을 동화사 금당(金堂)에 계시게 했다. 그리고 뒤이어 해인사에 있던 법성(진제)이 동화사로 왔고 상호도 함께 있었다. 원주 소임은 현부가 맡고 방원이 공양주를 맡았는데, 당시 행자였던 지성이 종정 스님의 방청소, 이부자리, 공양상 나르기, 잔심부름을 도맡아 시봉을 했다.

이 당시 주지를 맡았던 배응연 스님은 무슨 일이든 꼬치꼬치 따지고 자기 주장을 내세우는 통에 설석우 종정 스님으로부터 자주 꾸중을 들었다.

"응연이는 제 소견만 내어 가지고 옳다 그르다 너무 따져. 그래 가지고는 중노릇 옳게 못하는 법이야."

그래서 종정 스님은 배응연을 별로 좋아하지 않으셨고, 종손인 상호를 무척 아끼셨으며, 영봉, 현부, 진제를 눈에 띄게 좋아하셨다.

천치도 되지 말고 원숭이도 되지 말라

　설석우 종정 스님은 이때 여든둘의 고령이셨음에도 불구하고 동화사 금당에 선원을 열고 십여 명의 수좌들로 하여금 좌선 수행에 매진토록 하셨고, 이때 금당선원의 입승 소임은 지월(指月)에게 맡겼다. 그뿐만이 아니었다. 종정 스님은 음력 초하루와 보름에는 꼭꼭 제자들에게 설법을 해주셨고 결제일과 해제일에는 반드시 법상에 오르사 법문을 내리셨다.
　동화사 금당선원 하안거 결제일, 스님은 법상에 오르셔서 주장자를 세 번 내려치시고 말씀하셨다.

마음도 아니요 부처도 아니요 물건도 아니다.	非心非佛亦非物
일이삼사오육칠	一二三四五六七
곤한즉 천축의 우전차를 생각함이요	困思天竺雨前茶
목마른즉 남해에 서리 온 뒤 유자를 생각함이로다	渴憶南海霜侯柚

마음은 본래 안도 없고 바깥도 없고 중간도 없으며, 없으면서 있고, 있지 않은 곳이 없다〔無在不在〕. 우리가 마음이라는 말을 수없이 생각하고 말하지만 마음이란 참으로 믿기 어렵다. 옛 고인이 마음에 대하여 한 말이 있다.

"땅은 견고하고 마음은 형질(形質)이 없다. 땅은 형상이 있어서 견고하지만 마음은 본래 모양이 없고 바탕이 없는 것이다."

마음이 바탕 없고 모양 없으니 거기에 무슨 걸림이 있겠는가. 그래서 부처님께서 말씀하시기를 "마음의 힘이 위대하여 반야바라밀다를 행하는 고로 산하대지(山河大地)를 흩어버리기를 미진(微塵)과 같이 한다"고 하신 것이다.

마음의 힘이 워낙 커서 마음대로 한다는 뜻이다. 그러한 마음을 다만 우리가 자유로이 쓰지 못하고 있는 것이다. 이런 큰 힘이 있건만 어리석은 중생들이 망령으로 막혀서 모두가 현상(現像)에 집착하여 깨닫지 못하고, 쓰지 못하고 살아가고 있는 것이다. 흔히, 마음이 항상 흔들린다고들 하는데 마음은 본래 흔들림이 없거늘 공연히 흔들린다는 것이다.

본시 마음이라는 것은 지(地)·수(水)·화(火)·풍(風) 사대(四大)에도 걸림이 없고, 번뇌 망상에도 걸림이 없고, 선심(善心)에도 걸림이 없다. 이렇게 알고 보면 그 어디에도 집착할 곳이 없는 것이다. 이 마음이 항상 이렇게 있건만 우리가 알지 못하는 것은 선정력(禪定力)이 없기 때문이다. 선정력이 있게 하는 것은 꾸준히 활구참선(活句參禪)을 해 나가야만 되는 것이다. 일념으로 꾸준히 닦아 나가다 보면 홀연히 활연대오(豁然大

悟)하게 되는데 그래야 비로소 일을 다해 마치는 것이다.

옛날 임제 선사 회상에 왕상시(王常侍)가 찾아와서 함께 승당 안을 돌아보는데 왕상시가 묻되, "이 승당 안의 스님들은 경(經)을 봅니까?" 하니 임제 선사가 이르시기를 "경을 보지 않습니다" 하였다. 왕상시가 "좌선은 합니까?" 하고 물으니 "좌선도 하지 않습니다" 하고 임제 선사가 대답했다. 왕상시가 다시 "그러면 경도 보지 않고 좌선도 하지 않으면 무엇을 합니까?" 하고 물었다. 이에 임제 선사가 대답하였다. "모두가 부처가 되고 조사가 되려고 합니다." 이에 왕상시가 이르되 "금가루가 귀하기는 하나 눈에 들어가면 가리우니라" 하니, 임제 선사가 말하되, "아무리 그래도 너는 속한(俗漢)이니라" 하였다. 대중은 왕상시를 알겠는가?

후백인 줄 알았더니	將謂侯百
다시 후흑이 있음이로다	更有侯黑

스님께서는 주장자를 한 번 치시고 법상에서 내려오셨다.

설석우 스님께서는 당시 한국 불교계 최고 어른이신 종정 스님이시면서도 조금도 티를 내지 않으시고 동화사 대중들을 위해 초하루와 보름 법문을 꼭 내려주셨다.

초하루 법회에서였다. 스님께서는 법상에 오르셔서 주장자를 세 번 치시고 법문하셨다.

마음을 깨달으면 진리가 그 가운데 있으니 삼보(三寶)가 하나이고, 하나가 삼보이다. 지금 이 자리에서 법문을 듣고 있는 마음, 바로 이것을 깨달아 알 때에 팔만사천 진리가 사람 사람의 마음속에 다 갖추어져 있는 것을 볼 수 있으리라.

중생은 탐하는 마음이 한량 없어서 좋은 것이든, 나쁜 것이든 형형색색의 것들을 보면 탐착심이 나고 또 온갖 경계에 다다라서는 성내는 마음이 일어나고, 어리석은 마음이 그칠 날이 없다. 이 세 가지, 즉 탐(貪)·진(瞋)·치(癡)를 좇아서 팔만사천 가지의 번뇌가 생기고, 이 번뇌로 말미암아 윤회의 고통이 있고, 살아가는 데 온갖 힘든 일이 있는 것이다. 그러므로 탐·진·치, 이 세 가지 근본 업을 제거하게 되면 팔만사천 번뇌가 일시에 소멸된다. 그리하여 일월(日月)과 같은 밝은 지혜가 생기므로 지옥에 가면 그곳이 곧 불국토가 되고, 도산지옥과 화탕지옥이 그대로 연화장 세계로 화(化)해 버린다. 이것은 마음을 밝히는 선 수행(禪修行)을 하루하루 실답게 해 나감으로써 얻을 수 있는 것이다.

우리가 수행을 잘해 나가면 탐·진·치 삼독(三毒)은 계·정·혜 삼학(三學)이 된다. 계를 잘 지킴으로써 몸과 마음이 청정해지고, 거기에다 참선 수행을 잘 익히면 대정(大定)을 성취하며 진리의 삼매락(三昧樂)을 누리게 된다.

대정이 계속되면 일월과 같은 큰 지혜가 열리는 법이니, 여기에 이르러서야 모든 일을 다해 마친 대자유인(大自由人), 대법왕(大法王)이 되는 것이다. 그래서 수행자는 모름지기 계를 지키는 것을 수행의 근본으로 삼아야 하며, 계를 우습게 여겨서는 안 된다.

　옛날 석두(石頭) 선사의 법을 이어받은 태전(太顚) 선사가 있었는데, 그분의 명성이 대단하여 그 태전 선사를 친견하고자 신도들이 운집하니, 그 고을 원님으로 있던 한퇴지(韓退之)라는 자가 몹시 못마땅하여 '산사(山寺)의 노승이 고을 백성들을 현혹하여 기만하는 술책을 부리는 게 아닌가…' 하고 의심하고 있었다. 그래서 불법(佛法)을 말살해야겠다는 계교를 생각했는데, 궁리한 끝에 어떻게 해서든지 태전 선사의 명성을 떨어뜨리게 하기 위해서는 수행인으로서 수치심을 느끼도록 해야겠다고 마음을 먹었다.

　어느 날 홍련(紅蓮)이라는 천하에 인물이 빼어난 기생을 불러 이르기를 '산사에 태전 선사가 있는데, 불교를 널리 퍼뜨려 세상 사람들을 현혹하고 있으니 네가 가서 무슨 수를 쓰든지 그 선사를 파계하게끔 하고 오면, 너의 일생이 편안할 것이로되, 만약 그렇게 하지 못하면 너를 죽일 것이다' 하였다.

　평소에 기생 홍련은 자신의 미모에 자신감을 가지고 있던 터라 태전 선사를 파계시킬 자신이 있었다. 그래서 홍련은 곧 신도로 가장하여 태전 선사가 계시는 절에서 100일 기한을 정해놓고 열심히 기도를 했다. 그런데 기도가 다 끝나는 날이 다가오는데도 태전 선사는 여여부동(如如不動)하신지라 홍련의 마음은 몹시 초조하였다. 드디어 홍련은 통곡하면서 태전 선사께 온 뜻을 사실대로 말씀 드리니 홍련이 입고 있던 치마의 폭을

펼치게 하시더니 붓으로 게송을 지어 써주었다.

    십년 동안 축령봉을 내려가지 않았으니
    색을 보는 관이 공한 즉 색이 곧 공이로다
    부처님으로부터 내려오는 청정한 조계의 한 방울 물을
    어찌 홍련의 한 잎에 떨어뜨릴까 보냐
    十年不下竺嶺峰　　觀色觀空卽色空
    如何曹溪一滴水　　肯墜紅蓮一葉中

이렇게 써주시고 하시는 말씀이 "이 게송을 고을 원님에게 보여주면 너는 죽음을 면할 수 있을 것이다" 하셨다. 홍련이 돌아가서 고을 원님에게 자초지종을 말하니 원님이 감탄하기를 "불법의 도리는 참으로 난사의(難思議)한 일이로구나. 천하의 영웅호걸도 여색에 빠지는데 과연 태전 선사의 청정한 법력은 이를 초월하는구나" 하였다. 그 뒤 그는 관직을 버리고 불법에 귀의한 후 입산하여 태전 선사의 제자가 되었다.

스님은 양구(良久)하시고 게송을 읊으셨다.

    달이 못에 떨어지나 물밑은 고요하고　　月落潭空水底靜
    가을바람 땅을 쓰니 산과 들이 앙상하도다　　金風掃地山野瘦

스님은 주장자를 한 번 치고 법상에서 내려오셨다.

그 후에도 설석우 종정 스님은 수좌들을 위해 결제·해제 법문을 빠뜨리지 않고 내려주셨는데 동안거 결제일에도 법상에 오르서서 주장자를 세 번 치시고 법문을 해주셨다.

일일부작(一日不作)이면 일일불식(一日不食)이라 '하루 일 하지 않으면 하루 밥을 먹지 않는다'는 이 경구는 흔하게 사용되는 말이기는 하지만, 특히 우리 수행인에게는 귀감이 되리라고 본다. 이 참선은 동정(動靜)에 일여(一如)하게 지어가는 데 있는 것이지, 앉아 있는 데 있는 것이 아니다. 모든 대중은 각자 소임에 성실한 가운데 화두를 또록또록 들어서 일념이 지속되게끔 노력할지어다.

일하는 도중이라고 화두를 놓아서는 아니 된다는 말이다. 이 몸뚱이에 집착하여 먹고 자고 하는 일에 마음을 쓰다 보면 공부를 지어 나갈 수 없다. 사문으로서는 절집에서 불평이나 하고 잘 먹고 잘 자려고 하면 안 된다는 말이지. 그저 앉으나 서나 화두와 씨름해가지고 견성(見性)해야겠다는 생각 이외에는 다른 생각을 가져서는 안 된다. 사람마다 심성 가운데 제불만조사(諸佛萬祖師)와 더불어 똑같이 갖추어져 가지고 있는데 단지 알지 못하는 고로 쓰지 못하고 있다. 그러니 자재(自在)하게 쓰기 위해서는 이 공부에 일생을 걸고 열심히 지어 나가야 한다.

화두와 씨름하다 보면 무르익어져 바보처럼 되어버리는데 사람들이 옆에서 볼 때 저 사람이 혼이 나간 사람이다 할 정도로 그렇게 일념(一念)에 푹 빠져야 하는 것이다. 거기서 타파가 되면 사자후(獅子吼)가 나오는 법이다. 사자후가 나오면 석가모니 부처님 살림부터 다 알게 되고, 모든 조사의 살림을 한 꼬챙이에 꿰어버리게 된다. 이것이 견성이다.

예전에 황벽(黃檗) 선사가 대중에게 "그대들은 모두가 술 찌꺼기를 먹는 무리로다. 그렇게 행각해서 어찌 오늘이 있었겠는가? 큰 당(唐)나라 안에 선사(禪師)가 없는 것을 알겠느냐?" 하니 그때 어떤 수좌가 나서서 말하기를 "지금 제방(諸方)에서 대중을 거느리고 지도하는 이는 어찌합니까?" 하였다. 이에 황벽 선사가 말하되 "선법(禪法)이 없다고 한 것이 아니라 자못 지도할 스승이 없느니라" 하였다. 황벽 선사의 이 말씀이 천이백여 년이 지난 지금 이때에 유난히 귀에 쟁쟁 사무침이라. 선사는 더러 있다고 하나, 과연 납자를 올바르게 제접하고 지도할 눈 밝은 선지식은 얼마나 될꼬? 공부를 지어가는 데 있어서 바르게 이끌어줄 스승은 참으로 중요한 것이다. 그러니 우리가 참선 수행을 잘 해서 마음을 깨닫게 되면, 거기에는 죄니 복이니 지옥이니 극락이니 하는 천만 가지 차별이 존재하지 않는다. 그러므로 마음 땅에 이른 자는 삼세(三世)의 인과법이 다 끊어져 대자유인이 되는 것이다.

스님께서는 양구하시고 게송을 읊으셨다.

산마루 위에 구름 걷히고 나니	無雲生嶺上
달은 깨끗한 강물 속에 잠겼도다	有月落波心

법문을 마치자 스님은 주장자를 한 번 치시고 법상에서 내려오셨다.

세속 나이 여든을 넘기면 그분은 노인 중에서도 상노인이시니, 법문이다 설법이다 모두가 귀찮으실 만도 한데 설석우 스님은 수좌들의 눈을 밝혀주시려고 한 번도 법문을 거르시는 일이 없었다.

설석우 종정 스님께서는 일반 대중을 위한 법회에서도 자상한 법문을 들려주셨다.

스님께서 법상에 오르셔서 주장자를 세 번 들었다 놓으신 후 법당 가득히 모인 대중들에게 말씀하셨다.

> 목인석녀가 같이 환호하여
> 신수로 잡아옴에 씀이 만족함이로다
> 천상도 다함이 없고 뜻도 다함이 없거늘
> 어찌 다시 내시(來時)의 도(道)를 찾으리오
> 木人石女共歡呼　信手拈來用恰好
> 青山無盡意無窮　何須更覓來時道

인생은 무상하다. 잠시 머물렀다가 가는 것이 인생이다. 그 어떠한 것에도 집착할 것이 없다. 그러니 어떻게 하면 여생을 값지게 살아갈 수 있는 지를 생각해야 한다. 부처님 법을 좇아 살아온 중생들이 인과(因果)와 윤회(輪廻)의 법칙을 믿는다면 비록 금생에 이 몸이 사람의 몸을 받기는 했으나 과연 무엇을 하였으며, 내생에 또 다시 사람의 몸을 받을 수 있겠는가를 생각해 보았는가? 아무리 바쁘다 바쁘다 해도 진정 이 일보다 더 바쁜 일이 있을까?

　내생을 위해 지금 나는 무엇을 해야 하는가를 생각해 보라. 옛 도인들이 말씀하시기를 "사람들이 가난하게 사는 것은 지혜가 짧아서 그러하다"고 하셨다. 지혜는 만복의 근원이라, 사람들이 생활 속에 참선 수행을 꾸준히 닦아 행할 것 같으면 탐욕심·애착·시기·질투·공포·불안 등 이러한 중생의 습기(習氣)가 다 없어지고 지혜가 밝아지나니, 이러한 지혜를 갖춘 이는 태어날 때마다 출세와 복락을 누리게 된다. 그러니 모든 사람들은 남은 생이라도 참선 수행을 해야겠다는 올바른 신심을 내어 열심히 닦아야 한다.

　참선이라는 것은 심산(深山)에서 스님네들만 하는 것이 아니라 남녀노소, 지위고하를 막론하고 사람이라면 누구나 다 해야 하는 것으로, 생활하는 가운데 화두를 잘 챙겨 의심해 나가다 보면 화두 일념이 될 때가 있나니, 이 정도만 되어도 마음속의 번민 갈등은 없어지고 편안한 삶을 살아갈 수 있게 되는 것이다. 그러나 기왕 하는 바에 금생에 이 일을 해 마치겠다는 돈독한 신념으로 열심히 해 나가면 마음 광명의 지혜가 밝아져서 만인에 앞선 선견(先見)의 안목을 갖추어서 나고 날 적마다 멋지게 살 수 있을 것이다.

　스님은 양구하시고 게송으로 읊으셨다.

사오백이나 되는 즐비한 화류항이요
이삼천 곳에 피리 불고 거문고 타는 누각이니라
四五百條花柳巷　二三千處管絃樓

스님은 법문을 마치자 주장자를 한 번 치시고 법상에서 내려오셨다.

이 무렵 설석우 종정을 모시고 수행했던 스님들은 그때의 일을 지금도 또렷이 기억하고 있는데 현부(玄夫) 스님은 그때의 종정 스님을 이렇게 회상하고 있다.

"은사 스님께서는 청빈하셨습니다. 중은 가난해야 한다고 늘 말씀하셨지요. 그리고 우리 은사 스님은 늘 잔잔한 호수같은 그런 분이셨습니다. 된장국을 좋아하셨고, 열무김치를 좋아하셨고, 가죽자반을 좋아하셨는데, 밥상에는 반찬 세 가지 이상 올리지 못하게 하셨습니다."

설석우 종정 스님으로부터 법성이라는 법명을 받았던 진제(眞際) 스님은 이렇게 회상하고 있다.

"스님께서는 계·정·혜 삼학을 늘 강조하셨습니다. 그리고 수좌가 경을 쓸데없이 많이 보면 못 쓴다고 하셨지요. 중노릇 제대로 하는 데는 《초발심자경문》, 《금강경》, 그리고 《육조단경》, 이 세 가지만 보면 충분하다고 경 보는 것을 경책하셨어요. 그리고 머트러운 짓을 하면 추상같은 불호령을 내리셨어요. 한 번은 내가 다른 스님들과 함께 팔공산 상봉에 산행을 갔다가 보문 선사가 지어 놓으신 토굴에서 일주일 용맹정진을 하고 내려온 적이 있었어요. 그때 스님께서는 어른의 허락도 받지 않고 멋대로 하느냐고 크게 호통을 치시고, '부모미생전 본래 면목(父母未生前 本來面目)'을 화두로 내려주셨어요. 그리고는 강원만 나와가지고는 중노릇 제대로 하기 힘들다며, 부지런히 닦으라고 당부하셨지요."

처음에는 한운(漢雲, 가희) 스님 밑으로 출가했던 영봉(永峰) 스님은 이렇게 회상하고 있다.

"스님께서는 늘, 처음 중 될 때의 생각을 잊지 말라고 당부하셨지요. 초발심 하나만 잘 지키면 중노릇 잘 할 거라구요. 그리고 중은 놀고 먹을 생각을 말라시며 낮잠을 자면 결코 용서하지 않으셨습니다. 그러면서도 또 스님은 꼭 어린애처럼 순진하신 그런 분이셨습니다. 열다섯 살짜리 손상좌 선주에게 씨름을 하자고 하시고 손상좌가 스님을 넘어뜨리자, '너 이 고연 놈!' 하시며 붙잡으러 쫓아다니시기도 하고, 정말 티없이 깨끗하고 맑은 분이셨지요."

설석우 종정 스님은 세수 이미 여든셋을 넘기신 이후에도 단 한 번도 벽에 기대거나 누워서 지낸 적이 없으셨다. 주무실 때 이외에는 결코 눕지 않으셨던 것이었다. 행자 시절 동화사 금당에서 스님의 시봉을 들었던 지성 스님은 시봉 드는 동안 단 한 번도 스님께서 누워 계신 것을 보지 못했다고 당시의 스님 모습을 전해주고 있다.

"한 번은 파계사 성전암에 계시던 성철 스님께서 출타하셨다가 종정 스님께 인사 드리러 금당에 오셨어요. 그런데 종정 스님께서는 마루에 계시다가 맨발로 내려가셔서 성철 스님을 깍듯이 맞이하시는 것이었어요. 세상에 그렇게 겸손하신 종정 스님이 어디 또 있으시겠습니까? 그리고 한 번은 제가 종정 스님 목욕을 시켜 드리면서 손으로 만져보니 스님께서 얼마나 좌선을 철저히 하셨는지 스님의 엉덩이 양쪽에 손바닥 반만큼씩 굳은 살이 딱딱하게 박혀 있더라구요. 그때 저는 감동을 받았습니다. 그리고 큰스님 되는 게 참으로 쉬운 일이 아니라는 것을 절실히 알게 되었지요."

팔공산 파계사 성전암의 철웅(鐵雄) 스님도 동화사에서 설석우 종정 스님의 가르침을 받았다. 철웅 스님은 우봉 스님의 상좌로 출가했으니 설석우 종정 스님의 손상좌가 되었다.

"스님께서는 신도들이 가져다주는 시주물을 너무너무 아끼고 귀히 여기셨습니다. 그리고 스님께서는 여자 보살들을 물까마귀라고 부르시며 조심하라고 당부하셨어요. '일을 할 적에는 정성을 다해 진실되게 하라. 그러면 사물과 내가 하나가 된다'고 하셨는데, 그밖에도 좋은 가르침을 많이 받았습니다. 스님께서는 이런 가르침도 내려주셨어요. '세상에는 원숭이가 아니면 천치 두 질이 있다. 무식한 놈은 천치고, 유식한 놈은 남의 지식을 배워 자기 것이라고 하니 원숭이다. 이 둘에서 벗어나 사람이 되어라. 사람이 되는 데는 저기 저 선방에 들어가서 썩어야 된다'고 하셨고, 또 '밥을 할 적에도 질지도 않고 되지도 않고 《금강경》 도리로 밥을 지어라' 고도 하셨습니다. '된장국을 끓일 적에는 쌀을 씻을 때 두 번째 뜨물을 받아서 끓이다가 표고버섯을 넣고 된장을 풀어 끓인다. 자꾸 끓이다 보면, 된장맛과 물맛과 내 마음이 일체가 되어야 한다. 이 세 가지가 일체가 될 때 묘한 맛이 나는 게야. 즉 중

용의 이치로서 끓여야 한다는 말이다'고 하셨는데, 그만큼 스님께서는 소박하시고 진실되시고 자상하셨습니다."

설석우 종정 스님이 동화사 금당에 주석하고 계실 무렵, 대한불교조계종에서는 '설석우 종정' 명의로 전국의 주요 사찰을 속속 접수하였고, 전국 모든 승려들의 '승려증'도 설석우 종정 명의로 새로 발급했다. 종단 운영은 늘 평탄치 못했고 대처승 측에서 소송을 제기하는 등 후유증이 그치지 않았다.

"우봉만 살아있었어도 종단이 이리 어렵지는 않을 것인데…."

세수가 많아진 탓이었을까. 설석우 종정 스님은 그 무렵 옛날 제자들을 무척 아쉬워하셨다.

"가희가 비록 속퇴는 했어도 반 중노릇을 제대로 할 것이야. 금강산에 있을 때 보니까, 물까마귀들이 꼬여도 넘어가지 않더란 말이야."

그러나 한운 스님이 속퇴해버린 바람에 스승 없는 처지가 되어버린 혜종, 영봉, 종준은 참으로 딱한 입장이었다. 하루는 영봉이 스님께 여쭈었다.

"스님, 한운 스님이 속퇴해버렸으니 저희들은 누구 밑으로 승적을 올려야 되겠습니까?"

스님은 잠시 생각하시더니 영봉에게 말씀하셨다.

"내 밑으로 올려라."

"그래도 되겠습니까, 스님?"

"하는 수 없지 않느냐, 그렇게라도 해야지."

설석우 종정 스님은 금강산에서 얻은 제자 우봉이 세상을 너무 일찍 떠났고, 한운(가희)이 환속한 것을 두고두고 마음 아파하셨다.
 "가희는 말이여. 음양오행입네 주역입네 풍수지리에 넘어간 것이야. 주역이나 풍수지리로 말하면 내가 더 훤하지. 헌데 그런 것들 말짱 부질없는 것이다. 소용없는 짓이야."
 가문의 대를 잇기 위해 하동에 명당을 잡아 강원도 홍천에 있던 아버님의 묘소까지 옮기며 환속했던 한운은 나중에 아들 하나를 낳긴 했으나 일찍 잃었고, 딸만 두었다는 소식이 들려왔다. 스님의 말씀 그대로 명당이네 풍수지리도 별 소용없는 짓이 되고 만 셈이었다.

한 종소리에 뜬구름 흩어지네

설석우 종정 스님은 세수 팔십을 넘기시면서부터 금강산에서 헤어진 어머니 경담 스님을 떠올리곤 하셨다. 아마도 경담 스님은 이미 열반에 드셨을 것이라는 생각이 들었다.

자식인 당신이 이미 팔십을 넘겼으니 백 살 가까이 되셨을 어머니 경담 스님이 여태 살아 계실 리가 없다는 생각이었다. 그래서 스님은 동화사 금당에서 어머니 경담 스님의 생일인 음력 팔월 스무나흔 날이면 꼭꼭 경담 스님을 위한 제사를 손수 올리시고는 했다.

누이동생 성초도 금강산으로 들어가 묘정(妙靜)이라는 법명을 받고 비구니가 되었다는 소문을 들었으나, 누이는 아직 살아 있을지도 모른다는 생각이 들었다. 그러나 남북으로 막혀 오고 갈 수도 없는 금강산이요, 6·25전쟁 중에 대부분의 사찰과 암자가 다 불타버렸다고 하니, 생사조차 확인해 볼 도리가 없었으므로 이 점을 늘 안타까워하셨다.

1956년 추석을 막 지내고 나서였다. 팔공산 동화사의 산내 암자 부인사(符仁寺)에 비구니 스님들이 살고 있었다.

비구니 스님들 간에 이런저런 이야기를 나누다가 동화사 금당에 계시는 설석우 종정 스님께서 세수 팔십을 넘기신 나이에 손수 어머니 경담 스님의 제사를 지내고 계신다는 말이 나왔다.

이 말을 듣고 있던 성타 비구니가 마음 아파했다. 성타 비구니는 이 당시 스물네 살이었다.

"스님, 종정 스님의 어머니 경담 스님의 제사를 종정 스님이 손수 지내신다 하니 제가 차라리 경담 스님의 위패 상좌가 되어 제사를 지내드리면 어떻겠습니까?"

"아니 성타가 정말 그럴 생각이 있는 것이야?"

"종정 노스님께서 제사를 지내신다 하니 안 됐어서 그래요."

"위패 상좌가 되어준다면 종정 노스님께서 정말 좋아하실 거야. 우리 한번 가서 말씀드려 볼까?"

"그래요 스님."

비구니 성타 스님은 종정 노스님을 위해 기꺼이 종정 노스님의 어머니이셨던 경담 비구니 스님의 위패 상좌가 되기로 마음먹었다.

돌아가신 스님의 상좌가 되어드리는 것을 위패 상좌라고 하는데, 제자 없이 돌아가신 스님을 위해서 위패 상좌가 되는 일은 절 집안에서는 종종 있는 일이었다.

부인사의 비구니 스님들이 동화사 금당으로 설석우 종정 스님을 찾아뵙고 인사를 올리자 스님께서는 반갑게 맞아주셨다.

"그래, 어쩐 일로 나를 찾아 왔는고?"

"예, 스님. 그런데 종정 스님께서는 며칠 후면 경담 스님의 제사를 준비하셔야겠네요?"

"으음? 암, 그래야지."

"저 그런데 스님. 이 성타가 경담 스님의 위패 상좌가 되어 제사를 모시고 싶다는데요…?"

"무어라? 경담 스님의 위패 상좌가 되어주겠다고?"

"예, 스님."

"네가 그래 주겠느냐?"

"예, 스님…"

성타가 합장 반배하며 나직이 대답했다.

"네가 성타라고 그랬느냐?"

"예, 스님."

"그런 생각을 다 해주다니… 마지막 뵙고 나서 삼십 년도 지났어. 아마도 돌아가셨지 싶어서 생일 제사를 올리고 있는 게야…"

"예, 스님."

"날짜를 잘 기억해 두어라. 음력 팔월 스무나흗 날이다."

"예, 스님. 명심하고 또 명심해서 이제부터는 이 성타가 꼭꼭 제사를 올려 드리도록 하겠습니다."

"성타야, 정말 고맙구나."

"아, 아니옵니다 스님."

"내 누이도 묘정이라는 이름으로 금강산에서 비구니가 되었다는데, 아마도 죽었지 싶다. 그 아이는 음력 9월 스무사흗 날이 생일이었는데…."

"하온데 스님, 경담 스님께서는 무슨 자, 무슨 자를 쓰셨는지요?"

"으음… 경담 스님은 거울 '경(鏡)' 자, 연못 '담(潭)' 자를 쓰셨다.

그리고 경담 스님께서는 출가하신 뒤에 글 공부를 열심히 하셔 가지고 《육조단경》을 평생 독경하시며 정진하셨다. 그러니 성타 너도 정진 잘 해야 한다."

"예, 스님. 명심하겠습니다."

설석우 종정 스님은 이제 뒤늦게나마 돌아가신 어머니 경담 스님을 위해 위패 상좌를 두게 된 것을 무척이나 흡족해하셨다.

다음 해 동안거 결제일이 되었다. 설석우 종정 스님은 이날도 또 법상에 오르시어 주장자로 법상을 세 번 내려치시고 법문을 내리셨다.

우리가 부처님 전에 기도나 불공을 올리려고 하면, 먼저 《천수경》의 〈정구업진언〉으로 시작하여 원해여래진실의(願解如來眞實意)하고 경을 읽는데, 이 어떤 것이 부처님의 진실의(眞實意), 즉 참된 뜻이냐? 대중은 어디 한번 일러 보아라!

그러나 대중은 아무도 대답하지 않았다. 그러자 스님께서 말씀하셨다.

대중이 답이 없으니 내가 답을 말하리라.

"몹시 추운 겨울에 송곳 같은 고드름이 땅을 찌름이로다" 하리라. 우리 대중들이 대오견성하기 위해서는 각자의 화두를 성성하게 들되, 고양이가 쥐를 노리듯이, 닭이 알을 품고 병아리가 태어날 때까지 꼼짝하지 않고 있듯이, 간절히 한 생각으로 노력해 나아가면 자연히 일념이 지속되어 홀연히 화두가 타파

되어 본지풍광(本地風光)을 수용하게 될 것이다.

스님은 양구하신 후 게송을 읊으셨다.

천 마디 만 마디 말을 하여도 아는 이가 없으니
남은 세월 입 다물고 있는 것만 같지 못하다
千言萬語無人會　不如緘口過殘年

스님은 주장자를 한 번 치고 법상에서 내려오셨다.

그 사이 대한불교조계종은 전국의 주요 사찰을 대부분 접수하여 청정 비구 교단으로서의 새로운 면모를 갖추어 가고 있었고, 총무원장은 이청담 스님에서 이효봉 스님으로 바뀌어 있었다.

종단에서는 종정 스님께 보고드릴 일이 있거나 허락받을 일이 있으면 총무원장이 직접 동화사로 내려왔는데, 설석우 종정 스님은 웬만한 일은 모두 총무원장이 알아서 하라고 모든 것을 맡겼다.

종정이 되시고 나서 스님은 딱 한 번 서울로 올라가셔서 선학원에 머문 일이 있으셨는데, 사흘 밤을 보내시고는 동화사로 내려가자고 제자를 재촉했다.

"아니 스님, 총무원에서 회의가 있다는데요?"

"아서라 아서. 중이 좌선하고 정진하고 법문이나 해야지, 회의다 토론이다, 이런 짓 하는 게 중이 아니다. 이거 원 횟배가 동해서 어디 더 있겠느냐?"

스님은 그 길로 제자를 재촉하여 기차를 타고 대구 동화사로 내려오시고 말았다. 그리고는 서울 총무원에서 아무리 화급한 일로 상경하시기를 간청 드려도 두 번 다시 서울에는 가시지 않았다. 네팔에서 전 세계 불교도대회가 열리니 종정 자격으로 반드시 참가해야 한다고 간청을 했지만 스님께서는 한마디로 거절하셨다.

"이 나이에 내가 어딜 간단 말이냐? 구신방구같은 소리 하지두 말어!"

설석우 종정 스님은 당신 스스로 황혼이 다가오고 있음을 알고 계셨다. 1958년 양력 2월 초, 설석우 종정 스님은 편치 않으신 기색을 드러내 보이기 시작했다. 상좌와 손상좌들이 동화사로 달려왔다.

"스님 어디 편찮으십니까?"

"편치 않기는. 사람은 누구나 세상 인연 다 했으면 떠나는 게야…."

"하오시면 벌써 인연이 다 하셨다는 말씀이십니까?"

"그래…인연이 다 했어…."

"하오시면 스님, 특별히 전할 것은 없으십니까?"

"야 이놈아, 구신방구같은 소리 하지 말아라."

"그래도 하실 말씀이 있으실 것 아닙니까 스님?"

"망상을 떨지 말아라."

"마지막 법문이라도 해주셔야지요 스님."

"나를 편안히 앉혀라…."

제자들이 스님을 일으켜 편히 앉게 하시니 지필묵을 가져오게 해서 임종게(臨終偈)를 쓰셨다.

주머니에 하늘과 땅을 싸서 시방세계 밖에 던져버리고
주장자로 해와 달을 따서 수중에 감추고
한 종소리 그치자 뜬 구름 흩어지니
일만 봉우리 푸른 산이 정히 석양이로다.
**囊括乾坤方外擲　杖挑日月袖中藏
一聲鍾落浮雲散　萬朶青山正夕陽**

설석우 종정 스님은 그 후로도 아주 편안하고 안온한 얼굴로 금당에 계시다가 2월 27일 꿈꾸듯 조용히 열반에 드셨다.

세수는 84세, 법랍은 45세이셨으니, 스님의 열반 소식이 전해지자 대한불교조계종 이효봉 총무원장을 비롯해서 평소 스님을 경모하던 수백의 납자들과 수천의 신도들이 운집하여 설석우 종정 스님의 다비를 올렸다. 이때 총무원장 이효봉 스님은 다음과 같은 조사(弔辭)를 올렸다.

　　백설(白雪)이 어지러이 흩날려도 산천(山川)은 겨울이 아닙니다.
　　이제 종정(宗正) 석우 대선사(石友 大禪師)께서 열반상(涅槃相)을 시현(示現)하시니, 이 백설(白雪)의 의지(意志)입니까, 산천(山川)의 웅자(雄姿)입니까?
　　오실 때도 상(相)이 없이 오셨고, 가실 때 또한 그러하시니, 이날 종정(宗正)의 면목(面目)은 어디서 찾으오리까. 산은 첩첩하고 물은 잔잔합니다. 시절인연은 바야흐로 교황(敎況)이 왕양(汪洋)하여 정화성업(淨化聖業)이 본궤(本軌)에 오른 차제(此際)에 돌연히 무상대법문(無常大法門)을 보이시니 영광(靈光)이 독요(獨耀)하여 하늘을 가리고 땅을 덮습니다.

천지(天地)를 거두어 세상 밖에 내던지고, 일월(日月)을 움켜잡아 소매 속에 간직하니, 이 무슨 도리이며, 종소리 떨어지는 곳에 뜬구름 흩어지고, 만 송이 푸른 산이 바로 석양이니, 이 무슨 말씀이십니까.

선사(禪師)는 뜬구름이 아니시며, 때는 석양(夕陽)이 아닙니다.

대한불교조계종 총무원장 효 봉 분향

그리고 총무원장 이효봉 스님은 그해 12월 26일 설석우 종정 스님의 소기(小朞)에 다시 동화사에 일부러 내려와 설석우 종정 스님의 영가를 위해 법문해주셨다. 효봉 스님은 법상에 올라 묵묵히 있다가 말씀하셨다.

오늘 이 영가(靈駕) 종정(宗正) 노화상(老和尙)의 법명은 '보(普)'자 '화(化)'자 이시다. 옛날 당나라의 보화 존자는 임제 화상이 보낸 통바지를 입고 허공으로 올라가 버렸다 하거니와, 오늘 보화(普化) 종정 화상은 통바지를 입고 어디로 향해 갔는고?

한 스님이 대중 가운데서 나와 "그렇게 왔다가 그렇게 갔습니다." 하였고, 다른 대중은 모두 말이 없었다. 이에 효봉 스님이 말씀하셨다.

"만일 가신 곳을 말한다면 앞에 보인 온 누리 깨끗하여 눈을 담은 듯한데, 푸른 대와 솔은 언제나 봄이로세.

대중 스님은 종정을 보았는가? 그건 그렇고, 한 가지 유감스러웠던 일은 천년 묵은 복숭아씨로 담은 매화차 한 병이 내게 있어, 오늘 노화상께 대접하여 유감을 풀 것이다."

효봉 스님은 손으로 차(茶) 따르는 시늉을 하고 다시 읊으셨다.

그윽한 향기 온 누리에 풍기니
어찌 삼신산(三神山) 벗을 부러워하리
차 한잔에 온갖 번뇌 다 사라지니
우뚝 산호병(珊瑚瓶)이 보이는 것을

쾌활 쾌활하구나! 대중은 알겠는가, 참구해 보라.

효봉 스님은 설석우 종정 스님의 영가를 위해 소기(小忌)에까지 친히 내려와 특별히 법문해주셨던 것이니, 그만큼 효봉 스님은 평소에 설석우 종정 스님을 경모하고 숭배했던 사이였다.

설석우 종정 스님이 열반에 드신 지 11년 후인 1969년 9월 23일, 스님의 문도들이 뜻과 정성을 모아 동화사에 스님의 부도와 비를 세웠으니, 비문은 제자 혜종(慧宗)이 지었고 글씨는 서예가 오제봉 선생이 썼다.

석우대종사비 石友大宗師碑

　　선사의 속성은 설씨이시고 본관은 순창이시며, 법명은 보화이시고 법호는 석우이시다. 을해(乙亥) 서기 1875년 5월 11일에 경남 의령에서 탄생하셨고 본적은 김해이시며 신라의 홍유(弘儒) 설총 선생의 45세손이시다. 선사께옵선 소시에 지혜가 출중하시와 중인(衆人)으로부터 신동이란 일컬음을 받으셨으며 마음으로 자방(子房)과 공명(孔明)의 학을 기리셨고 시서(詩書) 및 노장(老莊)·제자백가(諸子百家)·지리(地理)는 물론 의학에까지 능통하시와 중인들이 그 은혜에 젖음이 적지 않았다. 30세에 이르시매 가사를 돌보지 않으시고 표연히 운유(雲遊)하시기 7, 8년에 우연 범어사에 이르러서《보조어록(普照語錄)》을 열람하시매 '삼계열뇌유여화택기인엄류감수장고(三界熱惱猶如火宅豈忍淹留甘受長苦) 욕면윤회막약구불불즉시심(欲免輪廻莫若求佛心卽是心)'이란 대목에 이르러서 홀연 깨친 바 있어 '불각낙루(不覺落淚)하시고 대도(大道)는 실로 이 문중에 있구나' 하시며 '심전(心田)에 티끌 개고 성천(性天)에 구름 여니 춘산화소조가(春山花笑鳥歌)

하고 추야월백풍청(秋夜月白風淸)이로다. 아마도 무위진락(無爲眞樂)은 이 밖에 다시 없어라' 하는 시조 한 수를 읊으시고 감연 출가의 뜻을 굳히셨다. 즉시로 세진(世塵)을 등지시고 금강산 장안사에 이르시어 연담 응신(蓮潭凝信) 선사를 은사로 낙발(落髮)하시니 시년(時年)이 서른여덟이셨다. 법을 겸수(兼受)하시고 후에 유점사 동선 정의(東宣淨義) 율사께 구족계를 받으시고 사방 선지식을 널리 참방(參訪)하시며 닦으신 지 10여 년에 영원암(靈源庵)으로 드시었다. 여기서 20여 성상을 움직이지 아니하시고 참구하시매 깊은 경지에 계합하심이 많았다고 한다. 그때에 시작(詩作)도 많았으며 '산삽위이수용비(山揷爲籬水用扉) 행인도차세정희(行人到此世情稀) 고암나용환다사(孤庵懶容還多事) 정소한운보폐의(淨掃閒雲補弊衣)'란 시도 그때의 것이다. 그 후 중일사변이 일어나매 그 법제(法弟) 상월(霜月) 율사에게 금강산엔 이미 연(緣)이 다 되었으니 점차 남행하자 하시고 하동 칠불선원(七佛禪院)으로 옮겨 7년 동안 안주하시다가 을유(乙酉) 봄에 사천 다솔사(多率寺)에 이거 중 조국 광복을 맞으셨다. 다음에 남해도로 건너가서 해관암(海觀庵)을 창건하시어 그곳에서 6·25를 무사히 지내시고 해인사로 이주하셨다. 정화불사 후 중망(衆望)에 의하여 초대 종정에 추대되시고, 병신(丙申) 3월에 동화사(桐華寺)로 이석하셨다. 세연이 다 되시어 임종에 다다르시매 시봉이 유게(遺偈)를 청하매 선사께서는 소리를 높여 '망상을 말라' 한마디 말씀뿐이셨다. 물러서지 않는 시자의 간청에 선사께서는 부득이 응하시와 '그러면 네가 나를 붙들어 일으켜라, 너를 위하여 한 게(偈)를 지으리라' 하시며 붓을 들어 '낭괄건곤방외척(囊括乾坤方外擲) 장도일월수중장(杖挑日月袖中藏)

일성종낙부운산(一聲鍾落浮雲散) 만타청산정석양(萬朶靑山正夕陽)'이라 쓰시고는 안연(安然)히 화하시니 세수는 여든넷이시고 법랍은 45세이시니 때는 정유(丁酉) 등월(騰月) 27일이었다.

  열반 소식이 전해지자 평소 선사를 경모하던 수백의 납자와 수천의 신도가 운집했고 관계 각 관장들이 참석하여 애모 속에 엄숙히 다비가 거행되었다. 선사의 성품이 고결하시와 시은(施恩) 받으심을 꺼리셨고 또한 그 위용이 엄단(嚴端)하시고 그 지견(知見)이 고원하시며 그 언어가 자상하시와 우리들로 하여금 매매(每每)히 무상대법(無上大法)에 자상하게 이끌어주시어 무상정법(無上正法)의 신념을 굳게굳게 다져주시었다. 이 은혜야말로 어찌 세상 일체유루은(一切有漏恩)에 비하리오. 세상 일체 은혜는 필경 환화(幻化)로 돌아가거니와 이 무루성은(無漏聖恩)은 세세생생에 우리들 앞길을 인도하여 구경(究竟) 무상정각(無上正覺)을 이르게 하나니 진실로 대은이며 길이 기념하고 싶지 않으리오. 천첩산(千疊山)과 만중수(萬重水)에 선사의 한 번 가심이여, 어느 때나 오시나요. 낙엽이 뿌리로 돌아올 때일까요.
 공산의구만고수(公山依舊萬古秀)로다.

불기 2513년 을유 9월 23일
제자 혜종(慧宗) 읍찬(泣撰) 해주(海州) 오제봉(吳濟峰) 서(書)

윤 청 광

전남 영암 출생으로 동국대학교에서 영문학을 전공했고, MBC-TV 개국기념 작품 공모에 소설 〈末鳥〉가 당선되었으며, MBC에서 〈오발탄〉〈신문고〉〈세계 속의 한국인〉 등을 집필했다. 그동안 대한출판문화협회 상무이사 · 부회장 · 저작권대책위원장 · 한국방송작가협회 이사 · 감사 · 방송위원회 심의위원을 역임했고, 〈불교신문〉 논설위원을 거쳐 현재 〈법보신문〉 논설위원, 법정 스님이 제창한 〈맑고 향기롭게 살아가기 운동〉 본부장, 출판연구소 이사장 등을 맡아 활동하고 있다. BBS 불교방송을 통해 〈고승열전〉을 장기간 집필했고,《불교를 알면 평생이 즐겁다》《불경과 성경 왜 이렇게 같을까》《회색 고무신》 등의 저서가 있으며, 기업체 · 단체 연수회에 초빙되어 특강을 통해 '더불어 사는 세상'을 가꾸고 있다.

BBS 인기방송프로
고승열전 25 석우 대종사
천치도 되지 말고 원숭이도 되지 말라

2008년 4월 9일 초판 1쇄 인쇄
2008년 4월 18일 초판 1쇄 발행

지은이 ㅣ 윤 청 광
펴낸이 ㅣ 김 동 금
펴낸곳 ㅣ 우리출판사
등 록 ㅣ 1988년 1월 21일 제9-139호
주 소 ㅣ 120-013 서울특별시 서대문구 충정로 3가 1-38
전 화 ㅣ (02)313-5047, 5056
팩 스 ㅣ (02)393-9696
E-mail ㅣ woribook@chol.com

ISBN 978-89-7561-263-3 03810

책값은 뒤표지에 있습니다.

· 지은이와 협의하여 인지를 붙이지 않습니다.
· 잘못된 책은 본사나 구입하신 서점에서 바꾸어 드립니다.